山田風太郎

天野喜孝・封面繪圖

【出場人物列表】

甲賀卍谷十衆

首領 甲賀彈正：年輕時曾和伊賀的阿幻有段情，最後死於阿幻手上。

甲賀弦之介：甲賀彈正的孫子，和朧相戀。他的雙眼會綻放出金色光芒，對手的腦部也因而遭受劇烈衝擊，緊接著陷入意識朦朧的狀態，不是被己方同伴所殺，就是拿著手上的武器自裁。只要對手想以忍術傷害弦之介，便會遭受自身忍術的迴向反噬。

地蟲十兵衛：沒有雙手與雙腿，活像隻在地上蠕動的毛蟲。但他的皮膚可在瞬間角質化，全身呈現出蛇腹般的網狀斑紋，宛如半人半蛇的怪物。能在喉嚨深處藏凶器，再利用食道的肌肉疾速擲射出凶器。

風待將監：像蜘蛛一樣的體型，行動敏捷迅速，口中吐出青色似痰的黏液，黏性強。

霞刑部：能讓軀體與牆壁融爲一體，還能任意依環境變化膚色，將膚色轉換爲最接近環境的保護色。

鵜殿丈助：身材肥胖，但是卻可以輕鬆變成像顆皮球般，在任何地方穿梭。

如月左衛門：會製造人皮面具，自由轉變成他人容貌。

室賀豹馬：甲賀弦之介的「瞳術」師傅正是豹馬。不過，他是天生的盲人，只能在夜裡睜開綻放金色死光的雙眼。

陽炎：當她情慾高漲時，吐出的氣息含有劇毒，會讓對方瞬間致命。

胡夷：如月左衛門的妹妹。具有吸血的忍術。而且她的皮膚細胞能迅速增生蠕動，產生變化，所以身上任何一處肌膚都能在瞬間變成吸盤。

伊賀鍔隱十衆

首領阿幻：最後與甲賀彈正同歸於盡。

朧：阿幻的孫女。所有忍者施展的任何忍術，在她的視線之下，瞬間便會遭到破解，擁有「破幻之瞳」。

夜叉丸：繩術造詣精妙，具有強勁的攻擊力，且能削斷岩石等。在眼力、聽覺或觸覺方面也十分敏銳。與螢火有婚約。

小豆蠟齋：是名老者。全身上下的骨頭似乎由無數關節所構成，頭部、腰部及四肢均可彎曲至違反人體工學的程度。

藥師寺天膳：在伊賀一族中，是唯一能與阿幻平起平坐的人物。是不死忍者。

雨夜陣五郎：能將自己溶入鹽裡，將肉身蜷縮至嬰孩般大小，偷偷潛入敵人身旁，執行暗殺任務。

筑摩小四郎：會強力吸入大量空氣，導致近處形成一股迴旋氣流，氣流中心呈現眞空狀態，只要被捲入其中，就會遭受如同身受數十把銳利鐮刀橫切縱剖，血肉模糊的命運。

簑念鬼：全長滿了濃密的黑色體毛，且如豪豬般聳起，銳利的程度，簡直與鋼針無異。

螢火：能藉著超越人類五感的靈識，喚醒棲息於野地的蝴蝶，讓牠們聚集成群，形成龍捲風後從天而降。

朱絹：能透過自身的意志力，讓肉體產生詭異的出血現象，噴出的血霧會籠罩對方全身，進而破壞掉對方的忍術。

大祕密

一

以疊如舞扇的七層天守閣（註1）為背景，兩名男子身如連地磐石，凝神相對。在陽光的照耀下，兩名男子登時通體透明。雲層一籠罩天空，兩人的影子也隨之朦朧，宛如隱身消失無蹤。庭院裡，無數目光注視著這場對決，在場的每個人只覺得眼前像是蒙上一層薄霧。即使如此，眾人的目光卻無片刻稍離，彷彿深怕隨時會失去兩人對戰的身影。

註1　自日本戰國時代以降，所謂「天守」，係指城池中最主要且最高大的建築物。亦有「殿主」、「天主」、「殿守」等別稱。而「天守閣」之稱呼，則是明治時代以後才有的稱呼。最早的「天守」，是松永久秀於永祿年間（西元一五五八～一五六九年）在多聞山城（現今日本奈良縣奈良市）所建的四層高建築物。其後織田信長所建的安土城「天守」更加壯觀，更喜華麗建築的豐臣秀吉，相繼在大阪城及伏見城建造了更加豪華炫麗的「天守」。進入江戶時代之後，由於和平的時代到來，城池的功能逐漸由防衛轉向行政，「天守」的任務隨即告終，逐漸不再建造。

兩名男子之間的距離，僅有五步之遙。彼此散發的凌厲殺氣，灼燒著所有人的視覺中樞。手中未持任何兵器的兩人，赤手空拳呈現敵對姿態。若不是眾人方才並未被兩人施展的「忍術」懾倒，此時想必也見識不到庭院裡流竄的殺氣光波。

兩人之中，其中一人名喚風待將監。

他年齡約莫四十歲上下，前額滿佈肉瘤，臉頰凹陷，細小的眼珠閃爍著血紅色光芒，相貌醜陋可怖。他的背部佝僂隆起，有如鼓脹的圓球；但手腳十分細長，皮膚呈暗灰色，指爪前端異常外張，每根手指及草履露出的腳趾，活像是一隻隻碩大的爬蟲。

此人先前方與五名武士對陣過。

那五名武士都是柳生流的頂尖高手，原本打算速戰速決，卻在端詳對手的容貌與架勢後，不由自主地感到毛骨悚然。他們是為了維持身為武士的尊嚴，才勉強握住手上的武士刀。然而，他們擺出的姿勢卻如呆立於田野中的稻草人，破綻百出。

「啊啊啊！」霎時，兩名武士發出連聲慘叫。只見兩人皆單手摀眼，腳步踉蹌，原來風待將監已悄然展開攻勢。其餘三人不知發生何事，驚慌地挺身迎擊。在決鬥場上，對戰雙方既已持刀相對，自然表示戰鬥正式開始。三名武士雖因不知對方何時出手而感到愕然，也只得揮舞著手上的利刃，一齊向風待將監殺了過去。

風待將監側身往天守閣的石牆方向疾奔，閃過三人旋風般殺至的刀光之後，翩然攀上石牆。最讓人詫異的是，他並非背向敵人。換句話說，將監是藉著四肢反向吸附石牆。不！並非四肢！他的右手依然握著長刀，僅以左手及雙腳依附牆面，如同一隻攀爬在巨大牆面上的蜘蛛。爬上約莫兩公尺後，他俯視三名武士，突然冷笑了起來。

將監看似冷笑，其實只有嘴角微微開啟。一團異物倏地由他口中飛濺而出，三名武士同時摀住雙眼，慌亂地向後抽退。而方才遭受攻擊的兩名武士，此刻仍摀著臉死命掙扎。風待將監維持著背對石牆的身姿，悄無聲息地自牆上緩緩降下。勝負至此，已見分曉。

將監口中吐出的異物，是一團如「慶長通寶」（註2）大小的黏液。對常人來說，那團黏液理應稱之為痰，然而，將監吐出的異物黏性特別強，五名武士的雙眼像是被黏膠緊緊沾住，數日後依舊除不下來。等到終於能除下來時，發覺睫毛也已一同遭到拔除。

——另一方面，同樣曾與五名武士對陣的，是伊賀一族名叫夜叉丸的青年。

註2　「慶長」是日本的年號之一，在「文祿」之後，「元和」之前，指西元一五九六年至一六一五年期間。而「慶長通寶」指的是在慶長年間通用的銅幣。

說是青年，不如說是美少年。雖然他穿著山野村夫的粗陋衣衫，但緋櫻色的雙頰，炯炯有神的湛黑瞳孔，堪稱青春之美的結晶。

在五名武士面前，夜叉丸的手並未按在腰際的彎刀上，而是握著黑色的繩狀物。這條繩索般的細長物體，可以發揮讓人無法置信的強大威力。它較一般繩索纖細許多，似乎一受力便會應聲斷裂。然而，它實際與刀刃接觸時，卻又像堅韌無比的鋼絲，斬之不斷。在日光照耀下，它會折射出刺眼炫目的光芒；待陰霾蔽日時，卻又全然不見蹤影。

忽然間，一把利刃被這條詭異的黑繩纏住，高高彈射至半空。接著，黑繩發出直逼耳膜的尖銳聲響，只見兩名武士搗著大腿與腰部跌坐於地，黑繩隨後回纏至夜叉丸的雙手，一分為二後，再度激射而出。另兩名武士，根本無法逼近夜叉丸半步，遠在三公尺外便遭繩索套住，如同兩頭被勒緊頸部的猛獸，在使勁掙扎後漸漸失去意識。

事後才知道，原來那條黑繩是以女人的頭髮為材質，塗上一層特殊獸油處理之後，再透過獨門技巧搓捻而成。它一碰觸人類的肌膚，便會釋放如同鐵鞭般的強勁衝擊力。方才被擊中大腿的一名武士，傷口有如遭利刃劃破而皮開肉綻。黑繩攻擊半徑長達十數尺，彷彿能自行迴旋、反轉、橫掃、纏繞、切斷，與具有自我意識的生物無異。再加上黑繩有別於刀槍，對手無法藉由夜叉丸所處的位置與姿勢，判斷他的下一步動作，遑論積極採取攻勢，即便是消極防禦也十分困難。

兩名分別輕易擊潰五位武士的奇幻忍者，此刻正如妖魅般靜靜對峙。

初夏時分，籠罩天守閣的薄雲逐漸消散。薄雲溶進蒼空僅消片刻，而在此時，光陰流逝的速度卻讓人覺得像永恆般漫長……

風待將監臉上突然又出現冷笑，在間不容髮之際，黑繩由夜叉丸的掌心凌厲射出，如旋風般橫掃將監。將監隨即伏向地面。那一瞬間，在場的眾人全都出現巨大灰色蜘蛛伏貼於地的幻覺。維持著蜘蛛爬行姿態的將監，轉眼間已巧妙避開黑繩攻擊。說時遲那時快，他宛如微笑的嘴中，「嗤」地一聲射出一團青色黏液，朝夜叉丸的頭部疾飛而去。

轉瞬間，那團青色黏液已飛到夜叉丸身前，只見一張圓形紗網在夜叉丸前方迅速展開，在半空中攔截住將監的攻擊。將監心知那是由黑繩交織而成的綿密護罩，臉上首度露出慌亂的神情。

將監以四肢爬行的姿態，如水蜘蛛般敏捷地向後抽退，再以頭下腳上的詭異姿勢，一鼓作氣攀上天守閣的扇形斜面石牆。在場觀戰的眾人，全都看得瞠目結舌。

為閃躲夜叉丸緊追而來的黑繩，將監躍至第一層白壁上方，隱身於前簷的陰影中，「嗤」地一聲吐出黏液。而夜叉丸早已不在原地，他以黑繩一端纏住屋簷，身體則懸浮在半空中。當將監攀上天守閣的青銅屋脊，以刀刃切斷纏繞在屋簷上的黑繩時，夜叉丸早已擲出另一條黑繩，維持住身體的平衡。

在初夏的炫目雲彩下，一名忍者迅速躍動，如同擲出死亡絲線的簑衣蟲；另一名忍者身形挪移，像是吐出妖魔痰液的蜘蛛。這場凌空激鬥顯然不是人類之爭，而是妖魅或魔物間的殊死決戰。

在屏息注視這場如夢魘般死鬥的眾人之中，老城主環顧左右，首先舉手，說道：「半藏，到此為止吧！這場勝負留待他日分曉！」

天守閣的決鬥場面早已移至第三樓層，再持續下去，勢必有一方將倒臥在血泊之中，甚至可能到兩人同歸於盡的地步。

老城主又緩緩說出饒富深意的話：「別讓這場戰鬥成為敵人眼中的精彩好戲，駿府到處有來自大阪城的奸細埋伏著啊！」

說話的正是——德川家康。

二

慶長十九年四月底，在駿府城內觀看這場不可思議之戰的人，不僅有退隱將軍——「大御所」（註3）德川家康。以將軍德川秀忠為首，除了「御台所」（註4）江與夫人，兩人所生的竹千代、國千代兄弟，以及本多、土井、酒井、井伊等重臣之外，金地院崇傳、南光坊天海、柳生宗矩等人也在場。換言之，草創時期的德川一族、所有的幕府首腦，全都齊聚於此。大阪「冬之陣」戰役（註5）於同年十月爆發，所以德川家康口中所說「大阪城的奸細」，應該也不難理解。

註3　大御所的「御所」原指日本天皇、上皇、三后、皇子等之住所。而「大御所」則指親王的隱居處所。此外，退隱將軍的隱居住所，也稱為「大御所」。以江戶時代為例，德川家康於慶長八年（西元一六〇三年）創立德川幕府後，為確保將軍世襲制，在西元一六〇五年將位置傳給德川秀忠，自稱「大御所」，並移居駿府城。

註4　日本古時對大臣和將軍配偶的敬稱。

註5　在關原之戰後，德川家康於慶長八年（西元一六〇三年）二月，受封為征夷大將軍，但是許多諸侯（大名）仍奉豐臣家為主，引起了德川家康極度不滿，於是便以鐘銘文字為藉口（詳見後述），於慶長十九年（西元一六一四年）十月正式出兵。這場戰役，史稱大阪「冬之陣」，結果則是以和談結束。

不過，齊聚此地的權貴名流裡，有兩個「異類」身處其中。與其說是「異類」，不如說是兩塊從天外飛來的隕石，不論身處在哪一群人之中，都會給人隕石般堅硬冰冷的印象。這兩個「異類」，端坐在家康稍前方約五公尺處，是一對鶴髮蒼蒼的老漢與老婦。

那名老漢的肌膚宛如皮革般黝黑發亮，老婦的肌膚則是雪白冰冷。儘管兩人老態龍鍾，但在率領千軍萬馬的諸多驍將面前，依舊散發出無所畏懼的過人氣勢。

熱戰方酣的兩名男子，飄然來到兩名老者面前。風待將監面向那名老漢，夜叉丸則面向老婦，二人分別雙手拄地，拜在兩名老者跟前。

兩名老者分別默默地對著己方忍者點頭。他們令人生畏的眼神，忽焉轉向對方的忍者身上。老漢凝視著夜叉丸，老婦則盯視著風待將監。

「辛苦了！」家康不偏袒任何一方，平靜地說道。

接著，他將視線移到身旁，說道：「又右衛門，你覺得如何？」

「臣不勝惶恐。」柳生宗矩恭敬地低頭答道。

柳生宗矩日後被任命為「但馬守」（註6），但他此時早已確立了德川家劍術宗師的地位。

「雖然臣自認對忍術有些許了解，但未料到這般驚人，相較於適才門下弟子的醜態百出，」宗矩額頭上滲出汗珠，「微臣不知柳生庄附近的伊賀和甲賀，竟藏有如此厲害的忍者。微臣更是深感羞愧！」

家康絲毫未責怪宗矩，反而大大點頭表示同意。

「半藏，你讓我們見識到一場精彩絕倫的戰鬥。」服部半藏雙手拄地，陪侍在末席，他年輕的臉龐浮現出得意的微笑。

「半藏！賜酒！為甲賀彈正和伊賀的阿幻，以及那兩名忍者取酒杯來！」

服部半藏迅速往兩位老者走去，家康瞥了兩人一眼之後，轉頭環視左右。

列在一邊的有嫡孫竹千代、竹千代的乳母阿福夫人、師傅青山伯耆守、土井大炊頭、酒井備後守、本多佐渡守、南光坊天海等。

另一邊則是將軍秀忠、「御台所」江與夫人、次孫國千代、國千代的師傅朝倉筑後守、本多上野介、井伊掃部頭、金地院崇傳等。

在家康深沈的目光掃射之後，在座眾人的精神全都緊繃起來。因為大御所——家康決定宣佈一道關係德川家繼承人的命令，這是一場令人心驚的政治豪賭。

註6　但馬國，是曾在日本地方行政區上的一國。位置大約是現在的兵庫縣北方，別名為但州。

換句話說，這道命令將決定第三代將軍，究竟是由竹千代或是由國千代來繼承。

這年德川家康已高齡七十三歲。

他心裡正策劃著對大阪城的最後一擊。豐臣秀賴聽從家康的建言，為供奉太閤——豐臣秀吉，在京都東山修築大佛殿。巨鐘預計在今年四月中旬鑄造完成。為了修築大佛殿，大阪城方面不惜投入巨額經費，而這其實是家康設下的深遠計謀。家康與在座的謀臣們，早已預定在巨鐘鑄成之時，以鐘銘文字為由尋釁開戰。家康以眾所皆知的「國家安康，君臣豐樂」八字（註7），咬定豐臣家想藉此詛咒自己。對家康而言，只要能取得與對方決裂的口實即可，至於藉口是什麼都無所謂。此事讓家康卸下戴了大半輩子的假面具，留下「老狐狸」的封號傳誦至今。對他而言，沒有任何事比自己七十三歲的高齡更值得焦慮。此時的家康，明顯感覺到身體的衰老，他必須在自己有生之年，完成未竟的龍圖霸業。

戰火一旦燃起，家康肯定能大獲全勝。然而，攻陷大阪城需要多少時間，究竟是一年，或是兩年？這就不是計畫所能完全掌控的。家康是否能在闔上雙眼之前，親眼見到大阪城燃起最後的勝利火焰？這點連他自己也不敢保證。

家康在生命的黃昏時期，看見他背後聳立著大阪城的黑影。而在夕陽彼方，他彷彿見到更巨大的雲影，有如夢魘般揮之不去。

那揮之不去的夢魘，便是家康百年之後的德川家繼位問題。繼秀忠之後，成為第三代德川家將軍的，究竟是長孫竹千代，還是次孫國千代？

家康遲遲無法依「嫡長子繼承制」指定長孫繼位，自然有他的理由在。他凝視著分別為十一歲和九歲的這對小兄弟，心裡不禁困惑起來。兩人都是自己最珍愛的孫兒，但長孫竹千代患有口吃的毛病，不僅在眾人面前說話結巴，頭腦也稍嫌愚笨。相較之下，次孫國千代則顯得伶俐可愛——第三代將軍的地位，到底應由憨厚愚笨的長孫繼承，還是由聰穎過人的次孫繼承呢？

為孫子繼位一事苦惱不已的家康，不由得想起骨肉們的多舛命運。早在三十五年前，家康就失去了長子信康。當時，織田信長懷疑信康勾結武田家，為了德川家的存

註7　鐘銘文字事件發生於慶長十九年（西元一六一四年）七月，當時豐臣家請僧人清韓在方廣寺大佛殿的巨鐘上撰刻銘文，其中包括「國家安康、君臣豐樂」的字句。德川家康認為，將「家」、「康」二字分開，是要詛咒他身首異處，後面四個字倒著念，則成了「樂豐臣君」，豐臣家當時還急忙派人趕往駿府致歉。當然，這只是家康尋釁開戰的口實罷了。

亡，家康逼不得已，只得含淚殺了信康。家康派去對信康傳達切腹命令的使者，正是伊賀的首領——服部半藏。

之後，家康常為了賜死信康一事自責不已。在關原之役時，家康曾嘆息道：「唉！我這把老骨頭，真的快不行了。要是犬子還在，我也不至於如此辛苦。」他所說的犬子，指的就是德川信康。可見長子信康對家康來說，是多麼值得信賴的麒麟兒。他總是認為，如果信康還在，也不會發生後來的種種事端。

家康另有一個次子——結城秀康，而三子則是秀忠。家康雖然選擇敦厚篤實的秀忠作為自己的繼承者，但他也深怕秀康因而心生不滿，就此自暴自棄，進而決定過著放縱的一生。他魯莽勇武的個性，日後不知會為家康和秀忠帶來多少棘手的問題。

家康深深了解繼位問題的困難度。不僅德川家，織田家也是如此。家康親眼見到織田信長大半的青春，全都消磨在平定弟弟信行的叛亂上。繼承問題，不論在任何年代，都是所有家族必須面對的共同難題。

正因為知道這是個難題，家康心裡才更加迷惘。相較於竹千代，秀忠和御台所江與夫人更寵愛國千代，這些他都默默看在眼裡，但也不便插手干涉。而家康更知道，德川家內部現在已經分裂為竹千代與國千代兩派，在妒忌與反感的驅使下，雙方早有一連串的明爭暗鬥。

撇開秀忠不談，御台所江與夫人以及竹千代的乳母阿福夫人，兩人都是性烈如火的女子，彼此自然互相排斥。江與的母親是織田信長的親妹妹阿市，而阿福夫人則是明智光秀麾下第一重臣齋藤內藏助的女兒，明智光秀又正是本能寺之變時逼死信長的元兇，因此江與夫人與阿福夫人之間的水火不容，可說是其來有自。阿福夫人就是日後的「春日局」（註8）。而且，其他的侍妾、師傅和重臣們也都分成了兩派。竹千代方面有天海、土井、酒井。國千代方面有崇傳、井伊。甚至連陰險冷靜的本多佐渡和上野介，都分裂成了父子兩派，相互勾心鬥角。所以情勢可說險惡到了極點。

這年冬天，有人發現阿福夫人喝的茶被下毒。大約與此同時，國千代也在夜裡遭伏擊，差一點命喪九泉。

家康心想，再這樣下去可不行！

如果任憑事態發展下去，縱令攻陷大阪城，德川家也難逃土崩瓦解的命運。

註8　此處及前文提及的阿福夫人（西元一五七九～一六四三年），本名齋藤福。她的父親是明智光秀的家臣齋藤利三（齋藤內藏助），母親則是稻葉通明之女。她曾奉命前往皇宮覲見後水尾天皇，受朝廷賜號「春日局」。日後更有「大奧最高女帝」的稱號。

究竟該如何是好？連老謀深算的家康，也深感焦躁苦惱。難道非得嚴格採取嫡長子繼承制？但是萬一長孫昏庸不堪，又將導致何種悲劇發生？家康好不容易在戰國亂世中倖存下來，各家諸侯的興衰存亡，對他來說仍舊歷歷在目。或者不依繼承順序，直接選擇讓人信賴的次孫繼承？可是因此引起的糾葛與爭執，家康已經從秀康與秀忠身上得到刻骨銘心的體會。這種繼位問題有多棘手？可從家康為德川家繼位問題特地制訂「神祖御定法」看出。雖然「神祖御定法」日後成為德川家的奉行規章，但決定歷代的將軍繼承者時，依舊總是引發軒然大波……旁人無法理解繼位問題的暗潮洶湧，只有家康看得出問題的嚴重性，那不僅是第三代將軍的繼任問題，更是攸關德川家千年命運的大事。

正因如此，家康必須在兩派都同意的前提下，解決日益加劇的內部鬥爭。家康不認為兩派長年累月的利害、恩怨和感情的糾葛，能藉此一筆勾消。然而，事不宜遲，家康已餘日無多，最終之戰也迫在眉睫，繼位之事必須早日解決。最重要的是，絕不能讓大阪城方面得知德川家的內部紛爭。這是最高指導原則。

這年早春，某個大雪紛飛的黃昏，德川家康在駿府城內召見了南光坊天海（註

9），兩人在密室內相對而坐。兩人的會面名義上是為了傳承天台宗的法統，但實際上則是針對繼承問題闢室密談。天海閉目冥思之後，提出了一個駭人聽聞的解決方式。

「時至今日，不論是說之以理，或者是動之以情，我想雙方都不會輕易接受。無法繼位的那方，更是不會服氣……不如……您覺得這樣如何？直接由兩派各自挑選身負絕藝的劍客，根據他們的勝負來決定繼承人選。」

家康睜開原本緊閉的雙眼，凝神注視著天海……南光坊天海是竹千代派的人馬，但是他同樣也為了德川家的未來憂心忡忡。

以劍客比武的勝負，賭上兩派的命運！這的確符合武門繼承之爭的豪邁作風，但方式似乎太過簡單。但由此也可看出，即使是赫赫有名的「怪僧」天海，對於德川家族的內訌，也幾乎束手無策。

註9　天海，是安土桃山至江戶初期天台宗的「大僧正」，「南光坊」則是他的別號。死時諡號慈眼大師。南光坊天海在德川幕府中，與金地院崇傳平起平坐，是江戶初期政治與宗教領域的重要人物，甚至有「黑衣宰相」的稱謂。德川家宗廟「日光東照宮」，便是他在元和三年（西元一六一七年）三月負責修築完成。

「這不失為一策。可是比試勝負有時與運氣有關。如果他們都甘於接受比試結果，願意讓一時的運氣決定未來的命運，那倒好辦。問題在於，那些女人們是不會輕易認命的！這種一對一的勝敗結果，她們會信服嗎？」

「那麼，就三對三。」

「兩派在挑選三名武士的過程中，難保不會發生內訌。」

「五對五？」

「……」

「那就十對十。如此一來，兩派皆可精銳盡出，不會再以運氣作為口實，而不願信服比試結果。」

家康點點頭，但隨即又搖頭說道：「若是十對十比試，兩派應能接受。不過，雖然只是挑選十名劍客比試，但隨後引發的戰火，必然蔓延至兩派的各個家族。挑起土井與井伊，酒井與本多之間的爭鬥，不僅愚蠢，還會帶來悲慘的後果。而且兩派之間的矛盾勢必更加惡化，甚至讓內訌的真相浮上檯面。這可是德川家的大祕密，不能讓大阪城方面得知啊！」

天海雙眼微閉，靜靜聆聽窗櫺外的落雪聲。內殿幽寂，讓人彷彿置身山中古寺。

隔了半晌，天海忽然圓睜雙眼。

「忍者！」

「忍者？」

「以忍者比試，您覺得如何？窗外的落雪聲，讓貧僧突然想起某個雪夜的事。前代的服部半藏，曾在江戶麴町的安養院對我提及一件往事。他說，在甲賀與伊賀境內，分別有兩個忍者世族，自源平時代起便無法和睦相處，甚至互視為千年之敵而彼此憎恨……也只有這兩個世族，不論半藏如何從中斡旋，始終無法盡釋前嫌。兩族至今仍隱居在甲賀與伊賀境內，只因與服部家之間的約定，彼此才能相安無事，若是服部家解除此一禁制，雙方勢必掀起一場腥風血雨。當初半藏講到這裡，還嘆息著說，那群傢伙真是讓他傷透腦筋。我認為，不如現在就下令，讓服部家解除兩族之間不得爭鬥的禁制，讓這兩族的忍者分別代表竹千代和國千代殿下一決勝負，您覺得如何？」天海面露猙獰的笑容，接著說道：「如此一來，不但不必擔心大阪城得知德川家的祕密，由這兩族的忍者進行血戰，德川家的武士也可毫髮無傷。」

家康忖度良久之後，喃喃自語道：「服部家？我曾派去要信康自盡的忍者世家？這次又非得讓伊賀的忍者，再來葬送我其中一個孫子？」臉上滿佈皺紋的他苦笑著說。若是這個計畫付諸實行，德川家的命運就真的掌握在忍者一族的手中。然而諷刺的是，家康必須再度親自下達命令。

三

甲賀、伊賀忍者與德川家之間的關係十分深厚。

談起忍術，為何甲賀、伊賀能獨步天下？這可先由地理與歷史角度來觀察。首先，甲賀與伊賀兩地均位在地形複雜，易守難攻的山谷之間，有利於地方土豪據地為主；其次，兩地與京畿相近，歷年來，平家、木曾和義經的餘黨均曾流竄至此，甚至成為南北朝激戰時，各方爭奪勢力的主要舞台。然而，如此仍不足以奠定甲賀、伊賀在忍術界的地位。

在壬申之亂中挑起叛亂的大海人皇子（註10），曾有聘用伊賀忍者的紀錄。根據傳說，義經的家臣伊勢三郎義盛（註11），便是一名伊賀忍者；近江望族佐佐木六角入道在對抗足利將軍時，麾下的甲賀武者曾讓足利大軍嚐盡苦頭，寫下不可思議的「鉤之陣」（註12）傳奇……由此看來，甲賀、伊賀的忍術可說是淵遠流長。而且這些史料的共通點，在於他們總是與當時的主政者採取對立的立場，由此更可深刻感受到甲賀、伊賀忍者的反骨性格，及其令人生畏的野性。

日本進入戰國時代後，「忍術」自然更顯示出其「便利」之處。戰國群雄競相聘任忍者，應用在諜報、刺探、暗殺、放火與擾亂的計謀上，而出現了「夜盜組」、「亂波」、「透破」等稱號。甲賀、伊賀忍術精妙之處，也接連在實戰中獲得充分的證

註10 「壬申之亂」，發生於西元六七二年，是日本古代史中所發生的最大內亂，內亂當年在干支上是壬申，故稱為壬申之亂。當時的天皇——天智天皇過世後，天智天皇之子——大友皇子，與其皇弟——大海人皇子，為了爭奪天皇之位，上演了類似唐朝玄武門之變的兄弟鬩牆戲碼，後來大友皇子在近江附近的瀨田戰敗，因而引頸自殺，大海人皇子奪權成功，為後來的「天武天皇」。

註11 根據史載，伊勢三郎義盛，原名伊勢三郎，出生於伊勢，曾於鈴鹿嶺當山賊時被官兵逮捕，而被流放到上野松井田。後來因緣際會成為源義經的家臣，改名為伊勢三郎「義盛」（取了義經名字裡的「義」字）。他是義經最好的家臣之一。最後鈴鹿嶺與賴朝軍抗戰時，戰敗自殺而死。

註12 根據日本野史記載，甲賀忍者曾在長享元年（西元一四八七年）十二月二日的夜晚，與近江佐佐木六角入道氏聯手，在望月出雲守的統領下，夜襲足利氏第九代將足利義尚設在安養寺的「鉤之陣」。

明。因此各家諸侯便爭先恐後地收買甲賀、伊賀忍者，甲賀五十三家、伊賀兩百六十家等諸多流派也相應而生。

然而不久後，忍者的苦難時代正式到來。隨著織田信長一統日本的腳步，忍者終究難免遭「天下布武」（註13）的鐵蹄蹂躪。兩地的地理位置靠近京畿，遭受攻擊也是勢所必然。但更主要的原因，乃是信長本人深怕其他勢力大量聘用忍者，而且他天性也不喜歡這些具有妖魅色彩、神出鬼沒的族群。隨後忍者們開始群起反抗信長，歷史上稱之為「天正伊賀之亂」。

逢此「國難」，各流派的甲賀、伊賀土豪紛紛團結一致，群起對抗。在數次的對戰之後，由於寡不敵眾，忍者們慘遭蹂躪。然而，他們的抵抗也屢屢發揮奇效，使織田軍被玩弄得元氣大損，甚至連信長本身也數次遭受狙擊，險些命喪九泉。因此信長日後掃盪忍者時，便不留絲毫慈悲，將城寨全部燒個精光，神社和寺院也悉數遭到破壞。信長甚至還頒佈一道「不問僧俗男女一律處死」的殘酷命令，倖存的忍者們只得四處流竄。其中，多數忍者選擇逃往三河，投靠在德川家之下。這是因為伊賀望族服部半藏從以前便一直在德川家出仕。

家康向來十分重視甲賀及伊賀忍者，認為他們具有利用價值。這一點由他早已聘任甲賀與伊賀忍者為德川家的地下武士，以作為在背後支持幕府的祕密政策便可了解。而忍者的首領就是服部半藏。

根據傳說，服部家為平家的後裔；也有人說，早在平家執政之前，服部家已是領有伊賀一郡的名門望族。半藏當時是如何受到家康的重用呢？由他擔當傳達信康自裁命令的重任即可得知。在伊賀之亂後，家康逐漸成為甲賀及伊賀忍者的主要保護者，而服部半藏也確立了其忍者最高首領的地位。

家康竭盡全力庇護甲賀、伊賀忍者，讓他們免於遭受信長的毒手。日後，在他翻越伊賀加太越山，遭逢「人生第一大難」時，得到了忍者們的回報。那次是本能寺之變發生時，家康正好受織田信長之邀上京遊覽。由於事發突然，家康無法取得與屬地三河的聯絡，而且身旁帶的侍從不多。家康因此進退維谷，甚至起過切腹自盡的念頭。幸好，在服部半藏的召喚之下，三百名甲賀與伊賀忍者火速趕來，一行人全力護

註13　永祿十年（西元一五六七年），織田信長發動對美濃的總攻擊。在裡應外合的優勢下，徹底打垮齋藤家氏而占領整個美濃。同年，信長遷居美濃的稻葉山城，將其改名為岐阜（取中國周朝崛起之地岐山之「岐」字），開始使用「天下布武」之朱印，正式以一統天下為職志，以「天下布武」為名，展開日後的統一之路。

衛家康，由山城前往甲賀，再從伊賀一路平安抵達伊勢。

半藏因為立此大功，後來受封為俸祿八千石的服部石見守。家康並賜他一棟位於江戶麴町的宅邸，成為伊賀同心兩百人的頭目。時至今日，東京仍遺有「半藏門」的地名，正是因為該地位於半藏宅邸的玄關前方。此外，位於神田的甲賀町，位於四谷的伊賀町，位於麻布的笄町（甲賀伊賀町），也是因為過去曾有甲賀忍者、伊賀忍者居該地而得名。世上也唯有德川家康，才能夠巧妙地讓他們為己所用。

儘管如此，家康總以陰鬱的眼神看著半藏。隨著年紀日漸老邁，心情越發鬱悶。半藏讓家康想起死去的信康，雖然是自己下令要信康切腹自盡的……這反而讓他更加悔恨，因為他根本不想殺掉自己的親生骨肉。平日少有埋怨的家康，對信康始終無法釋懷。信康的死，一直是他心中揮之不去的陰影。半藏察覺到這一點，他韜光養晦，謹言慎行，在麴町修築了一座名叫「安養院」的寺院，搭建供養信康的佛塔，在那裡度過日夜誦經，心無雜念的餘生。

半藏在慶長元年過世，由其子繼承地位，也就是當今的第二代服部半藏。而現在，家康不得不再將令他煩悶，卻又絕對必要的使命，賦予第二代服部半藏執行。

甲賀、伊賀兩族的忍者，雖然幾乎悉數納入服部家麾下，不過，兩族的忍者彼此間仍然水火不容，拒絕攜手共同出仕，寧願隱居在山野中。

背負詭譎宿命的甲賀、伊賀兩族，由於承蒙服部家長年累月的大恩，所以謹守誓言，盡力避開彼此可能發生的流血衝突。

而今，甲賀、伊賀兩族的首領——甲賀彈正與阿幻，在收到半藏發出的祕函後，終於在駿府城內現身了。

透過兩人屬下的比試，眾人見識到與當世忍術完全迥異的駭人祕術。依據忍術勝負，決定第三代將軍繼任人選，此一奇想讓柳生宗矩納悶不已。然而，不僅僅是宗矩，凡是與「繼位」這個重大事件有關的人，對於透過莫名決鬥決定自身命運，當然都會心懷疑慮與不滿。其實連家康自己也心存疑惑。不過，他左思右想，除了決鬥，的確也找不出另一把能斬斷內訌亂麻的快刀。

可是現在連大名鼎鼎的柳生宗矩，也不得不承認這場源自奇想的忍者之爭，是場精彩罕見的驚世之戰，更遑論他人如何目瞪口呆。他們並非不知忍者的易容、速度、跳躍能力異於常人，那是肉體與精神鍛鍊發揮至極限的成果。但肉體與精神的鍛鍊至少都有其局限性，這與劍法的道理相同。然而，他們親眼目睹兩名忍者的神技，顯然已經超越了人類……不！應該說是所有生物肉體上的極限，完全不在人類常識的範圍內。

「彈正！」家康面朝老人喊道：「我對風待將監的本事很是佩服。在你的弟子之中，是否尚有其他人會那種奇幻忍術？」老人面露輕蔑神色，瞄了將監一眼之後，緩緩說道：「服部大人指示在下，僅需展露敵人見到也不礙事的忍術即可。因此，我便召喚資質最差的徒弟過來。」

「你是說，風待將監是你資質最差的徒弟？」

家康神情詫異地望了彈正一眼，隨後又將視線移往老婦身上：「阿幻，妳那邊呢？」

阿幻露出陰森可怖的笑容，垂下一頭蒼白銀絲，默默不語。

「對戰需要十人，不！扣掉妳，還剩九人。」彈正說道。

「九人啊！哼、哼。」阿幻陰笑著。

即使是家康，此時也不由得直感背脊發涼。

「為確定德川家的繼位人選，你們是否願意一戰？」

「德川家的大恩難以回報，僅需服部大人一句話，隨時願效犬馬之勞。」兩名老者異口同聲回答。

「我同意！先父對你們設下的禁制誓約，我現在宣佈解除。不論勝方是甲賀或伊賀，一切將是天命所歸。你們有幸協助將軍家的大事，應該深感榮幸才是。此次忍術之爭的激烈程度，當屬空前未有，心悅誠服地作好必死準備吧！」半藏站出來喊道。

他無法忘卻父親臨死前，仍為擔任信康死亡使者一事悔恨不已。他心想，自己正可趁此良機，拂去始終籠罩著服部家的惱人烏雲。可是年紀輕輕的他，並不知道此次使命絕非大御所家康所願。另外，他恐怕也不了解父親終其一生嚴禁甲賀、伊賀二族爭鬥的真正意涵。

「那麼，彈正、阿幻，報上你們挑選的九名弟子吧。」說完，家康輕抬下顎對侍僮示意。侍僮捧著筆、硯和兩捲薄薄的卷軸，分別呈給甲賀彈正和阿幻。

攤開卷軸，裡頭是空無一字的白紙。兩名老者緩緩在卷軸上揮毫後，彼此交換手上的卷軸。雙方過目後，侍僮再呈回家康跟前。卷軸上浮現出下列的姓名與文字：

甲賀一族十人

甲賀彈正　　鵜殿丈助

甲賀弦之介　　如月左衛門
地蟲十兵衛　　室賀豹馬
風待將監　　陽炎
霞刑部　　胡夷

伊賀一族十人
阿幻　　雨夜陣五郎
朧　　筑摩小四郎
夜叉丸　　蓑念鬼
小豆蠟齋　　螢火
藥師寺天膳　　朱絹
汝等與服部半藏之約定——兩族不得互鬥之禁制，自今日起正式解除。列名於卷軸內之甲賀十人，應與伊賀十人一決生死，決鬥以倖存人數較多者為勝。倖存者應於五月三十日，攜此祕卷抵達駿府城。獲勝之一族得享千年榮祿。

慶長十九年四月

德川家康

甲賀彈正和阿幻各自在卷軸上按捺血印。捲上之後，家康將握在手中的兩份卷軸拋向空中，兩份卷軸在半空中分向左右掉落。

捺上甲賀彈正血痕的卷軸，朝著國千代的方向掉落；捺上伊賀阿幻血痕的卷軸，則往竹千代的方向掉落。

甲賀一族的忍者代表國千代，伊賀一族的忍者代表竹千代。何者能繼承第三代將軍之位？此兩人未來的命運，將受兩族忍者的對戰結果左右。

四

駿府城外，安倍川河畔。甲賀彈正和阿幻兩人佇立於血紅色的夕陽餘暉之中。風待將監與夜叉丸分別身懷祕卷，往西方疾馳而去。

「阿幻婆，世事總是難以預料啊。」彈正自言自語地說。

「是啊！你我二族血仇不共戴天，早自四百年前起，便以陰陽二流的忍術激烈爭鬥。如今我們的孫子孫女相互戀慕，兩族好不容易就快和睦相處了……」

「或許朧和弦之介兩人現在正在信樂谷相會呢。」

「真是可憐啊！他們最終還是難逃命運無情的捉弄。」

兩人相視而對。朧是老婦的孫女，弦之介是老人的孫子。

彈正突然語重心長地說道：「我們兩人不也是如此？想當年，我也曾經和伊賀的阿幻深深相戀。」

「那些過往的事，就再別提了。」阿幻甩動銀白髮絲說道：「甲賀、伊賀兩族之間的宿怨已經長達四百年之久。你我二人的命運竟然也同樣降臨在朧和弦之介的身上。在良辰吉日即將到來之際，服部家卻解除了你我二族忍術爭鬥的禁制。當真可悲、可嘆，這真是可怕的天意啊！」

「阿幻婆，該是一戰的時候了吧？」

「嗯，動手吧。」

兩人眼神登時充滿殺機。

「阿幻婆，妳不太清楚甲賀卍谷十人眾的實力吧！」

「有的清楚，有的不清楚。哼、哼！甲賀忍術算什麼！彈正大人，你可知道伊賀鍔隱十人眾的厲害？伊賀忍術傳承了四百年，是闇黑地獄中浴血修鍊而來的奇魅之術。怎樣？伊賀十人……」

「不是九人嗎？」彈正問道。

阿幻不發一語，悄然盯著彈正。夕陽西落，夜幕低垂，阿幻的臉赫然變得烏黑如墨，眼球向前突出。在她滿佈皺紋，如同雛鳥肌膚般的頸部之上，不知何物閃爍著耀眼的光芒。

甲賀彈正悄無聲息地走了四、五步之遙，與阿幻相視而立。接著，他從懷中取出卷軸：「阿幻婆，這不是方才夜叉丸應該帶在身上的卷軸嗎？如妳所見，它被我由懷中取出。想必夜叉丸那蠢蛋至今尚未察覺，只顧著死命向西方奔馳吧。透過風待將監的傳達，甲賀一族將早一步得知伊賀十人眾名帖。不，應該說是九人……」

彈正迅速展開卷軸，上面列著雙方對戰忍者的姓名，然而，伊賀阿幻的名字上已劃過一道血紅的直線。

即使如此，阿幻依舊不發一語，如石像般佇立不動，只見淚珠自她雙眼沿著臉頰緩緩流下。彈正雙眼注視著她，露出淒慘至極的笑容，喝道：「南無！」口中隨即射出某種物體。一道飛快的光束，筆直穿透了阿幻的咽喉，原來那是一根長針。此暗器不比一般吹針小，長約二十公分左右。方才在阿幻頸部兩側閃爍的光芒，便是此一暗器的傑作。她的咽喉遭到兩支鋼針貫穿，宛如扎上了銀色十字架。

阿幻舉起雙手，同時將兩根細長的鋼針拔出。她口中發出有如怪鳥般的長嘯。彈正不知她長嘯的含義。霎時，阿幻整個人跌入河裡，濺起大片水花。長針上塗有見血封喉的劇烈毒物。

「真是可憐啊，阿幻。但忍術之爭就是如此殘酷。妳就先到黃泉路上等候其餘九名伊賀眾吧。」

彈正語畢，緩緩收起卷軸，又忽然轉念，將卷軸置於河灘上，喃喃自語：「妳雖是我非殺不可的敵手，卻也是我昔日的戀人，至少要將妳水葬。」略一抬腳，將浸泡水中的阿幻屍身，輕輕撥向河中央。

此時，彈正聽到一陣異樣的振翅聲。他回頭望去，一隻老鷹以腳爪攫走河灘上的卷軸後，急速往上騰飛。霎時，方才阿幻怪聲長嘯的含義，他終於明白了。

就在甲賀彈正轉身的同時，他的雙腳突然被堅硬冰冷的物體拉住，整個人跌進河裡。

彈正此後再也沒有起身。原來，他的胸口遭阿幻以鋼針刺穿。阿幻伏在彈正身上，緊握長針的青腫手臂，則倚在他的胸膛上。兩人的軀體隨著河水徐徐漂流。

夕陽殘照之下，老鷹來回盤桓。牠腳爪上的卷軸迎風展開，輕輕地摩挲著兩人的臉龐。老鷹緩緩飛落在兩人身上，阿幻舉起顫抖的手指，沾上彈正胸前的鮮血，以最後的餘力，在卷軸「甲賀彈正」的名字上，劃過一道朱紅血痕。此時，夕陽已經完全西沈……

伊賀的夜叉丸匆匆趕回後，卻不見阿幻和彈正的人影，只見他俊美的臉龐，在青色弦月的映照下，蒙上了一抹陰影。

阿幻和彈正的屍體浸泡在潺潺流水中，兩人的銀白髮絲相互交纏，在河水中流淌飄逸。兩名在過去曾經相互戀慕的蒼老忍者，在新月如鉤的夜空中，魂魄是否也如同屍身一般緊緊相擁？不，恐怕不只在陽世，即使在地獄相會，兩人也將持續著永恆的修羅之爭！

不論如何，這場甲賀與伊賀之間的忍術之爭，由兩族首領率先拉開序幕，展開一場殊死決戰，並且相互了結對方的性命。

此時，身懷殺戮祕卷的風待將監，正往甲賀卍谷急奔而去；另一方面，腳爪攫著另一卷軸的老鷹，也在漆黑的夜色中，朝著伊賀的方向飛去……

甲賀羅密歐與伊賀茱麗葉

一

群山環抱的甲賀、伊賀交界處，現在仍是晚春時節。土岐嶺、三國岳、鷲峰山重巒疊嶂，一到白晝，處處都是黃鶯的啼叫聲。

此時正是拂曉時刻，如鉤新月漸漸隱入西方的山脈。

山中的飛禽走獸，此時仍在沈眠狀態。有兩條迅如狂風的人影，在信樂谷往土岐嶺的路上疾速奔馳。

「弦之介少主。」渾圓如球，位於後方的人影高聲叫道：「少主，我們要去哪？」

「見朧小姐。」前方那道修長的人影回答。

後方的人影不發一語，走了一段路後，說道：「真教我吃驚。少主和朧小姐都論及婚嫁了，還需要這樣深夜幽會嗎？不過，這倒也挺不錯的……」後方的人影笑吟吟地說道：「不記得是什麼時候，我曾經在伊賀宅邸見過一個名叫朱絹的女孩。她是個纖細婀娜的美人兒，就像現在天上彎彎的新月。不知道是不是因為我是個大胖子，所以特別喜歡那種身材纖細的女孩。嘿嘿！少主，您去找您的朧小姐，我去找我的朱絹姑娘，咱們主僕倆在三更半夜和伊賀的女人偷情。伊賀那群傢伙大概會被我們嚇破膽吧。」

「混帳，盡說些蠢話。」甲賀弦之介對他嚴詞訓斥，隨即表情嚴肅地問道：「丈助，你知不知道祖父前往駿府的原因？」

「據德川家忍者頭目——服部半藏大人的來信，是大御所德川家康想見識見識甲賀忍術，才召喚甲賀彈正大人晉見，並且要大人帶一名自幼受他訓練的忍者前往駿府城。」

「你對這件事有什麼想法？」

「如果要說有什麼想法，大概是少主和朧小姐訂下婚約的消息，已經傳到服部半藏大人的耳中吧！他可能覺得，既然兩家之間的宿怨已經化解，不如勸進兩家攜手合作，一同到德川大人那兒出仕——彈正老爺有對您說些什麼嗎？」

「要真是如此的話，你會開心嗎？」

那道肥胖的人影頓時沈默不語。

遠處傳來夜風吹拂樹林的沙沙聲，花瓣如同雪片般撲面而來，原來是山中的櫻花已經盛開。此時，兩人已經來到杳無人跡的深山，沒有半條像樣的道路可走。那名肥胖的男子名叫鵜殿丈助。在微暗新月的照射下，可以看見他臉上的鼻子、臉頰和嘴唇，無不鬆弛下垂，長相十分滑稽且奇特。只要他的身軀抖動起來，臉上五官便會擠成一團。

丈助身前立著兩根粗大的樹木，樹木與樹木之間的距離應該不到三十公分。然而，身材有如圓木桶，看起來比兩樹間隔大上數倍的丈助，卻能體態輕盈地從中一溜而過。

「說老實話，我並不開心。」丈助站在樹林前方，扯著他天生的大嗓門說道：「雖然知道少主聽到我說這番話之後，一定會非常氣憤。不過，不只是我，地蟲十兵衛、風待將監、霞刑部、如月左衛門、室賀豹馬等人……全都大感不服。我們眾人想徹底擊垮伊賀阿幻婆那群人。以我們甲賀的忍術，讓那些伊賀的傢伙倒臥在血泊中，讓他們打從心裡承認，伊賀忍術根本就比不上甲賀忍術——唉呀，少主，您別那樣瞪著我，我受不了您那種眼神。不過啊，這次與朧小姐的婚約，是您衷心盼望的，彈正大人應允了你們的婚事，我們身為下屬的，絕不會從中作梗。如果這門婚事能讓您今後過得幸福，我是絕不會有異議的，而且也會抱著喜悅的心情，努力勸大家別那麼死心眼——」

「真是太感激你了。這也是我只帶你私自出遊的原因。」弦之介的語氣十分沈悶。

「在我看來，你們全都愚昧不堪。我們甲賀一族自小就受到祖父的嚴格訓練，而練就一身驚世駭俗的忍術——在阿幻婆領導下的伊賀一族，理應也是如此——然而，雙方卻都受到數百年宿怨的無形束縛，分別隱居在深山老林之中，這不是愚昧到了極點嗎？我從以前就一直有這種想法。當初我之所以想和阿幻婆的孫女——朧結為夫妻，就是想要化解雙方數百年來的宿怨……」

甲賀弦之介是一名氣宇軒昂的青年，身上散發出知性理智的氣息。他的長睫毛在皎潔月光下映出陰影，更襯托出他沈思時的憂鬱氣質。

「雖說我當初有那種想法，但在親眼見到朧的那一瞬間，我就打消了這種自以為是的念頭。我深深覺得，自己根本無法將她當成敵人看待。」

「少主，我看您是對她一見鍾情。」

「朧和我無話不說。她雖然是阿幻的孫女，卻不曾學會任何忍術。一問之下，才知道不管阿幻婆怎麼訓練她，都發揮不了絲毫成效。若非如此，阿幻婆也不可能讓朧嫁入我們甲賀卍谷。」

「可是朧小姐一盯視我，我就會覺得渾身不對勁。身體啊，就變得和破紙一樣，實在不可思議。」

「因為她就像太陽。不論何種魑魅魍魎的妖術，在陽光底下全都會煙消雲散。」

「這正是她可怕之處……如果咱們甲賀一族也全跟著煙消雲散了，那還得了啊！」

鵜殿丈助從樹幹間露出圓滾滾的胖臉，憂心忡忡地說：「少主，您和朧小姐的婚事，要不要再重新考慮考慮啊？」

「丈助。」

「嗯？」

「我最近老是心神不寧。昨天傍晚時分，一股莫名的恐懼突然襲上心頭。」

「咦？」

「我很擔心被召至駿府的祖父。」

「您是說彈正大人嗎？怎麼了？」

「不清楚。正因為不清楚，所以才萌生去鍔隱找朧的念頭，或許阿幻婆會派人回伊賀通報駿府的情況。去朧小姐那裡，或許探聽得到祖父的消息。」

「啊？」

丈助忽然抬頭仰望夜空。就在此時，杉木林的高空上，傳來一陣鳥類的振翅聲，一抹不尋常的黑影掠了過去。

「那是什麼鬼東西？」

「老鷹。而且遠遠望去，牠的腳爪似乎抓著白色的長形紙片——」甲賀弦之介望著老鷹飛行的方向，一臉狐疑。他突然轉身喊道：「丈助，將那東西取回來！」

「是。」

鵜殿丈助即刻飛身衝出，杉林之內，迴盪著他嘹亮的聲音。

二

與其說丈助在奔跑，不如說他在地上滾動還比較貼切。

甲賀忍者鵜殿丈助一面注視著夜空，一面像顆皮球般，在山坡上不停滾動。與一般皮球滾動方式不同的是，他是由下往上朝著山頂滾。

不、不僅如此，由於丈助盯視著天空上老鷹的動靜，同時又疾速前進，所以他不知得撞上幾十棵杉樹才行。不過，明明看起來就快撞上杉樹了，但在下一刻卻又一溜煙地從樹與樹之間的空隙穿了過去，然後繼續快速前進。不、也不是那樣。如果用現代的高速攝影機連續動作，或許就能清楚捕捉到那種奇妙的現象。當他撞到物體的瞬間，身軀就如同皮球般凹陷進去。實際上，也有那麼兩、三次，在他撞到物體向後彈回後，又再度自動往前奔馳。如果把那物體當成皮球，那麼也是個有生命的皮球，一個具有自我意識的皮球。

不知從何處飛來的老鷹，在寬廣無垠的夜空上靜靜飛翔。牠似乎經歷過一段長途飛行，腳爪上勉強抓著白色長紙片，看起來早已筋疲力竭。就在老鷹從杉林上空掠過的同時，丈助拔出短刃朝牠擲去。

在黯淡的月光下，短刃「咻」地一聲，化成一道光束飛了出去。老鷹揚起巨大的翅膀，身形巧妙地躲過丈助的飛刀攻擊，隨後立即朝向高空飛去。不過，就在老鷹閃躲飛刀的剎那，紙片同時從牠的腳爪上滑落，迎風飄落至杉林之中。

鵜殿丈助趕在紙片落地前，連忙接住了紙片的一端，在另一端尚未掉落地面時，他忽然聽到身後傳來一陣嘶啞的聲音，說道：「能把那玩意兒交給我嗎？」他回頭一看，只見一名老者赫然站在身後。老者的身軀宛如一根彎曲鐵釘，長鬚垂地，反射出銀白的光芒。

「喲，這不是伊賀的……小豆蠟齋老兒嗎？」丈助不禁心慌了起來。「唉呀，多日不見，真是幸會。其實我這次是要陪同弦之介少主前往伊賀造訪——」

「……」

「呃、呃……我們少主可不是要去和朧小姐幽會，而是對彈正大人前往駿府一事感到不安，所以想詢問阿幻婆那邊是否傳回了什麼消息。」

「能把那玩意兒交給我嗎？」小豆蠟齋完全不理會丈助的寒暄，只顧著重複這句話。

「你方才以短刃射的老鷹，是阿幻大人飼養的。」

「你說什麼？那頭老鷹？」

鵜殿丈助瞥了一眼手上攤開的紙片，那顯然是書寫著某些文字的卷軸。

「如此說來，那隻老鷹是從在駿府城的阿幻婆那裡飛回來的？」

「這不是你該知道的事。你竟敢朝那隻老鷹射出短刃，簡直是活得不耐煩了！話說回來，先將那玩意兒交給我吧。」

丈助默默地凝視蠟齋。可是他腦中靈光一閃，開始將那卷軸捲了起來。

「不愧是弦之介少主——少主的預感就是這個吧，從駿府飛回來的老鷹。這隻老鷹帶來的卷軸——就讓我們見識一下裡頭寫些什麼吧！」

「哼！臭小子。站在你面前的不是別人，可是我伊賀的小豆蠟齋啊！看清楚對方是誰再動口，別在那裡大放厥詞。」老人的眼中流露著令人生畏的光芒。

「嘿嘿嘿嘿嘿！」丈助冷笑。

「唉呀，我說蠟齋老啊！誠如您所說，這卷軸原本就是你們伊賀的物品，這我倒也沒有異議，可是我對您方才說的話倒是很有意見——什麼活得不耐煩啦，別大放厥詞的——那是什麼口氣啊！」

「你想怎樣？」

「蠟齋老，甲賀、伊賀兩族四百年來的宿怨，至今還沒做個了結，而一直受到服部家的禁制，最近雙方又訂下婚約，眼見一切恩怨就要煙消雲散了——這固然可喜可賀，說遺憾倒也是挺遺憾的。您不這麼想嗎？蠟齋老。」

丈助不曉得在忖度些什麼，以揶揄的語氣說道：「話說回來，蠟齋老，我雖然不太了解您的忍術，不過據說和我的忍術是一脈相通的。我怎麼也沒辦法把您當成外人，總覺得您就好像我的祖父或伯父一樣——然而，伊賀與甲賀在忍術方面究竟有何不同？也不知道孰強孰弱？怎麼樣，蠟齋老，我是不想和您爭鬥，因為和服部家有那樣的約定在。不過，我倒是想偷偷和您玩個幾招，不知道您老意下如何？」

「丈助，忍術可不是小孩玩的遊戲。將忍術對決當成遊戲，是會把小命給玩掉的。」

「蠟齋老，您不想跟我玩玩嗎？那麼，我就不把這卷軸交給你囉！」

此時，佝僂著腰、頭部幾乎快碰到地面的老者，軀體倏地伸長，有如拔地而起的青竹。這個令人臆測不到的遽變，讓丈助不禁瞠目結舌。

「喝！」小豆蠟齋提了一口氣，迅如閃電般朝丈助渾圓的小腹踢了過去。

這一踢力道十分強勁，如同使勁將木楔釘入樑柱一般。換作常人，被他這麼一踢，下場肯定是血肉模糊……丈助的腹部發出皮球被踢中的聲音，整個人瞬間向後彈出三公尺外。

「不愧是伊賀的蠟齋老，還真有那麼兩下子！」

丈助皺了一下眉，痛苦得額頭上滲出汗珠。不過他立刻又面露笑容，手上依然緊握著卷軸。

「哼！」

蠟齋似乎被激怒了，他狂嘯一聲，朝丈助的方向攻了過去。

儘管蠟齋老的腰際佩著彎刀，但他並未將刀拔出。縱使拔出彎刀，只怕也毫無用武之地。雖說杉木林裡月光皎潔，亮度如同千隻螢火蟲展翅飛舞，使得夜裡的視線十分清晰，但身處長滿杉樹的林間，彎刀是無法靈活運使的。

這算是場遊戲嗎？正如小豆蠟齋不久前所說，將忍術對決當成遊戲，簡直是拿生命開玩笑，因為忍術是極其可怕的格鬥武技，稍有不慎，便會丟了性命。

丈助將杉林當成盾牌，在林間閃躲蠟齋的攻擊。蠟齋細長的手腳，前端像是長了眼睛一樣，緊緊追在丈助身後，身體明明與丈助隔了好幾棵杉木，手腳卻像皮鞭一般，能夠自由彎曲。他奇特的攻擊態勢，如同章魚運用觸手般靈活。難道老者身上沒長半根骨頭？不！一旦杉林裡的枝幹或樹葉被他的手腳掃過，便會如同遭到利刃劈砍一般，立刻應聲斷裂。蠟齋全身上下的骨頭，似乎由無數關節所構成，他的頭部、腰部及四肢，均可彎曲至違反人體工學的程度。

「你這老妖怪！」丈助喊道。

蠟齋逼近丈助身前，臉部、軀幹與雙腳前後交錯成三段攻了過去，丈助見到這駭人景象，不禁發出刺耳的尖叫。

蠟齋的一隻手臂如藤蔓般，纏住丈助肥胖的頸部。丈助的臉霎時腫脹變黑，活像個腐爛的南瓜。

蠟齋冷笑道：「狂妄無知的小鬼，嚐到我小豆蠟齋的厲害了吧？還不交出卷軸。」為了逼丈助交出卷軸，他纏在丈助頸上的手臂，如同繩索般緊縮一圈，直徑只剩下頸椎大小。

然而，因為使力的緣故，蠟齋的手臂汗水淋漓，正當他擔心對方藉此脫身時，鵜殿丈助一溜煙滑了出去，退到離蠟齋約一公尺處。說時遲那時快，丈助的身軀如河豚般鼓脹了起來。

「啊！」蠟齋目瞪口呆。

嘴裡喊別人是妖怪的丈助，其實自己才是妖怪吧。不論敵人如何衝撞或緊勒他的身軀，都像是在攻擊充滿彈性的皮球，發揮不了任何效果。蠟齋和丈助的身體都異常柔韌，兩人的不同之處，在於蠟齋的身軀宛如伸縮自如的彈簧，丈助的則像一顆巨大的肉球。

「您老了，蠟齋老。」丈助笑得渾身肥肉亂顫。

小豆蠟齋蒼白的頭髮與鬍鬚因為汗水淋漓而黏住。

「真是有趣。怎麼樣，這場比試似乎是我贏了。按照方才的約定，卷軸作為獲勝者的獎賞，那麼我就收下了。」

丈助發出尖銳刺耳的輕蔑笑聲，渾圓的身軀朝著杉林的方向滾了過去。蠟齋全身骨骼僵硬，只得眼睜睜地望著他離去。對這位老者而言，敗北造成的絕望，遠比肉體上的疲憊更讓他渾身無力。

三

玉兔西墜，甲賀國與伊賀國的山谷，籠罩著一望無際的漆黑。

不久，清晨的第一道曙光照射到山谷交界處，滿山充斥群鳥鳴囀聲，草叢上的露珠折射出點點光芒。

此刻，在甲賀信樂谷通往伊賀的土岐嶺上，傳來宛如春天精靈的悅耳呼喚聲：

「弦之介大人！」

前方隱約有五道人影佇立在晨靄之中。

「啊，朧小姐。」

只見一條身影如小鹿般躍過灌木叢，語帶興奮地回頭對其餘四人說：「我就說吧。只要一到甲賀境內，從昨天傍晚起那種不安的心情，或許就能解開了。你們看，和我心意相通的弦之介大人，也朝著我們伊賀的方向來了。一定是彈正大人請他來通知我們什麼消息，啊，弦之介少爺面露微笑，多半是捎來好消息了。」

說話的少女披著一件桃紅色斗篷。天色依舊昏暗，但那名少女身上，卻隱隱透出光芒，大概是她身上靈秀之氣的緣故。

她是伊賀忍者首領阿幻的孫女——朧。

但是隨侍在她身後的四人表情陰沈，佇立在一旁沈默不語，恰好與朧的欣喜神態形成強烈對比。

其中有兩人似乎是侍女，一名女子肌膚白皙如雪，長著一張瓜子臉，妝扮得十分妖豔。另一名女子嬌小玲瓏，頭上似乎有柔軟的飾物，予人楚楚可憐的感覺，可是定睛一看，纏繞在這名嬌小女孩頭上的不是頭飾，而是一條活生生的蛇，任誰見了都會膽顫心驚。那條蛇緩緩自女孩的衣襟爬至項頸，口中嘶嘶吐信，彷彿受到女孩髮香的撩撥，不禁愛撫起她那頭烏黑長髮。

「不知蠟齋老幹什麼去了？」

「他方才抬頭望了天空一眼，便急急忙忙追了過去，好像發生了什麼大事似地。」

另兩名男子一邊望著弦之介，一邊簡短交談。天色朦朧，不過隱約能看出其中一人臉色慘白，像極了溺水身亡的死者；另一名男子毛髮濃密茂盛，頭髮蓬亂不堪。

「弦之介大人！」

「朧小姐，發生什麼事了？」

甲賀弦之介走上山嶺後，臉上的笑容霎時消失，取而代之的是詫異神情，他朝著朧緩緩走了過去。

「朱絹、螢火、雨夜陣五郎、簑念鬼，你們也來了，這到底是怎麼回事？」

朧會心一笑，心想，那是我原本要問的問題，倒讓他搶先問了，真是有趣極了！不過，她隨即嚴肅起來，對著弦之介說：「不知為何，從昨天傍晚開始，我就有一種心驚肉跳的感覺，不禁擔心起祖母的安危。心想如果到甲賀去，或許能從彈正大人那裡得到一些消息——」

「我也是想去阿幻婆婆那裡探聽消息。我的心情和妳一樣，很擔心祖父的安危，所以才急急忙忙趕來這裡。」

弦之介凝視著朧，他看著斗篷下那對水漾雙眸，不禁露出微笑，語氣篤定地說：

「沒事的！就算發生了什麼事，也有我甲賀弦之介在。」聽見弦之介這番話，朧烏黑的雙瞳閃爍著光芒。

「有你真好。我一見到你，內心那股不安就像春天的融雪一樣消失無蹤。」

朧不在意四名部屬的陰沈目光，如同天真無邪的少女，緊緊依偎在弦之介身旁。任誰都無法想像，這對深情的眷侶是四百年來相互憎惡、身懷奇幻忍術的兩大忍者家族的嫡孫。而他們身上卻不見絲毫的妖魅氣息，兩人相互依偎的情景，像是一幅洋溢青春之美的絕佳畫作。大概是這對眷侶所流露出的款款真情，深深感動了甲賀彈正與阿幻，因此應允他們的婚事。從他們身上，似乎能預見甲賀與伊賀合併後的美好未來。

太陽不知何時已自東方緩緩升起，兩人沈浸在柔和的光芒裡。

此時，忽然有一陣喊叫聲，從灰暗的山谷方向傳了過來。

「喂……喂……」

四名部屬面面相覷，說道：「咦？該不會是蠟齋老吧。」

「不！聽那聲音，應該是隨我而來的鵜殿丈助。」弦之介偏著頭對伊賀眾人說道：「那傢伙手腳真慢，不知道在搞什麼鬼？先前，在我來這裡的途中，見到一隻老鷹在天空飛翔，腳爪上抓著像是卷軸的東西，所以我要丈助追上去看看。」

「老鷹！」蓬頭散髮的男子叫道，他便是伊賀忍者——簑念鬼。「難道是婆婆由駿府派來傳遞訊息的？」

「什麼？祖母的老鷹？」朧不禁倒抽一口氣。

臉色慘白的雨夜陣五郎撫掌說道：「這樣說來，蠟齋悶不吭聲突然消失，為的就是那隻老鷹囉？」

正當五個人神色不安，面面相覷之時，山坡下有個球狀物體滾了上來。

「唉呀！」他環顧眾人，以一如往常的高亢聲音問道：「你們一群人聚在這裡是怎麼回事？」

「丈助，老鷹呢？」弦之介嚴聲質問。

「真是麻煩！我說的不是老鷹，而是從老鷹腳爪上掉落的卷軸。」

見到丈助大剌剌地從懷中掏出卷軸，簑念鬼和陣五郎不約而同大喝一聲，同時向前踏出一步。

「是、是，我知道。這是阿幻婆從駿府要老鷹送回來的物品。嘿嘿嘿嘿！為了拿到這個卷軸，我方才還和小豆蠟齋大玩捉迷藏呢。因為我和他約定較量甲賀與伊賀的忍術，獲勝者可以拿走這個——」

「丈助！」

「我就知道少主您免不了要說上幾句。我們只是玩個幾招而已啦，所以我才說是大玩捉迷藏。至於詳細情形，你們這些伊賀的人去問蠟齋老就好了。簡單來說，甲賀和伊賀的忍術遊戲由在下勝出，就如你們所看到的，這卷軸就是明證——」

丈助話語未落，弦之介便出手奪走他手上的卷軸：「既是阿幻婆婆讓老鷹送回來的物品，那當然屬於伊賀眾人，你這種惡作劇真是要不得——朧，妳趕緊看看上面寫了些什麼。」

朧接過卷軸，正準備攤開，雨夜陣五郎連忙喝道：「且慢！」

在晨曦的照耀下，他可怕的樣貌更加清晰，臉部像溺死者一樣怵目驚心，脖子、手臂、皮膚浮腫腐爛，上面長滿了綠霉，實在噁心到令人作嘔的程度。

「那卷軸萬萬不可在弦之介大人面前攤開。」

「陣五郎，為何這麼說？」朧問道。

「前往駿府的甲賀彈正大人和婆婆究竟怎麼了？那邊的情況尚未明朗。婆婆既然讓老鷹帶回卷軸，那上面的內容……」

「陣五郎，不管這世上發生什麼事，至少伊賀和甲賀兩族之間都不會再起任何風浪了。」

「朧小姐，在下也希望今後兩族不再起任何爭執，但是我們兩族之間還沒正式聯姻吧！不論如何，現在兩族之間還是處於不共戴天的仇恨關係……婆婆讓老鷹帶回的祕卷，若是讓甲賀的人瞧見，到時婆婆責問起來，我們這些作下屬的該如何負責？」

陣五郎嘮嘮叨叨地說了一堆。很顯然，他對兩族之間的恩怨依舊無法釋懷。弦之介暗自苦笑，心想，這不正和丈助等人的想法相同嗎？

「你說的也不無道理。我這就到旁邊去。丈助，隨我來。」弦之介默默轉身離去。

丈助心想，搞什麼？好不容易弄到手的卷軸，就這麼……他氣得鼓起臉頰，不情願地跟在弦之介身後，走的時候還不時回過頭看。怎知，朧卻不假思索地將卷軸拋向伊賀四人的方向，隨著弦之介和丈助離開。

「怎麼了，朧小姐？難道妳不想知道婆婆捎來什麼消息嗎？」

「不！比起那個，更重要的是，弦之介大人，請你原諒我伊賀族人的無禮舉動。」

弦之介凝視朧泛著淚光的哀愁眼神，壓抑著想將她緊擁入懷的衝動，從身邊摘下一朵山茶花，插在她的斗篷上。

「不必在意。妳我二族結下的宿怨，已長達四百年之久。陣五郎說的也並非全無道理可言。仔細想想，兩族之間糾纏不清的仇恨，也不是說化解就能化解的。朧小姐，不如妳我心連心，將甲賀和伊賀兩族牢牢地結合在一起，妳說好嗎？」

雨夜陣五郎、簑念鬼、朱絹和螢火四人緊密地圍成一圈，將卷軸放到草地上攤開，屏息凝視著上面書寫的文字。他們背向陽光，宛如四隻不祥的烏鴉。

朧回眸喊道：「陣五郎，祖母究竟在上面寫了些什麼？」

長相有如溺死者的陣五郎，緩緩朝朧的方向望過去，好似從水底發出聲音答道：

「朧小姐，請您放心……卷軸上的內容是說，在駿府城內，甲賀彈正大人和婆婆兩人，已在大御所家康大人與服部半藏的見證下達成和解，他們現正相偕遊覽江戶的風景名勝，待結束旅程後才會返回——」

四

「啊！果然不出所料。」

「那真是太好了！」

朧和弦之介難掩欣喜，彼此互望一眼。在他們走回四人身邊的同時，雨夜陣五郎也飛快地將卷軸捲起來，朝他們走了過去。

「弦之介大人，請原諒我先前的無禮。身為忍者，總是有著不輕信他人的習慣，這種稟性真是可悲啊！」

陣五郎努力堆笑，但他那種溺死鬼般的笑臉，著實讓人不敢恭維。

「如此一來，一切都圓滿解決了，真讓人欣慰。那麼，弦之介大人很快就要成為我們家小姐的夫君了……您和朧小姐總是心有靈犀，今早在甲賀與伊賀交界的土岐嶺上相遇，不也是上天的巧妙安排嗎？弦之介大人，您要不要趁此良機，到我們伊賀境內一遊？」

「這真是好主意。」朧不由得拍手稱好，「弦之介大人，請你一定要來我們伊賀一趟，順便和族人見見面。等祖母回來，看見你已經和伊賀的族人們有說有笑，不知會有多驚訝呢！祖母一定會非常高興的……」

弦之介凝視著朧小女孩般的天真笑靨，猛點著頭說：「好，我去、我去。」然後，他回頭對丈助說：「丈助，你回甲賀之後，代我向他們說明理由，我想在伊賀待上幾天。」

「且慢！弦之介少爺。」鵜殿丈助搖頭答道：「在下覺得您的決定太輕率了！難道說，您想隻身進入敵人的巢穴？」

「說什麼蠢話！我們離開甲賀的目的，不就是為了去找朧小姐嗎？」

「沒錯，但是目前情況有變。這次換成在下感到不安了——」

弦之介不禁苦笑。

「你會這麼說，難道也是忍者的習性使然？我很清楚，不是所有伊賀族人都願意打從心底相信我，但也正因為如此，如方才朧小姐說的，我應該趁此良機去和伊賀的眾人相見，當面解開彼此的心結。」

「如果閣下不放心的話，不妨陪著你們少主一同前來。至於甲賀那邊，就讓我或者簑念鬼代你過去通報一聲。」

丈助抬頭瞥了陣五郎一眼，笑道：「去又何妨。」

「這樣一來，咱們就能一同賞櫻喝酒了。」

「不過在此之前，得先讓我看看卷軸的內容。」

「什麼？」

「甲賀和伊賀真的達成和解了嗎？如果沒親眼見到卷軸的內容，我是不會踏入伊賀一步的！」丈助叫道。

此時，站在丈助身後的簑念鬼突然發出一聲輕喝。丈助並未察覺，在簑念鬼的頭上產生了十分玄妙的變化。他那頭蓬亂的頭髮，如同具有生命的物體，正緩緩逆豎起來。

朧往前輕挪一步，點頭說道：「陣五郎，我也想看卷軸，把它攤開來吧。」

「遵命。」陣五郎正準備攤開卷軸的時候，忽然停下來，昂首冷笑道：「且慢！丈助大人。」

「嗯？」

「讓閣下過目還不容易，不過在此之前，我有件事想請教你。」

「什麼事？」

「你方才說過，之所以取得這個卷軸，是因為你在忍術的比試上，勝過了我方的小豆蠟齋老，沒錯吧？」

「很遺憾的，正是如此。」

「嗯，的確非常遺憾。那麼，你有意和我們在場四人之中的任何一人，較量較量忍術嗎？若是我方輸了，就讓你看看這卷軸寫的內容。」

「那可不成。」弦之介連忙喝止。

「對於先前丈助的惡作劇，我會嚴加訓斥，還請在場諸位見諒。我不希望雙方再發生這種無謂的爭鬥，卷軸不看也無所謂。」

「若是對那場敗績置之不理，等到日後伊賀與甲賀合併，我們伊賀在他人面前如何抬得起頭？」陣五郎言語中帶有煽動的意味，接著說道：「反正雙方只是玩個幾招，比試可以採取點到為止的方式。」

「好啊！那就來吧！」丈助笑著點頭答應。

「那麼，由誰上場呢？」陣五郎回頭望了妖豔的朱絹一眼，「我看，就先由妳和他比試一下吧！」

「什麼？要我跟女人動手？」丈助氣得臉上肥肉亂顫，但他轉念一想，隨即改口說道：「要我和朱絹小姐比試啊，唉呀，這可真有意思！朱絹小姐，其實我老早就深深為妳著迷了。嘿嘿！這個嘛，在下有個小小的心願，希望在少主與朧小姐完婚之後，可以把妳娶進門。」

「要是我敗了，我就委身於你！」朱絹答道。不過，她白皙剔透的臉上，卻未露出嬌羞的表情。

「咦？妳是認真的嗎？那太好了！想到妳即將成為我的人，就讓我覺得妳變得更美了。我還真不忍心對妳出手呢。不過這也是老天爺安排的姻緣啊。對了，要如何分出勝負？」丈助完全將卷軸的事拋諸腦後，亢奮地晃動著身上的肥肉。

「你們不許用刀。」

朧在旁邊說。她的雙眸裡閃爍著忐忑與好奇的光芒。

弦之介始終沈默不語。

「好，借你手上的兵器一用。」

丈助奪過簑念鬼身上的木棒，輕輕地遞給朱絹。

「朱絹小姐，妳便使這木棒吧！不管是手臂或者是臉部，只要一見紅，我就馬上乖乖認輸。不過嘛——」

丈助賊賊地笑著說：「若是我將妳全身上下的衣物剝光，比試便算我贏。如何？」

在一旁默不作聲的弦之介，正想開口的時候，朱絹已冷冷點頭說道：「樂意奉陪。」

「來吧！」

語畢，兩人倏地縱身躍起，彼此拉開一段距離。

土岐嶺上，風格迥異的兩條身影，在拂曉春光中傲然對立——

女忍者朱絹將木棍斜舉胸前，圓滾滾的丈助則攤開碩大的雙手。一旁觀戰的弦之介，臉上霎時失去笑容，因為朱絹身上正散發出冷冽的殺氣，全神貫注地欲置丈助於死地。

「呀！」朱絹掄起木棍，舞出一道道刀刃似的光芒，丈助急忙向後抽退。木棍疾如閃電緊隨在後，朝丈助身上劈下，發出了擊中皮球似的聲響。丈助露出促狹的笑容，只見木棍深深陷入丈助那副笑臉，不過，當木棍從丈助臉上移走之後，他那凹陷的臉又迅速恢復原貌，笑吟吟地望著朱絹看。

「啊！」朱絹飛身抽退。丈助嘻皮笑臉地逼近朱絹，順勢要抓她的衣帶。朱絹如陀螺般旋轉閃躲，掄起木棍向後橫掃。丈助對木棍的攻勢毫不忌憚，甚至伸出頭部，任憑朱絹擊打，並以雙手緊緊抓住她的衣帶。陣五郎暗暗叫道：「勝負已定。」雙眼狠狠瞪視丈助。就在此時，鵜殿丈助臉部遭木棍擊中之處，忽然流出汩汩鮮血。在場眾人無不驚訝萬分，丈助用手摸摸自己的臉，露出驚愕的表情。

鵜殿丈助頓時像傻瓜般呆立在場上，再次伸手撫摸自己的臉，隨即叫道：「這不是我的血！」丈助原本嘻皮笑臉，霎時變成凶神惡煞。他的身軀宛如從天而降的橡木桶，猛然朝朱絹身上壓了過去。

「這、這是妳的血。」說著，丈助伸手去抓朱絹的衣服。

丈助撕裂了朱絹身上的衣物，她上半身的胴體裸露而出。甲賀弦之介只瞥了一眼，也不禁由喉間發出驚嘆。原來她赤裸的上半身，不知在何時已染成鮮豔的血紅色，肩膀、腰部、乳房……全身上下，無處不鮮血淋漓。

「勝負未定！」朱絹嬌聲喝道。同時，她全身的毛孔迸射出鮮血，形成一片血霧。只見鵜殿丈助面露驚懼，茫然無措地楞在原地。

自古以來，某些人的皮膚會出現一種無傷出血的奇特現象。明明身上沒有任何傷口，卻會突然由眼睛、頭部、胸部和四肢滲出鮮血，究其原因，是這些人能經由意志增加血管壁的穿透性，並且讓血球和血漿從血管壁迸射而出。如此看來，朱絹這名女子必定能透過自身的意志力，讓肉體產生詭異的出血現象。

籠罩在血霧之中的丈助，視線完全被霧遮掩，只得慌張地以雙手探索方向。血霧逐漸瀰漫開來，似乎連天上的太陽也被染成血紅，天色因此黯淡無光。朱絹的身影隨即消失在這片血紅妖霧之中——「我、我認輸了！」血霧裡傳來丈助的哀嚎聲。

破蟲變

一

「阿幻大人已死。」男子說道。他的聲音有如女子般陰柔。

這名男子膚色慘白，可說是毫無血色，臉形扁平而缺乏變化，眼睛細長，體態略顯豐腴，整體線條則有如女性般柔和。最讓人不可思議的是他的年紀。從他一頭烏黑的頭髮，以及看似年輕俊秀的臉龐看來，理應是三十不到的青年，而整體感覺卻像一名歷盡滄桑的老者。沒人說得出原因何在，若是非要給個理由，或許是他的皮膚毫無光澤，雙唇泛紫。總之，這名男子身上散發的詭譎妖氣，讓人覺得他的歲數異於凡人。

此人名喚藥師寺天膳，在伊賀一族中，是唯一能與阿幻平起平坐的人物。

他究竟幾歲了？此刻圍在他身旁的五人，包含小豆蠟齋在內，全都不甚清楚，只曉得他們自幼看到的藥師寺天膳，容貌與現在相比，可說毫無差異。在他們的回憶裡，藥師寺天膳與阿幻婆時常談及陳年往事，像是四、五十年前天正年間的伊賀之亂。

在取回阿幻婆的祕卷之後，雨夜陣五郎與簑念鬼等人先請來藥師寺天膳商談，自然是理所當然的事。天膳帶著貼身侍從筑摩小四郎前來，一見到卷軸，便即刻斷言：

「阿幻大人已死。」

在伊賀與甲賀的交界——土岐嶺上，螢火蟲在草叢中飛舞，櫻花如雪花般從空中飄落，像是一幅春意盎然的風景畫。乍看之下，身處如畫景致中的六名忍者，好似點綴畫作的人物。然而，聚集在此處的伊賀忍者們，其實正在籌畫一場可怕的陰謀。

不久之前，還在土岐嶺上的甲賀弦之介與鵜殿丈助，此時已讓朧和朱絹請至伊賀宅邸。丈助曾經誇下海口，在與朱絹的忍術比試中，只要自己身上見紅，就陪同弦之介一起前來伊賀。最後，他被朱絹噴出的血霧籠罩全身，筋肉喪失了化身為皮球的能力，被她以木棍打得遍體鱗傷。丈助遭此大敗後，也只得哭喪著臉，陪同甲賀少主弦之介前往伊賀鍔隱。

「而且甲賀彈正也身亡了。」藥師寺天膳凝視著卷軸，上頭甲賀彈正、阿幻的名字，都被劃過一道血線，他的臉上不禁掠過一絲淒然。

不過，他們不愧是受過嚴苛訓練的忍者一族，即使得知如同生母的首領不幸身亡，卻無人發出哀淒的聲音。然而，面無表情的五人，身上都散發出無形的殺氣漩渦。

「我也這麼想。」原本昂首深思的陣五郎，點著頭說道：「所以我欺騙弦之介，說卷軸上寫著甲賀與伊賀已達成和解，阿幻婆和甲賀彈正在遊覽江戶春景。」

「弦之介和丈助已經在伊賀境內，他們現在就有如甕中鱉。」簑念鬼咬牙切齒地笑著，如蛇般的頭髮倒豎起來。

「不，鵜殿丈助不足為懼，但是甲賀弦之介絕非等閒之輩。他那雙眼睛可以施展出詭譎莫測的瞳術，是一名極為可怕的敵手。而且朧小姐又深深迷戀上他，這真是令人頭痛萬分。」天膳搖著頭說道。

筑摩小四郎問道：「若是告知朧小姐阿幻大人已不幸過世，並交付卷軸予她過目，也無法令她改變心意嗎？」

「即使朧小姐下定決心與弦之介為敵，她終究也是下不了手吧。更何況，要是她哀求我們別與甲賀為敵，事情豈不更難辦了？此外，若是讓她得知真相，也難保弦之介不會覺察我們的意圖。」

「這該如何是好？」

「關於這件事，絕對不能讓朧小姐知情。就暫且讓她和弦之介沈浸在美夢之中吧。」天膳淺淺一笑。雖然他面無表情，心裡卻燃起憎惡與嫉妒的熊熊火焰。

不過，這名男子似乎擁有絕佳的情緒控制力。他接著冷然說道：「幸虧卷軸已經落入我們手中。除了名帖中的彈正、弦之介和丈助之外，還有另外七名甲賀族人。我想，先把他的屬下一一除掉，再回頭慢慢處理弦之介，這才是最明智的作法。此外，讓弦之介那傢伙親眼見到甲賀一族遭覆滅的慘狀，豈不是一大樂事？」

「有趣極了！服部家解除了兩族的禁制，這可真是大快人心！就憑甲賀那些傢伙的三腳貓忍術，哼哼哼！」筑摩小四郎放聲冷笑。他的年齡約莫二十歲上下，腰際插著一把碩大的鐮刀，看上去活像個農家青年。

伊賀眾人掩飾不住內心的欣喜，從表情便看得出他們亢奮難抑。唯獨螢火一人神色不安，問道：「天膳大人，夜叉丸現在怎麼樣了？」

隨著阿幻婆前往駿府城的夜叉丸，正是螢火的戀人。

「我也不清楚。不過，卷軸上夜叉丸的名字沒被劃掉。」天膳指著卷軸說道：「如果老鷹是在天亮以前飛回這裡，那麼牠應當是昨天黃昏從駿府出發的。若老鷹與夜叉丸同時間由駿府出發，那他極有可能在今天深夜或明日凌晨之前回到伊賀。」

天膳思索片刻後，立刻抬起頭來說道：「除了夜叉丸，最讓我放心不下的，還有敵方那個被甲賀彈正帶至駿府的忍者——風待將監。」他的眼裡掠過一絲光芒。「恐怕彈正也將相同的卷軸交給風待將監送回甲賀了……絕對不能讓那卷軸落入甲賀手中。」

「沒錯！」

「不論如何，都必須先半途截住風待將監，然後把卷軸奪到手。」

「好，就交給我吧。」

「不，讓我去。」

簑念鬼和小四郎兩人為了由誰去伏擊風待將監而僵持不下。

「好，那雨夜便一個人先回伊賀去吧。」

「為什麼？」

「事態緊急。擔任刺客的其他人現在就出發，別讓弦之介主僕得知這件事，也絕對不能讓朧小姐有任何蛛絲馬跡可尋。手腳俐落些，先派人看守他們。」

「不如立刻殺了弦之介。」陣五郎說道。

「哼哼哼哼！我也想早點殺了他，不過萬一事跡敗露，反而會打草驚蛇，壞了全盤計畫。陣五郎，在我們回來以前，你可別輕舉妄動啊。」

「是的，我會遵照您的吩咐——」

「簑念鬼、小四郎、螢火，還有蠟齋老，我也隨你們去。敵手是甲賀彈正特地攜同前往至駿府的風待將監，可見他並非泛泛之輩。我們必須慎重行事，絕不可輕敵。五個人齊上，任他本事再大也難逃一死。小四郎，你笑什麼？對忍者而言，單打獨鬥只是無謂的虛榮。我們的目的就是擊潰對方，殲除對方，這才是最重要的。出發吧！」

「會進入信樂谷嗎？」

「不，五名伊賀忍者如果同時進入敵人巢穴，肯定會被他們察覺。風待將監昨天傍晚才從駿府出發，不管他的速度再怎麼敏捷，最多一天走五十里路。那傢伙抵達甲賀入口鈴鹿嶺的時間，最快也是今晚。我們無須進入甲賀境內，只消由伊賀前往伊勢，在關町與鈴鹿嶺之間設下埋伏便成。」藥師寺天膳環視熱血沸騰的伊賀精銳，狀似安撫地笑著說：「哼哼哼！你們這麼愉悅，這般亢奮啊！雖說阿幻婆的死十分令人遺憾，不過和甲賀決一死戰的日子終於到來，這也是眾人衷心企盼的吧。走，咱們出發。」

「是。」

霎時，五條如黑色流星般的身影穿越伊賀與甲賀的山嶺交界處，直向東方疾馳而去。

五名可怕的伊賀忍者，個個身懷驚世駭俗的奇幻忍術。讓德川家康震驚不已的魔人風待將監，能否躲過這五名忍者的狙擊？

二

斜陽殘照下，五名伊賀忍者如同一群飛鳥，穿越聳立於伊賀、伊勢和甲賀交界處的油日山，在鈴鹿嶺的山路上疾奔而行。在鈴鹿嶺對面，神似中國山水畫的筆捨山巍然聳立，而他們卻無心欣賞這奇偉山景。五人沿著東海道，往關宿方向急速邁進。倏地——

「且慢！」藥師寺天膳喝道。

「什麼事？」

「你們方才注意到那個坐竹轎的人了嗎？」

伊賀一行人奔下鈴鹿嶺時，曾經與一頂竹轎擦身而過，現已相距約莫百米之遙。

「沒有。」

「坐在轎內的是甲賀的地蟲十兵衛。」

「您說什麼？」

「那傢伙為什麼單獨沿著東海道而行？他的運氣可真差。逮住他吧。」

「地蟲十兵衛，那傢伙的姓名也清楚地記載在卷軸上。他何止是運氣差，看我立刻就地結束他的性命！」簑念鬼舔著嘴唇說道。

抬著竹轎快速朝鈴鹿嶺前進的轎夫們，此時也發現了停留在路旁的五名伊賀忍者，又驚又疑地放慢速度。

「螢火留著，其他人到前面去。」天膳迅速下達指令。

簑念鬼、筑摩小四郎和小豆蠟齋佯裝成若無其事的模樣，緩緩走向前去。螢火則一臉痛苦地蹲在路旁。天膳將手搭在螢火的肩膀上，儼然一副父親照看著腳受了傷或腹痛的女兒的樣子。

「螢火，抬轎的轎夫由妳解決。」

「是。」

身處險境卻毫不知情的轎夫正抬著竹轎，就在天膳與螢火兩人奔馳而過，轎夫約莫跑了十步左右，肩上的竹轎突然一歪，碰地一聲撞到地面上。只見前後兩名轎夫筆直站在原處，伸出雙手在半空中掙扎猛抓。這也難怪，因為不知何時，兩人脖子上各纏上了一條嘶嘶吐信的蝮蛇，而他們的脖子已慘遭吸血。

兩名轎夫來不及出聲，便重重摔倒在地。當天膳與螢火走到竹轎旁，方才向前走去的三名伊賀忍者也折返原處。螢火一伸出手，兩條蝮蛇便沿著她的手臂，從衣襟緩緩鑽入胸前，宛如回到母親的懷裡。

「地蟲十兵衛。」

「嗯？」竹轎裡傳出懶得搭理的聲音，隨即有顆碩大的腦袋探了出來，上下打量著伊賀眾人。

地蟲十兵衛長得一張牛臉，膚色漆黑如墨，眼睛小如豆粒，讓人瞧不出他真正的表情。也不知是膽識過人或者自知非對方敵手，十兵衛似乎沒有步出竹轎的打算。

「我們是伊賀阿幻大人的屬下。」

「伊賀？嗯，有何貴幹？」

「有話要對你說，出來吧。」

「對不起，我天生就不良於行……啊？你們對我的轎夫幹了什麼？殺了我的腳，往後叫我怎麼辦才好啊？」

「唉呀！麻煩。念鬼、小四郎，你們抬起轎子，移到那邊的山裡。」

囉唆這麼多幹嘛？不如立刻了結他的性命！簑念鬼和小四郎目露凶光，狠狠瞪著竹轎看。自從阿幻婆過世，天膳便成為伊賀一族實質上的首領。既然他下了命令，兩人也只得不悅地板起臉孔，抬著那頂竹轎往旁邊的山裡走進去。

「蠟齋老，若是十兵衛有什麼可疑的舉動，立刻把他給殺了。」

「這不勞您吩咐。」

在一行人走入山谷深處後，天膳抓住兩名轎夫的衣襟，像是丟棄狗屍一般，將兩具屍體扔到灌木叢內，隨後也步入山谷。

眾人來到一處杳無人跡的竹林。

「地蟲十兵衛，出來！」天膳喊道。

「我若是有腳出去，老早就從轎裡出去了！」地蟲十兵衛答道。

小豆蠟齋伸腳踢翻了那頂竹轎。

十兵衛從竹轎內咚地一聲滾到地上。除了藥師寺天膳以外，在場的伊賀忍者無不驚呼出聲。十兵衛不但沒有雙手，甚至連雙腿也沒有，活像隻在地上蠕動的毛蟲。除了天膳外，其他的伊賀忍者並不知地蟲十兵衛長得這副德行。

天生四肢殘缺的忍者，完全喪失行動能力的忍者，像個不倒翁的忍者。世上當真有這種忍者的存在嗎？

「十兵衛，你此行到底是何目的？」天膳問道。

地蟲十兵衛張開黑色的嘴唇，笑道：「甲賀忍者沒必要向伊賀的傢伙報告吧。真想知道的話，先告訴我你們有什麼目的。」

天膳稍稍遲疑了一會，然後露出女子般的陰柔笑容。

「好，老實跟你說，我們擔心前往駿府的阿幻婆安危，因此……」

「哦？你說她呀？依據我占星的結果，我測算出彈正大人此行大凶。」

「什麼？占星？」天膳瞥了十兵衛那張牛臉一眼，低聲說道：「占星是你這傢伙的忍術嗎？」

天膳突然察覺，整個人癱在地上的十兵衛，身上不知何時凝聚了一股黑色殺氣。他心想，不能在他身上浪費太多時間，因此立刻問道：「那麼，風待將監呢？」

「他的身後有凶星逼近，大約四、五個左右——」

「你的占星可真準確啊。」

天膳大聲狂笑。

「小四郎、蠟齋、念鬼、螢火，這傢伙就交給我吧。你們先去伏擊風待將監，這件事非常重要，可別讓他給逃了。」

「您一個人沒問題吧？」

「那當然。這種長得像不倒翁的怪傢伙，只有嘴上功夫行。我還有事要盤問他，你們可是一刻也耽擱不得，快去攔截吧。」

「好。」四人即刻轉身離去，如流星趕月般消失在夜色籠罩的山路上。

「十兵衛，對於甲賀一族的忍者，我雖然略有耳聞，但是也有不怎麼清楚的。像是你，我就不太了解，甚至——」藥師寺天膳繼續說道：「還有，你的同修——名叫如月左衛門的男子，我聽過他的名號，也曾在遠處見過他的身影，但是看不清長相。左衛門到底長得什麼模樣？」

「……」

「有一名叫室賀豹馬的盲人。那名盲眼忍者——他使用何種忍術？」

「……」

「聽聞有名叫陽炎的女忍者，是個十足的美人胚子。陽炎的姿色正是她最可怕之處，除此之外，她擁有何種獨特的忍術？」

「……」

「你不回答？」

「哼、哼、哼……」十兵衛冷笑。

「你這甲賀的混帳，還不肯從實招來？看我怎麼對付你。」

地蟲十兵衛仰臥在落滿竹葉的地面上，一道銀光瞬間從他身上劃過。

「地蟲十兵衛！你可算出自己的命運？」天膳喝道。十兵衛的衣物從襟口到下腹裂開一條長縫。

「還不回答？再不回答，破的就不只是衣服了，我會讓你皮開肉綻！」

不留一絲慈悲是忍者爭鬥的常態，但對一名毫無抵抗能力的殘廢，天膳的逼迫手段似乎過於殘酷。地蟲十兵衛仍舊不發一語，但身體卻微微移動起來，就像在海底隱約蠕動的海參——而且那雙細小如豆的眼睛，不知道在凝視什麼地方。

「啊！」天膳突然大叫，面露驚恐地朝地蟲十兵衛的身體望去。只見十兵衛的胸部到腹部，不知何種異物正發出陣陣可怕的寒光。

——那是鱗片！地蟲十兵衛的皮膚竟在瞬間角質化，全身呈現出蛇腹般的網狀斑紋，宛如半人半蛇的怪物。

「讓我來為你占星吧。」十兵衛笑道。他仰視竹林上空，說道：「你的本命星出現凶兆。」

倏地，十兵衛從嘴中射出一支短型尖矛，不偏不倚地貫穿天膳的左胸。天膳還來不及發出哀嚎，便應聲倒地。

十兵衛使用的兵器不像吹針。事實上，這名身形如同毛蟲的男子，喉嚨深處藏了一把近一尺長的凶器。

如同妖物的十兵衛緩緩翻過身子，伏在地上匍匐前進，腹部的巨大鱗片也跟著前後蠕動。他的腹肌異常發達，連肋骨也能隨意移動。

十兵衛朝著躺在落葉堆裡的天膳前進，來到屍身旁邊後，以牙齒咬住插在天膳左胸的短矛，然後甩動頭部，將短矛拉出，再將它吞入腹。與其說是吞入腹，不如說是放入食道更為貼切。要將尖矛以驚人的速度射出，光憑吐氣恐怕是辦不到的。他食道的肌肉必定經過常人難以想像的鍛鍊，才能練就此種疾速擲射的忍術。

「若是對方預先知道我有這項絕招，那今天躺在地上的就是我了。不過，當對方知道時，他早就一命歸天了。」十兵衛一面冷笑，一面將臉貼附在天膳胸前。他確定天膳的心臟已經完全停止跳動，身軀也逐漸變得冰冷僵硬。

「唉，看來伊賀忍者已經展開行動了。彈正大人和將監的安危真教人擔心。」

十兵衛神色不安地喃喃自語著。在此同時，他其實正以駭人的速度穿越灌木叢，最後完全消失在夜色籠罩的山路裡。

如鉤新月再度攀上竹林。夜空中，一顆血紅的星星高掛其上，難道那便是代表著藥師寺天膳的凶星？

約莫過了一個時辰左右，死寂的暗夜竹林中，發出陣陣輕微的聲音。那是蟲鳴聲？獸吼聲？抑或風聲？不！那種聲音像是自沈睡中甦醒的人發出來的。「唔——唔——」著實讓人不寒而慄。

三

藥師寺天膳所料不差，現在從灌木叢飛奔而出的四名伊賀忍者，在抵達庄野之前，果真迎面遇見自東方疾馳而來的風待將監。若是當時他們與地蟲十兵衛糾纏不休，或許就會錯失攔截將監的時機。

將監奔馳的速度，常人根本望塵莫及。

從駿府到庄野，約莫五十餘里路，這段距離風待將監只消一晝夜的時間即可抵達。據說，忍者一日的腳程約莫四十里，但也不是所有的忍者都辦得到。事實上，將監早已突破忍者的極限。不過，這或許也是他以直線距離逕行穿越常人寸步難行的山谷與沼澤的緣故。

普通忍者以高速行進時，有的採取橫身行進的姿態，有的則踮起腳尖，還有人利用腳背。然而，將監不只以兩隻腳行進，事實上是四肢並用，奔行的模樣像是發足狂奔的野狼。在黃昏之後，將監的行進方式讓旅人根本分辨不出他是人是獸，往往在「啊」一聲驚叫之後，只能眼睜睜看著他迅速消失。

不過即使光線陰暗，伊賀忍者們依舊看得見前方疾馳的異樣物體，旋即停下腳步，等待對方到來。

「那是誰？」

在距離他大約十公尺處，伊賀眾人總算認出那人的身分。

「啊！是風待將監。」

「風待將監。」

原本四肢伏貼於地的風待將監，倏地縱身直立。伊賀的四名忍者圍成一個半圓，在路上攔住風待將監。筑摩小四郎悶不作聲，霍地拔出腰際的巨鐮，直接朝將監攔腰砍去。

將監連忙趴向地面，躲過對方剛猛的刀勢，同時從口中吐出黏塊，「嘶」地一聲，朝小四郎的臉部射去。只見小四郎摀著臉呆立原地。將監的痰液像黏膠般，緊緊黏住小四郎的鼻子和嘴巴。

伊賀忍者與甲賀忍者之間，沒撂下任何挑釁話語，也沒有應聲接戰的答應，便直接展開忍術對決。

簑念鬼和小豆蠟齋兩人，在目光尚未與將監正面相接之時，便各自掄起鐵棒，伸出拳腳，以迅捷的身形，一齊向風待將監殺了過去。將監維持四肢伏地的姿勢，向後躍至三公尺外，隨即攀上路旁的高大杉木。

將監張著血紅雙眼往下俯視，以嘶啞的嗓音問道：「是伊賀的人嗎？」

杉木底下的簑念鬼和蠟齋齊聲喊道：「將監，彈正將記載伊賀、甲賀人名的祕卷交給你了吧！」

「把祕帖交出來！」

「喔？你們怎會得知此事？」將監神情詫異地問道。

將監不禁大感意外，因為伊賀的夜叉丸雖然同時間從駿府出發，但他懷裡那份卷軸，現在應該是在甲賀彈正身上。換句話說，卷軸理應不會落入伊賀一族手裡。

簑念鬼哈哈大笑，「將監，你的對手可是伊賀的阿幻一族。等你弄清楚之後，直接到地獄報到吧。」

簑念鬼的動作快得讓人無法看清，手上掄起木棒，便朝位於樹上四公尺高的風待將監攻了過去。

這次，將監既非伏於地面，也不是攀附在石牆上，而是爬到巨杉上，根本毫無退路。因此，不論將監的身形如何敏捷，也躲不過簑念鬼的木棍，背部被直接命中，骨頭也應聲碎裂。不過，將監並未從杉木上跌落。

「既然你們知道了……」將監的臉部痛苦扭曲，咬牙喝道：「那我便將你們的名字從這祕帖上劃掉！」

將監話語方落，口中便「嘶」地一聲，吐出無數條蛛絲般的細線，向著念鬼和蠟齋疾射而去。

念鬼與蠟齋大步躍離，企圖閃躲將監的攻擊，但兩人從臉、肩膀到胸部，被數百條黏稠的絲線緊緊纏住。他們連忙想撥掉身上的黏稠絲線，然而，絲線的黏性強烈，根本除不去。方才被黏液黏住口鼻的筑摩小四郎，至今仍取不下附著在臉上的黏塊，痛苦地蹲在地上猛力掙扎，足見絲線的黏性多麼強烈。

將監口中發出「嘶——嘶——」的詭異聲響，朝向天空無窮無盡地吐出絲線。霎時，一條條黏稠細長的絲線穿越道路，凌空越至對面的杉木上，結成層層綿密的蜘蛛網，似乎連風都穿不透。

將監由杉木躍至蜘蛛網上，沿著縱橫交錯的絲線前進。乍看之下，如同一隻巨型的人面蜘蛛，在杉林間的巨型蜘蛛網上迅速移動。

在新月的照耀下，蜘蛛網閃耀著點點螢光。這張高掛夜空的幾何圖形，散發陣陣懾人妖氣。簑念鬼和蠟齋拼命掙扎，想撥去沾黏在眉毛與眼睛上的絲線。

「伊賀傢伙們，怎麼啦？」

伏在蜘蛛網中心的風待將監發出陣陣狂笑。

「就憑你們那些可笑的伎倆，也想和我進行忍術之爭，真是笑掉別人的大牙！要殺了我風待將監，先破了我織的這張大網再說吧！」

「唔、唔！」

「哼哼，伊賀的傢伙，你們怎麼啦？」將監冷笑道：「這樣就害怕啦？你們可真是伊賀之恥啊！」

其實，這番話才是將監所編織的陷阱。

小四郎、簑念鬼及蠟齋三人好不容易除去黏痰與絲線，卻抑制不了心中的怒火。他們再度朝著將監衝過去，結果沒注意到眼前的陷阱，全陷入蜘蛛網，渾身動彈不得。

將監編織出來的蜘蛛網，著實可怕至極。不但鐮刀斬之不斷、木棍揮之不破，蠟齋鞭子般的四肢也被黏得死死的。不論是小四郎的鐮刀、念鬼的木棍，或者三人的四肢，全像是撲上蜘蛛網的飛蛾，遭到將監的絲線層層包裹。

將監口中吐出的物質，究竟是何種物體？其實那些物質仍是他的唾液。人類分泌的唾液，一天多達一千五百C.C.。將監的唾腺不但能在極短的時間內分泌唾液，而且唾液量超過常人數十倍。另外，他的唾液中還含有黏性物質，不僅數量極多，黏性又特別強烈。不過，將監的體質雖然異於常人，但在將唾液轉化為黏塊或絲線之後，要以飛快的速度由口中噴出，必須鍛鍊臉頰肌肉、牙齒和舌頭等的力量，想必也經歷了地獄般的磨練。

「哈哈哈哈！你們這三隻伊賀蒼蠅。我看啊，你們的名字可以從祕帖上剔除了。這可是帶回甲賀的最佳禮物。」

將監拔出掛在腰際的柴刀，沿著絲線快速移動。忽然間，他的臉部又因為痛苦而扭曲，不停地喘著氣，肩膀顫抖不已，鮮血汩汩自嘴角流出。

由於將監被念鬼的木棍擊中背部，他的背骨已經斷裂，並且有內出血的症狀。

「混帳！」將監暗暗罵道。

將監維持頭上腳下的姿勢，嘴角流著血冷笑，想由蜘蛛網緩降到地面上。

霎時，四周陷入一片漆黑。將監心想，難道是月亮被烏雲遮住了？他抬頭一望，發出「啊」的一聲驚嘆，身體不由自主地僵在原處。

只見天際捲起一道旋風，內部時明時暗，忽隱忽現，朝著杉木林席捲而下，發出異樣的風聲，直接襲向將監編織的蜘蛛網。

將監直嚥口水，茫然不知所措，一時間也分辨不出究竟何物。當他看見由四面八方撲向蛛絲的物體時，那雙細小的血紅眼睛霎時瞪得大如駝鈴。

蝴蝶！成千上萬的蝴蝶！牠們借著夜色飛舞而至，盤旋成一道龍捲風，隨即撒落霞靄般的銀色鱗粉，把將監編織的蜘蛛網層層包圍住——在銀色霞光的盡頭，他隱約見到一條神祕人影。

他隱約瞧見，前方有名女子單膝觸地，在胸前結著手印，抬頭仰望天空。

四

置身在銀色霞光中的女子，正是伊賀的螢火，她召來了成千上萬隻蝴蝶。充其量，風待將監只不過能化身為人面蜘蛛，然而，螢火卻能驅策所有陸上的爬蟲與昆蟲。對她來說，操控蛇僅僅是雕蟲小技。雖然除了忍者以外，世上也有其他人懂得如何操控蛇。然而，藉著超越人類五感的靈識，喚醒棲息於野地的蝴蝶，讓牠們聚集成群，形成龍捲風後從天而降，這般不可思議的程度，實已突破忍術的境界，即使稱之為仙術，相信也無人認為不妥。

風待將監看得瞠目結舌，全身動彈不得。

將監陷入了視覺性的昏迷。在空中盤旋飛舞的蝴蝶，全都停留在他所編織的蜘蛛網上。與其說是停留，不如說是飛撲而上。整張蜘蛛網上滿是蝴蝶，絲毫不留空隙。將監眼中所見的，除了蝴蝶，還是蝴蝶。蜘蛛網在如鉤新月的照耀下，宛如一朵華麗的巨花。成千上萬隻蝴蝶狂舞翅膀，鱗粉四處飄散，讓將監吐出的絲線完全喪失黏性。

螢火急忙奔了過來，拔出腰際的山刀，切斷纏繞在三名伊賀同伴身上的絲線。

「將監！」螢火轉頭叫道。此時，將監又微微冷笑，似乎準備由口中吐出絲線。然而，他吐出的不是絲線，而是腥紅的鮮血。雖是夜裡，也能看出那張醜陋的臉孔已經泛出慘白。心中湧現的驚愕和絕望，迅速地吞噬了他的生命力。

「交出卷軸！」

風待將監原本低垂的頭部，微微抬了起來，口中不斷發出「啊——啊——」的呻吟。接下來的瞬間，他從懷裡取出卷軸。當眾人以為他要將卷軸投向地面時，整個人卻由蜘蛛網上掉落下來。落地的風待將監，身軀自此再也不動。除了螢火之外，其他三名伊賀忍者並未上前確認將監是否身亡，而是立刻朝道路的方向奔了過去。原來將監在臨終之前，用他最後的氣力，把卷軸拋到十公尺外的路上。

卷軸掉落處，發出了詭異的聲響。

「啊！」三人不由得驚叫出聲。

他們發現了出乎意料的人物，霎時呆立原地。一只如麻袋般的物體滾了過來，發出聲響後，以驚人的速度逃離現場，卷軸也隨之憑空消失。

伊賀忍者們終於了解，為何風待將監在臨死之前，要使盡最後氣力將卷軸遠遠拋出。

「是那個混帳傢伙。」

那如同麻袋般的物體，正是地蟲十兵衛。

天生沒有四肢的他，是如何來到這裡的？若是他來到這裡，那藥師寺天膳又怎麼了？相較於這些疑問，卷軸被十兵衛奪走，讓他們更加感到驚慌。蠟齋、念鬼和小四郎立即縱身追出，一齊搜尋十兵衛的行蹤。

螢火則獨自留在原處。她斜提山刀，緩步朝著風待將監前進。

縱身追出的三名伊賀忍者，開始懷疑自己的眼睛是否出了毛病。不良於行的地蟲十兵衛居然會不見蹤影？三名速度超乎常人的忍者菁英，竟然追不上一名四肢殘廢的忍者？這讓他們百思不解。

三名忍者在庄野至龜山方圓二里的範圍內，全力搜尋不知去向的十兵衛。

在黯淡的月光下，不論伊賀忍者們如何努力找尋，就是不見這名不良於行的忍者蹤影。正當三人發出絕望的嘆息時——

「啊！」

前方突然傳來異常的叫聲。在三人的視線範圍外，一道人影擋住地蟲十兵衛的去路。方才的叫聲，便是他看清人影真面目後發出的驚呼。

「十兵衛，放下你銜在口中的卷軸！」

那個人影帶著笑意，以陰柔的聲音說道。

「若是不放下，你要如何射出短矛呢？」

十兵衛雖未吐出含在口中的卷軸，但是他仰視敵人的眼神充滿了驚懼——正如敵人所說，自己唯一能夠射出武器的地方，已經被卷軸堵住。而且一旦放下卷軸，敵人馬上能一眼看穿他發射短矛的意圖。

蠟齋、念鬼和小四郎三人隨即朝十兵衛身後一擁而上。

十兵衛的牛臉因絕望而扭曲變形。在放下卷軸之後，一道光芒自他的口中破空而出。

那道光芒如流星般消逝在夜空的盡頭，不知十兵衛最後是否看見了。他所瞄準的人影，似乎早知對方會發出攻擊，壓低身子避開破空而來的短矛，翩然躍至十兵衛身後，轉瞬間，地蟲十兵衛便成了死屍一具。只見十兵衛的背部，留下一道深可見骨的刀痕，那道人影的刀染上腥紅，一滴滴鮮血自刀身緩緩流下。

小四郎跑到那道人影面前叫道：「天膳大人！」

蒼白的月光，映照出一張面無表情的臉。那道人影竟是藥師寺天膳。這到底是怎麼一回事？先前，在灌木叢中的天膳被十兵衛射出的短矛貫穿胸部，理應已命喪九泉，如今人卻毫髮無傷地再度現身？

然而，無人詢問當時灌木叢中究竟發生何事，天膳自己也未提起，如同一切都是理所當然。天膳只是俯視著地蟲十兵衛的屍體，喃喃自語地說道：「解決他了。」

語畢，天膳彎下身子，從地上拾起十兵衛原本銜在口中的卷軸，再由懷中取出另一份卷軸相互對照。

「不出所料，果然一模一樣……毫無用處。」

天膳低著頭，從腰間取出打火石，點燃其中一份卷軸。

「雖說這份卷軸對我方毫無用處，但身上多帶一份卷軸，若是不慎落入甲賀忍者手中，麻煩可就大了。」

卷軸開始燃燒起來。甲賀彈正、風待將監和地蟲十兵衛三名甲賀忍者，以生命為籌碼，用盡心機與詭計，施展超越極限的祕術，只為帶回給甲賀同伴的那份卷軸，現在正熊熊燃燒著——

螢火也回到伊賀眾人身邊。

「將監呢？」天膳表情平靜地問道。

「已經死了。」螢火輕聲回答。

天膳展開手上的卷軸，以手指沾上十兵衛屍身的血液，在風待將監和地蟲十兵衛的名字上，各劃過一道紅線。

被棄置在地上的那份卷軸，上頭的火焰仍舊燃燒著。出人意料的，火光照耀下的五名伊賀忍者，臉上並無絲毫歡愉的表情。

「還剩七個人。」伊賀忍者們心裡忖度著。兩名甲賀忍者雖然死在他們手下，但兩人施展出來的忍術，實在是令人畏服。甲賀方面剩下的七名忍者，其能耐必定非同小可。未來免不了一場腥風血雨的惡戰——伊賀忍者們已作好了心理準備。

火焰熄滅了。五名身懷奇幻忍術，如同妖魅般的伊賀忍者，身影再度溶入漆黑的夜色中。伊賀一行人將前往的方向，究竟是甲賀？抑或是伊賀？

水遁

一

藤堂藩有一本祕藏的書卷，名為《無諦子》，書內有段記載如下：「伊賀為一神祕國境，生產米、麥，兵糧自給無虞，邊境固若金湯，若於七處入口設七名火槍隊長，以五十挺步槍設防，則無人膽敢侵犯。然而獨缺食鹽，應暗中購置囤積……」

伊賀東臨鈴鹿布引山脈，西接笠置山丘，南面為室生火山群，北邊則是信樂高原。內部為一盆地，佈滿錯綜複雜的丘陵與地溝，由於天然地形的屏障，自成一個封閉的社會。

鍔隱位於伊賀北部，姑且不論後世之人，就連當時大名鼎鼎的藤堂藩武士，能進得了此處的也少之又少。即使順利進入，也會因為谷內到處都是曲折迂迴的死路、迷宮般的樹林及灌木叢，使人不知身在何處而迷失正確方位。再者，無論是在小路上、樹林或灌木叢裡，常會感覺身後藏有無數雙眼睛，正在窺視自己的一舉一動，讓人不由得背脊發涼。

現在的甲賀弦之介，心裡就有這種不安的感覺。其實，他所居住的甲賀信樂卍谷，也給予外人相似的感覺。

弦之介記得初次來到伊賀鍔隱時，曾對它的防禦工事暗自讚嘆。那些遍佈在忍者堡壘上的隱藏式槍眼，看似平常的樹木、岩石、房舍等設施，一旦有戰鬥發生，立時便能化為殺敵無數的恐怖防線。

可是，此刻的心情卻與當時截然不同。

「丈助，同樣的一座山，兩邊的春景卻完全不同。」

弦之介一一確認四周的設施，以佯裝不知的表情向鵜殿丈助說道。

丈助心情愉快地與朱絹並肩而行。她始終靜默不語，然而丈助與生俱來的大嗓門一直沒停下來過。

「沒錯，雖說現在還是晚春時節，不過這裡卻像是夏天了。我們信樂那邊啊，一到夜裡，還是冷颼颼的呢。」

「你們乾脆住下來吧。」朧毫不猶豫地說道。

走在前頭的朧神情愉悅，完全不將甲賀忍者當成世仇看待。

「這裡天氣宜人、風景優美，而且啊，住在這裡的人們都很和善喔。」

純真爛漫的朧，露出天真無邪的笑容。

「說得也是，這裡的確十分適合居住。甚至在那種地方，還有隻巨鳥停在上頭呢。」

丈助話語方落，便立刻朝著路邊的杉木揮動右臂。此時，朧的肩上發出一陣振翅聲，只見由丈助疾射而出的匕首掉落到地面上。原來老鷹方才以翅膀唰地一聲將匕首打落。

「混帳東西！」

弦之介回頭對丈助嚴聲斥責。

「你這傢伙還在耍這種小把戲。為什麼就是不懂我的用心呢！蠢蛋！」

「少主，是我的錯，對不起！我絕不會再犯了。」

丈助急忙認錯，低頭撿起掉在地上的匕首，眼珠上翻，狠狠盯著停在朧肩上的老鷹說：「可是，那隻老鷹為何老是把我當成敵人？」

「牠到底是怎麼了？我明明告訴過牠，你們是朋友，不是敵人。牠原本比人類還更能理解我的想法的……」朧一臉不解地凝望著老鷹。

停在朧肩上的老鷹，是阿幻婆從駿府放回伊賀的。前夜，在土岐嶺上，丈助曾以匕首攻擊老鷹，使牠嚇得掉下腳爪上的卷軸。因此，老鷹自會對丈助懷有敵意，只不過丈助刻意裝糊塗罷了。

「弦之介大人，真正愚昧的是我們伊賀的族人。我費盡唇舌，一直向他們強調，今後卍谷族人不再是敵人了，無奈他們就是充耳不聞，簡直是一群比老鷹還無知的傢伙。」朧神情懊惱地抬頭朝杉木林望去。

「左金太。」

朧大聲叫道。原本停在杉木上的巨鳥，在朧的凝視下，竟然變成人類的模樣，砰地一聲跌落地面。

那人跌了個倒栽蔥，發出一聲尖銳的慘叫後，立即連滾帶爬逃走。從他的背影看來，是個背上長著巨瘤的駝背男子。

「朧，放過他吧。」弦之介苦笑著說。

在前來伊賀的鍔隱一路上，暗中監視著弦之介與丈助的，其實不只左金太，但這不會讓弦之介覺得畏懼。真正令他心中生畏的，反而是朧與生俱來的破幻忍術。不，稱為「忍術」並不妥當，因為她並未特地參悟修練。所有忍者施展的任何忍術，在她的視線之下，瞬間便會遭到破解，即使她的眼神是無心的，依然具有相同的效果。

對「瞳術」這類忍法識之最深的，莫過於甲賀弦之介，他心裡時常興起這種念頭：找個機會，讓朧施展她的破幻之瞳，然後我再以自身的瞳術與之抗衡，試試能不能破解。這種好勝心是忍者的本性。然而，每當他接觸朧太陽般溫暖的目光後，那種好勝心便會消失。他心想，何必和自己最心愛的人較量忍術呢？

然而，弦之介卻不曉得，在不久之後，他與相戀的情人朧，即將展開一場賭上性命的忍術之爭。

此刻，他溫柔地笑了起來，搖頭說道：「妳的族人們對我的種種猜忌，也是無可厚非，我可是令他們憎惡的死敵，而妳卻毫無顧忌地帶著我，在鍔隱裡到處漫步。」

「這裡即將成為弦之介大人第二個家了。」

「沒錯，我也希望能早日娶妳為妻，將這裡當作名副其實的家。可是，朧，方才那名男子……不，不只是他，在這個谷裡，那些砍伐木材、在田野裡工作的人們，也和我們卍谷的人一樣，絕大多數身體殘缺不全，這實在是件十分恐怖的事。」弦之介不由得黯然嘆息。

的確如此，正如弦之介親眼所見，鍔隱簡直是個畸形人種隱居的天國。舉凡侏儒、駝背、兔唇、聲音異常、四肢變形，在這裡都只算輕微的畸形，其餘還有舌頭大如圍兜，下垂至胸前的男子；血管紫藍，如蔓草爬滿整張臉的女子；手腕、腳踝與軀體相連，外觀如同海豹的少年：毛髮、肌膚和雙唇皎白如雪，雙眼如一對紅玉般的少女。

與此對比，鍔隱裡英挺美麗的人物，容貌更是絕逸脫俗。唯一共同之處，在於他們全是深不可測、身懷驚世武藝的忍者。谷裡所有人，都是四百年來近親交合下產生的血脈。對弦之介而言，相較於甲賀、伊賀之爭，更讓他感到不寒而慄的，是在卍谷與鍔隱兩處都存在著大量畸形人種，有如地獄般慘不忍睹。

「甲賀為了擊敗伊賀，伊賀為了戰勝甲賀，雙方各自透過近親繁衍，藉以生育出更加不可思議的忍者，因此也出現不少犧牲者。兩族的愚蠢與恐怖的程度，實在是令人難以想像。」弦之介不自覺地微微顫抖，而且聲音越來越高亢，「朧，我倆一同打破現狀吧！就從妳我開始，讓甲賀和伊賀兩族血統相互融合。」

「好的，弦之介大人。」

「而且要解開鍔隱與卍谷不相往來的桎梏，讓兩地的人民從此得以和平相處。」

然而，發誓打破伊賀一族牢固的血統束縛，是一種深具危險性的反抗心態，極可能招致全面性的毀滅——甲賀一族的情形其實也無異。弦之介並非不了解這一點，也正因為了解，年輕的他才會更想打破這種陳規。所以他才刻意提高音量，試圖讓鍔隱內的人都能聽到自己的和平宣言。

「好的，弦之介大人。」朧以悅耳的聲音回答。

就在此時，鵜殿丈助忽然心神不寧，察覺周圍似有無數雙眼睛直盯著自己瞧，彷彿被人下了咒。他直打哆嗦，縮起脖子問道：「朱絹小姐，我和少主在土岐嶺上碰見的那群傢伙，怎麼全都消失不見啦？」

「咦？真的耶。不知道怎麼了？」朧也一臉困惑，回頭問道：「朱絹，天膳他們到哪裡去了？」

「小姐，他們對我說要招待貴客品嚐野味，所以一大清早就往山裡頭去了。」朱絹回答後，急忙別開臉，閃躲朧的視線，突然喊道：「陣五郎大人！」慌慌張張地奔向前方。

佇立在阿幻宅邸門前的雨夜陣五郎見到眾人回來，他那張青腫的臉，掠過了一絲不快，隨後默默地把壕溝上的吊橋放了下來。

二

春天宜人的夜色，籠罩了整個美麗的鍔隱。

在朧的命令下，伊賀所有族人全部前往阿幻宅邸參加酒宴。酒宴結束後，眾人紛紛離去。

這場酒宴的目的，當然是歡迎甲賀弦之介的到來。然而，發自內心歡迎他前來鍔隱的，實際上又有幾人呢？

不過，伊賀族人依舊不知道甲賀與伊賀之間的祕密爭鬥，在檯面下早已如火如荼地展開。若是讓多數伊賀族人知情，那麼很快便會傳入朧的耳中。如此一來，事態必定變得更加棘手。然而，藥師寺天膳依舊信心十足，他認為，欲將祕卷上的甲賀忍者全部剷除，只消派手下這群忍者便遊刃有餘。因此天膳決定對其他族人隱瞞祕帖一事。儘管如此，絕大多數的伊賀族人，內心並不希望與甲賀族人達成和解，這也是不可否認的。

對於伊賀族人充滿敵意的眼神，弦之介毫不介意，反而報以真誠的微笑。然而，被他的笑容深深吸引，願意全心相信他的，恐怕也只有朧一人。

在伊賀族人離去後，鵜殿丈助被朱絹帶往他處遊覽。宜人的春夜裡，只剩下這對年輕情侶花前月下，不知他們濃情蜜意地在訴說些什麼，也不知他們對未來又有怎樣的美麗憧憬？

不久後，朧一臉眷戀不捨，從弦之介的客房緩步走出。一彎新月冉冉自山後升起。此時，藥師寺天膳等五名伊賀忍者，正與身懷祕卷的風待將監及地蟲十兵衛兩人，在東海道由庄野往關宿的路上進行激戰。

朧對忍術之爭毫不知情。不過，她心裡納悶著，為何前往山上狩獵的五人，最後未在晚宴上現身？朧曾經再次詢問朱絹，卻只得到了這樣的回答：「啊？真不知道他們到底怎麼了？」不過，儘管朧下達伊賀眾人都要出席酒宴的命令，不少人仍藉著生病或其他理由搪塞，刻意不來參加。天膳等人大概也是一樣，對弦之介心存芥蒂，因此故意缺席。一想到這裡，她不由得感傷起來。

不過，她對伊賀族人的憤怒與憂傷，老早就拋到九霄雲外，因為此刻的她，內心已被弦之介完全占據。

恍惚間，朧走到迴廊盡頭，正當她要轉彎時，忽然發現地面銀光閃爍，一道黏液乾涸的痕跡從庭院的另一端延續過來。

那個方向是鹽庫的所在地。正如《無諦子》一書記載：「……獨缺食鹽，應暗中購置囤積。」這座城池雖說不大，但在鍔隱首領的宅邸內部，卻也興建了一座鹽庫。

帶狀的黏液痕跡，寬約莫二十公分，由庭園到迴廊，再由迴廊延伸至樑柱上。

朧又轉身往回走，走了十步左右便停下來。她抬頭凝視陰暗迴廊的天花板，叫道：「是陣五郎嗎？」

的確有人在那裡，不過卻無人應聲，傳來的只有周圍的流水聲。後山瀑布的水流沿著溝渠流到宅邸四周，形成一條人工護城河。

片刻之後，有個嬰孩般大小、形狀怪異的物體，再也承受不住似地從迴廊的天花板上掉了下來。

那團物體不論從哪個角度觀察都不像是人，手腳向內蜷縮，皮膚黏稠潮濕。那副模樣實在難以形容，真要描述的話，只能說活像母體裡的胎兒，或是隻巨大的蛞蝓。

然而，那團物體的頭部竟然銜著一把匕首。

「陣五郎！你……」只見朧怒上眉山，凝視著那團蛞蝓似的物體，「你到底想做什麼？」

她那美麗雙眸的可怕，只有被凝視過的忍者方能深刻體會。那團蛞蝓似的物體痛苦萬分地顫抖、呻吟，並且逐漸化為模糊的人形。仔細端詳過後，才發現是蜷縮至嬰孩般大小的雨夜陣五郎。

陣五郎到底身懷何種忍術？方才他將自己溶入鹽裡，滲出的體液流入其中，皮膚和肌肉也與鹽一同溶為黏稠的流質物體。構成人體的物質，有百分之六十三是水，因此陣五郎滲出體液後，將肉身蜷縮至嬰孩般大小，這一點似乎不難理解。但相對地，由於他的肉身化為流質物體，行動力也變得遲緩許多。不過，只要透過堅強的意志力，這名男子便能悶聲不響，分泌著帶狀黏液，偷偷潛入敵人身旁。若是奉命執行暗殺任務，這種忍術的確十分恐怖。

「你該不會是想暗殺弦之介大人吧。」朧的眼神充滿殺氣。她走到陣五郎跟前，出腳將他從迴廊踢向庭院裡，凜然喝道：「陣五郎！縱使是我族的忍者，只要有加害弦之介大人的念頭，我也絕對不放過他！」

此時，遠處傳來一聲慘叫，朧聽見後隨即抬起頭來，遲疑了半晌，便朝發出慘叫聲的方向飛奔而去。

被留下來的陣五郎，痛苦地在地上蠕動。或許是他施展的忍術被朧的破幻之瞳破解，所以肉體一時難以恢復原狀。

「水……水……」那非人般的怪異呻吟聲，沿著地面逐漸擴散。

三

鵜殿丈助在房裡微微抬起他那顆瓜大的腦袋。

他起身將手搭在門上，準備打開拉門。然而，拉門卻文風不動。他試著以拳頭敲打，才發現這不是扇普通的拉門，而是在堅厚木板上糊紙製成的門，而且外頭已將門栓鎖上。房內兩側都是牆壁，在另一邊的拉門上雖然有扇窗戶，但拉開之後才知道是厚重的鐵窗。

「和我料想的一樣。」丈助點頭嘟噥著，心想果然成了伊賀的階下囚。

雖說丈助早預料到自己會被監禁，但究竟是朱絹對他存有戒心，或者是背後藏有更大的陰謀，丈助卻不甚明白。

在方才的酒宴上，丈助雖能對著十數名伊賀族人咧嘴大笑，但戒心卻是一刻也不曾鬆懈。小豆蠟齋和簑念鬼等人缺席未到，更讓他起了疑心。此外，丈助對於卷軸一事遲遲無法釋懷。他費盡千辛萬苦，好不容易從伊賀那邊奪了過來，卻從未親眼過目卷軸的實際內容，這一點讓他不禁有些擔憂。

「不過，我可是鵜殿丈助，那群傢伙竟然以為這破牢房能困得住大爺我，也未免太小看甲賀忍者了吧。」丈助望著拉門上的鐵窗，露出不屑的微笑。

在卍谷十人眾之中，就屬丈助最愛捉弄他人，即使曾被甲賀弦之介責罵無數次，他卻無法克制調皮的天性。也正因為如此，伊賀方面才會將他監禁在此處。

不久，丈助像是已經做好準備，朝著鐵窗靠過去。接著，他那渾圓的臉，滑溜溜地從鐵窗柵欄間的空隙擠了出去。

鐵窗柵欄之間的空隙大概只有成人手臂般粗細，一般孩童的頭部無法由如此狹窄的空隙伸出。然而，鵜殿丈助那張比常人大上數倍的臉，卻如同捏到變形的熟柿子，慢慢穿過空隙，而伸出窗外的部分，又逐漸膨脹起來。不久，他整個頭部便全部伸了出去，接下來是肩膀，然後是軀幹……

白血球由血管滲出時，表面會出現細微突起，在穿透血管壁的過程中，突起部份會逐漸膨脹，最後完全滲出血管。丈助由空隙鑽出的駭人情景，即使是白血球的病理學幻燈片，也難以比擬。

「——不知少主現在是否安然無恙。」夜幕已籠罩大地，丈助佇立在阿幻宅邸的庭院裡，獨自思索著。

阿幻宅邸稱不上真正的城池，整體設計也和江戶時期的武士宅邸截然不同。雖說面積比不上高官宅邸，但環繞在四周的壕溝卻如同護城河。壕溝內側則是高聳的杉木林，掩蔽住整棟宅邸，充滿野性與妖魅的氛圍。

此外，宅邸內部的建築物、圍牆、樹木和道路等等，在大小、高低以及寬窄方面，設計得十分詭詐，用以迷惑人類感官，使外來者失去距離感。因此，站在某個地點會懷疑自己是不是身處井底，行進十步後，又感覺來到比整個伊賀還要廣闊的地帶。

忍者集團時常與當代霸者對抗，而位於鍔隱的阿幻宅邸，更是伊賀精銳忍者的根據地，其防禦力之強自不待言。

在甲賀建築方面，在甲南町的龍法師（註14）一地，建有許多「忍術宅邸」。儘管這些建築是後人建造的，但內部設計與忍者住處無異。外觀像是平房的宅邸，內部其實分為三層，樓梯隱藏在壁櫥中，到處安裝著響聲裝置。攀附三樓的吊繩可以直接滑落至一樓。窗櫺看似木製，實則為鋼鐵材質。外表稀鬆平常的拉門，其實是厚達三公分的板門，不但刀槍不入，連火繩槍的子彈也無法貫穿。此外，倉庫的木牆內部塞了厚達十公分的石礫，天花板則嵌著鐵框，窗戶共有紗網、鐵網、木板三層，玄關的兩片門扉必須在同時間開關。換句話說，如果想打開其中一扇門扉，就必須同時打開另一扇，否則無法侵入或逃脫。

由此可知，忍者宅邸的整體設計可說是固若金湯。

甲賀弦之介為了與朧之間的婚事，曾經數度造訪鍔隱。但對鵜殿丈助而言，這可是生平頭一遭。

「唉呀！原來如此！原來如此……」丈助有所頓悟似地點頭如搗蒜，渾圓的身軀在夜色掩映下，繞著阿幻的宅邸滾動。丈助繞到弦之介住的客房門前，不過，他聽見了朧的開朗笑聲，便立刻露出小哈巴狗打噴嚏般的表情，一溜煙地滾得遠遠的。

「嗯，看來弦之介少主那邊沒有異狀。」

當丈助回到庭院裡，他發現朱絹正出神地盯著方才自己鑽出的窗戶瞧。

朱絹絲毫沒有察覺丈助正從後方悄悄向她靠近。

註14　甲南町位於日本滋賀縣甲賀市，目前已成為著名的觀光景點，有忍者故鄉的美名。位於甲南町南方的龍法師，建有許多暗藏機關的忍術屋。此外，甲南町亦設有忍術博物館、手裡劍投擲場等等，讓觀光客親身體驗忍者世界。

朱絹大感不解，原本應該被囚禁在密室裡的鵜殿丈助，為何會突然不見蹤影。

雨夜陣五郎曾告訴朱絹，今晚或許無法對弦之介下手，但至少要了結鵜殿丈助的性命。

藥師寺天膳對留守伊賀的雨夜陣五郎交代過，不要輕舉妄動。可是他這種說法反而激起陣五郎的好勝心。對可怕的胖忍者丈助而言，鐵窗柵欄應該是他唯一無法突破的地方，所以他被監禁在那間設有鐵窗的密室裡。而在鹽庫裡，雨夜陣五郎將自己的身體溶解在鹽裡，是打算先窺視弦之介與朧的動靜，所以朱絹才先回到這裡看守鵜殿丈助。

忽然，一股寒意襲上朱絹的心頭，因為鵜殿丈助應該還沒被陣五郎除掉。

「怎、怎麼會……」

朱絹知道丈助能將自己的肉身化為皮球似的物體，可是她實在無法想像，丈助究竟是如何從十公分左右的柵欄空隙鑽出。

此時，忽然有雙肥大的手遮住她的雙眼。

「啊！」朱絹不由得驚叫。

朧當時所聽到的喊叫，就是她的聲音。

朱絹驚慌地甩落那雙遮住自己雙眼的手。

「啊哈！」在月光的照耀下，有著一張大圓臉的鵜殿丈助，促狹地對著朱絹猛笑。

「真巧，朱絹小姐。」丈助撫著下顎說道：「雖說妳在土岐嶺對我使壞，可是啊，我還是一樣愛死妳了。在這個令人心神蕩漾的春夜裡，弦之介少主也正和朧小姐甜蜜的說著悄悄話呢。我卻孤伶伶地睡在牢房裡，這叫我怎麼按捺得住啊。我實在是克制不住想妳的念頭，只好悄悄溜出來找妳，和妳在深夜裡幽會。唉呀！妳也想死我了對不對？所以溜到我這兒來啦？」

「你、你是怎麼出來的？」

朱絹一臉慌張地問。

「當然是靠愛的力量囉！」

丈助再次促狹地笑著，大剌剌地伸出他那雙肥大的手，企圖撫摸朱絹的身體。朱絹隨即躍至離他三公尺外，抽出懷中的匕首。月光下，那把匕首的刀身如魚鱗般閃亮。

「唉呀！妳又想開打啦？妳怎麼忍心對我這般無情？」丈助誇張地瞪大雙眼，他心知朱絹會再度施展迸出血霧的妖術，於是，他讓自己的軀體立刻膨脹起來，活像顆灌飽了空氣的氣球。

「那就來吧！讓我再來領教妳的忍術。」丈助眼皮下垂的雙眼，露出好勝的眼神，「妳又想赤身裸體了嗎？朱絹。呵呵呵呵，如果妳沒時間解下腰帶，就讓我來幫妳吧。」

再次比試，明顯對朱絹不利。就如丈助嘲諷的，除非對手不知朱絹有這絕招，否則她沒有充裕的時間露出肌膚。當朱絹凝神注視丈助時，她那有如白蠟的額頭，忽然浮現一個黑色斑點。看著看著，她的太陽穴旁也浮現數個斑點，連成一線之後汩汩流了下來。那是汗！陷入苦戰的她，甚至連流出的汗也是鮮血。

丈助心裡擔憂，她臉上流出的血會如泉水般噴向自己的眼睛。不！朱絹那張美豔的瓜子臉上，鮮血呈網狀汩汩流出，模樣更加駭人，使丈助遲遲不敢發動攻擊。雙方如兩座站立的雕像般，呈現僵持狀態——

「朱絹！」

朧從她背後飛奔而來，大聲叫道。

朱絹像是一把斷了弦的弓，整個人癱倒於地。

「妳在做什麼?」朧大聲叫道。

朧心裡清楚，雨夜陣五郎方才躲在迴廊的樑柱上，目的是潛入弦之介的客房。她忖度著，朱絹是否也做了相同的事?朧正想出言責罵時，對朱絹的意圖一無所知的丈助，卻笑吟吟地說道：「唉呀!其實就像在土岐嶺的時候，在下曾經告白過的，我深深愛上了朱絹小姐，本來約她在這裡相見，如您所見，我又不小心惹她生氣了。但是朧小姐，我和朱絹小姐或許也能成為甲賀伊賀和睦相處的象徵。不過，朱絹小姐好像有點無情，不知道朧小姐對我們兩人的戀情有什麼想法?」

朧一臉訝異地望著丈助，「這個……」她顯得有些手足無措。「這件事等我祖母回來之後，再請教她老人家的意見也不遲。」

朧急忙抱起朱絹。「朱絹，妳該休息了。嗯，我看待會妳就睡在我身邊好了。」

她扶著步履踉蹌的朱絹，緩緩離開丈助的視線。

但是朧壓根沒想到，不僅是朱絹，雨夜陣五郎其實是想暗殺甲賀弦之介主僕二人。她誤以為陣五郎只是對弦之介存有疑慮，為了得知弦之介和自己談了些什麼，才爬到天花板上竊聽的。

不過，對朧而言，竊聽他人的談話是一種極其無禮的行為，所以她決定對陣五郎棄之不顧。她心裡很清楚，身體溶入鹽裡的陣五郎在化身忍術遭破解時，若是不給他清水，那種懲罰簡直比死更加痛苦。

「水、水……水……」

雨夜陣五郎在庭院裡死命掙扎。雖然夜裡的氣溫涼爽宜人，但此時陣五郎卻有如置身炙熱的地獄裡，身受口渴難當的折磨。

有一道人影朝著這隻貌似蛞蝓的生物走近。不論是誰見到這種怪異的景象，大概都會忍不住駐足窺視。

「唔，這是啥鬼東西？」鵜殿丈助歪著他渾圓的腦袋，百思不解地望著眼前的物體。

四

身軀可以伸縮自如的鵜殿丈助，一時判斷不出腳下蠕動的物體究竟為何物。

「難道是雨夜陣五郎？」

這個貌似蛞蝓的生物，被朧破除忍術而掉落地面時，肌肉和皮膚均處於溶解狀態，渾身沾滿了黏液。因此別說是臉型，就連手腳的形狀也不甚明顯。直到丈助走近，他的臉型才逐漸恢復為雨夜陣五郎的模樣。不過整體上，他還沒恢復成丈助熟知的溺死鬼模樣，身軀依然如嬰孩般大小，到處佈滿了皺紋。

「這、這是怎麼一回事？」丈助叫道，他不經意地望向甲賀弦之介的客房，「哦哦，我搞懂了。雨夜……莫非你想以這副模樣，潛入弦之介少主的房內……」

「水，給、給我水……」陣五郎衰弱地呻吟著，音量小得和蟲子一樣。

「陣五郎，你該不會是想殺害我家少主吧？」

「水……」

「你的心情我可以體會，但卻又有些不了解。眼看甲賀與伊賀就快和睦相處了，你卻私下鬼鬼祟祟的，這到底是怎麼回事？」丈助用力搖晃陣五郎的身體。「另外，我還有一事不解。小豆蠟齋、簑念鬼、螢火和藥師寺天膳應該都要出席今晚的酒宴才對，他們到底去了哪裡？」

「水……」

「如果你回答，我就給你水。快說！」

「……往東海道……截擊風待將監……」

「什麼？」鵜殿丈助心頭不禁一震。

對風待將監經由東海道趕回甲賀這件事，他全然不知。

「到底發生了什麼事？嗯，這麼說來，果然與老鷹從駿府帶來的卷軸脫不了關係。那上面到底寫了些什麼？」

「……」

陣五郎的嘴唇像是微微顫抖的兩片枯葉，看似想說些什麼，卻發不出任何聲音。他陷入極度需要水的狂亂狀態，甚至比起毒癮發作時的禁斷症狀，還要痛苦幾百倍。

丈助將陣五郎如空袋子般的軀體夾在腋下，站起身來。

他瞥了弦之介暫住的客房一眼。他正忖度著，是否要將雨夜陣五郎的供詞向弦之介報告？此時，他忽然想到，先前在弦之介的命令下，眼睜睜看著千辛萬苦拿到的卷軸輕易落到伊賀忍者手中。他對自家少主處理此事的方式十分不服，因此這次——他決定不將陣五郎的招供告知少主。此外，他也想親自查明這件非同小可的情報，讓弦之介了解事態的嚴重性。丈助此時的想法，也並非不合情理——但是冥冥之中，也決定了他未來的命運。

「要水是嗎？」丈助帶著陣五郎，朝發出水聲的方向走去。

為了防止外敵潛入，阿幻宅邸的四周都築有塗上黑漆的土牆，只有朝著後山方向的某處，是以岩石代替土牆。不過要由此處潛入也未必容易，因為在五公尺外有一條從天際傾瀉而下的瀑布，下方則是水流沖刷而成的尖銳岩石，形成一處驚險的地形。

「這裡有水。」丈助將陣五郎擱在瀑布旁的岩石上，高聲問道：「卷軸裡寫了些什麼？」

對渴望得到水的人而言，一方面讓他在耳畔聽見水聲，一方面對他進行拷問，可說是最具效果的方式。陣五郎的雙手理應動彈不得，卻顫抖地朝瀑布的方向伸了出去。

「卷軸……記載著……服部家的禁制……依據大御所家康的命令……就此解除……大御所家康大人……命伊賀與甲賀各選十名忍者進行忍術之爭，一決勝負。」

聽完這番話，鵜殿丈助不由得渾身發顫。

丈助之所以顫抖，不僅僅是因為陣五郎所說的這番話。瀑布的水流衝擊岩石，形成寒氣逼人的水霧，也是令他顫抖的原因之一。然而，丈助本人並未察覺。

「哪……哪十人？」

「甲賀方面，有甲賀彈正、甲賀弦之介、地蟲十兵衛、風待將監、霞刑部……鵜殿丈助……」

「我知道了！那你們伊賀方面呢？」丈助以充滿殺氣的聲音喝道，「快說！伊賀方面有哪十人？」

「水……給我水……」

陣五郎也渾身發顫。不過，他的顫抖倒不是因為恐懼，而是近似於枯草逢甘霖般的感動所導致，丈助卻絲毫沒有察覺這一點。更何況他也沒發現，在瀑布水霧的籠罩下，陣五郎的皮膚開始出現綠霉般的斑點。

「快說！如果你說出伊賀方面的人名，本大爺就給你足夠的水。」

「唔……阿幻大人、朧小姐、夜叉丸、小豆蠟齋、藥師寺天膳……」

「然後呢？」

「雨夜……」

丈助還來不及聽完全部的人名，陣五郎便倏地躍出，以水蛭般的手臂吸住他的腳踝。

丈助「啊」地一聲發出驚叫。他之所以害怕不是因為忽然摔倒，而是萬萬沒料到，原本衰弱至極的陣五郎，竟在不知不覺間完全恢復生氣。

「看我的！」隨著丈助的喊叫，兩人的身體交纏，一齊由岩石上摔入瀑布中。

瀑布下的水面藏有漩渦，只見從水底浮起的丈助手上拿著把刀。

方才他大叫「看我的！」除了因為事發突然，主要也是他對水底格鬥有充分的自信。因為丈助身懷皮球般的強大浮力，在水底格鬥方面，他是在甲賀忍者中的第一把交椅。更何況，敵手陣五郎的身體仍如嬰孩般，而且手上也沒有武器。

水中黑暗的漩渦不斷旋轉，丈助一把抓住陣五郎，另一手則揮刀往他身上砍去。此時，在水底的陣五郎，身體產生了異樣的變化。

陣五郎全身突然膨脹起來，丈助毫不猶豫地把手放開。正當他再次伸手去抓陣五郎時，一股滑膩的感覺傳到掌心，陣五郎已經從他的手中溜走。丈助又再度被漩渦捲了進去，當他在水中打轉時，不知不覺間，手中那把刀已經不見蹤影。

丈助十分氣憤，身體如河豚般急速膨脹，在浮出水面那一刻，他見到一個模樣可怖的人。只見那人的背部緊緊伏貼於岩石凹陷處，皮膚表面腐爛臃腫，如同溺死者，還閃爍著詭異的燐光。那人臉上露出得意的笑容，嘴裡銜著從丈助手中奪走的刀。

那人正是恢復原貌的陣五郎，而他是鵜殿丈助此生見到的最後一人。

丈助第三度遭漩渦捲入後，再次浮上時，已成了死屍一具，那渾圓腹部慘遭自己的刀刃貫穿。

「鵜殿丈助的天敵，正是我雨夜陣五郎啊！」

鵜殿丈助發出的陣陣哀嚎，在瀑布水流聲中逐漸消失。岩壁之間，不斷迴盪著雨夜陣五郎的狂笑聲。

在這春夜裡，完全不知發生何事的弦之介，此刻正在伊賀阿幻宅邸裡酣睡，不知他夢見了些什麼？而在這場忍術的大祕鬥中，甲賀已有四名忍者慘遭毒手，僅剩下六名。

泥塑的死亡面具

一

甲賀信樂的天空已如同湖水般清澈，而整個卍谷卻仍處於沈睡狀態。

然而甲賀彈正的宅邸深處，有著一盞燭台，上頭的燭火隨風搖曳。約莫有十幾人圍繞在燭台旁邊，叉著雙臂相互交談。裡面有老人、滿臉鬍鬚的中年男子、年輕人，還有女人的身影。這些人全都是甲賀一族的重要人物，彈正在前往駿府之前，曾交代他們留守在卍谷。

「十兵衛的占卜，著實讓我難以心安。」

其中一人壓低嗓音說話。他長髮及肩，臉色蒼白，一副飽讀詩書的學究模樣。但在仔細端詳後，便能發現他緊閉雙眼，是一名目不能視的盲人。

「十兵衛究竟去哪了？」

盲人身旁一名貌似僧侶的男子問道。他頭頂沒半根毛髮，比僧侶還要來得圓滑光亮。其實他的年紀不大，但頭頂已然全禿。除此之外，甚至沒有眉毛和鬍渣。而他的膚色，則有種類似琥珀的半透明感。

「十兵衛的蛇蝮之術十分了得，不久之後，他應該能平安無事地抵達駿府。此外，他的占星也未曾出錯。」

「豹馬，聽說彈正大人的本命星凶光大作，駿府那邊是不是出事了？」

「我也不清楚，但是總有股心驚肉跳的不祥預感。不僅是彈正大人，弦之介少主也是——」

名叫室賀豹馬的甲賀忍者面色凝重地說道。

在場眾人的想法和豹馬完全相同。不，應該說所有甲賀卍谷的族人，全對伊賀阿幻一族同仇敵愾。而弦之介卻希望解除兩族之間的長年宿怨，並且和阿幻的孫女朧彼此相戀。甲賀卍谷的族人大多無法接受這名年輕少主的想法。

從昨日清晨開始，弦之介和鵜殿丈助兩人便不見蹤影。甲賀眾人原本認為兩人出外狩獵，結果，伊賀鍔隱來了一名侍童傳遞口信，表示弦之介將前去拜訪朧，會在伊賀當地停留數日，請甲賀眾人不必擔憂。另外，伊賀的侍童以大人般的口吻說道，阿幻大人讓他捎個口訊過來，說是她與彈正大人在駿府達成甲賀伊賀的和解協議，兩人在遊覽江戶風光名勝後，隨即返回，請甲賀眾人安心。

甲賀眾人對弦之介的舉動感到十分詫異，不過事態演變至此，也是無可奈何。表面上他們對侍童點點頭，表示大致了解事情的來龍去脈——不過，基於忍者的天性，他們心裡仍舊充滿懷疑，一股不祥的預感如烏雲般漸漸籠罩在甲賀眾人的心頭。伊賀侍童的傳話是千真萬確的嗎？弦之介少主真的平安無事？甲賀與伊賀之間四百年來的宿怨，真有這麼輕易就泯除嗎？甲賀眾人不約而同地來到甲賀彈正的宅邸，憂心忡忡地徹夜商討。

「弦之介少主真的那麼想去找朧嗎？莫非他已經等不及婚禮的來臨了？」一名女子神情哀怨地嘆道。女子的容貌如緋紅牡丹般豔麗，在卍谷中，家世尊貴程度也僅次於甲賀彈正一族，她的名字叫陽炎。

「我原本想前往探查。」陽炎身旁的男子對她說道：「不過，我已經先讓妹妹前往伊賀了。」

在場甲賀眾人的容貌，全都充滿著難以形容的妖魅之氣，只有陽炎身旁的這名男子——如月左衛門——長相極為平凡。他的臉形稍圓，即使見過兩、三次，大概也沒人記得起他的容貌，就如同腦海中的記憶徹底消失一般。只怕連卍谷中的甲賀同伴，也無法斷定眼前的臉到底是不是本人與生俱來的容貌。這箇中緣由，待讀至後文，各位讀者便可恍然大悟。

「喔?胡夷已動身前往伊賀了嗎?」

「讓身為女子的胡夷前往，這樣容易鬆懈對方的戒心。即使弦之介少主發現此事，也比較不會對她嚴加斥責。」

「那麼，我們就先等胡夷回來再說吧!」

在場的眾人又把手臂交叉在胸前，現場陷入一片死寂，氣氛像是冥府中的死神聚會——此時，室賀豹馬抬頭叫了一聲:「啊!」

「豹馬，怎麼了?」

「有人進入我們卍谷。」豹馬答道。

眾人仔細側耳傾聽，卻一點聲響也聽不見。其中一名老人戴起忍者特有的助聽器——聞金，不過他似乎也沒聽見任何異狀。

「豹馬，聲音從哪個方向而來?」

「北方……從腳步聲來判斷，應該是忍者。」

那個方位恰好與伊賀的方向相反，忍者的腳步聲原本就不易察覺，其他人聽不見也不是毫無道理。現在，這一陣腳步聲大概距離他們一里左右，正好在豹馬的聽覺範圍內。

「喔？那是彈正大人回來了嗎？或者是將監……」

「不，那不是甲賀忍者的腳步聲。」豹馬繼續側耳傾聽，然後說道：「接近此處的共有五人，腳步聲中帶有殺氣。」

「好。主水，你負責通知全村的人。不過在發出暗號之前，眾人不准外出，也不可發出半點聲響。」

貌似僧侶的光頭忍者站了起來，他的名字叫霞刑部。

「我先去探探情況。」語畢，霞刑部便如一陣清風，無聲無息地疾奔而去。

二

天方破曉的卍谷，隱約有五條人影迎著晨靄迅速移動。傳說中，忍者曾受過一種特殊訓練——將紙糊的拉門拆下淋水後，可踏過拉門而不讓紙有所破損。所以忍者疾馳時，腳下能不發出任何聲響自是理所當然。不過，這群忍者的腳步竟能輕盈到不驚擾路旁青蛙的程度，讓牠們全然未覺地繼續鳴叫，確實是十分不可思議。

這五條人影便是先前在東海道一舉擊敗風待將監和地蟲十兵衛的伊賀忍者——藥師寺天膳、小豆蠟齋、筑摩小四郎、簑念鬼和螢火。

甲賀的卍谷也如同伊賀的鍔隱，境內到處有著迷宮般的小徑。五名伊賀忍者之中，也有人曾為朧與弦之介的婚事擔任伊賀使者而進入卍谷，只不過一舉一動都受到監視。對這五名忍者而言，如今日這般闖入卍谷，還是生平第一遭。但只要一想到忍術之爭已揭開序幕，而此處正是敵方的大本營，五人也不禁寒毛直豎。

「看來，甲賀那些傢伙都還在睡夢中。」簑念鬼壓低嗓音說道。

「不——」小豆蠟齋神色不安地四下張望。

「別害怕，沒人察覺我們的行蹤。」藥師寺天膳搖頭說道。五名忍者中，僅有他曾多次出入卍谷，所以對此處不但不陌生，甚至如身處家鄉鍔隱般熟悉，足以擔任伊賀眾人的嚮導。「即使被他們發現，也可以編派理由，說是我們受甲賀弦之介之託擔任使者，特地來甲賀卍谷一趟，邀請霞刑部、如月左衛門、室賀豹馬、陽炎和胡夷前往鍔隱。」

「要以這種方式引蛇出洞嗎？」

「不過仔細想想，這五個人應該不會如此輕易受騙。此舉只怕不易成功。必要時，那一番話至少可以作為藉口。就採取各個擊破的方式，一個個將他們乾淨俐落地殺了。先往室賀豹馬的住處去吧。」

他們利用音波進行交談，所以實際上並未發出任何聲音。天膳忽然抬頭望著天際，微微笑道：「喔喔，那棵櫸樹已經長得如此高大了。在我小時候，它也只不過和我一般高。」

那棵巨大櫸樹的樹齡，約莫有一百七、八十歲，茂密的枝幹高高聳入雲端。不知道是否因年歲已大，樹葉開始大量掉落，彷彿對這群伊賀的入侵者懷有敵意。

天膳確認附近沒有前來探查的甲賀族人，回頭對眾人說：「不過即使突襲得手，也不能輕敵。可別忘了，光是殺風待將監一人，就已經讓眾人元氣大傷。」

天膳話語方落，腳下倏地靜止不動。他迅速環顧四周，接著喝道：「別動！」

「天膳大人，怎麼回事？」

「此處除了我們之外，我感覺到還有別人藏身在附近。」

五名伊賀忍者目前所在之處，是一條兩旁圍著舊土牆的小徑。朝霧如縷縷輕煙般逐漸散去，但附近確實見不到半條人影。

簑念鬼和筑摩小四郎如蝙蝠般躍上兩側的土牆。兩人依附在石瓦上，探身俯視土牆的內側。

「半條人影也沒有！」

天膳點點頭，聳聳肩，說：「大概是我多疑了，走吧。」

語畢，天膳領頭往前走，其餘四人全身竄出殺氣，緊緊地跟在天膳身後——簑念鬼、螢火、筑摩小四郎，然後是……小豆蠟齋——在伊賀忍者往前約莫走了十步的時候，才赫然發現蠟齋不見蹤影。

「咦？」

伊賀眾人迅速回到原處，一探之下，才發現小豆蠟齋竟被路旁的那面土牆緊緊黏住。

蠟齋的雙腳深陷地裡，上半身如同蝦子般彎曲，似乎試圖從土牆上掙脫。不過，不論他怎麼使勁，也無法移動分毫。然而可怕的是，在小豆蠟齋的背後，看不見任何人抓住他的身體。

倏地，蠟齋往前撲，雙腳騰空，如鐵槌般向後猛然一踢，那強勁的力道使人不寒而慄，土牆霎時凹陷進去。此時，土牆附近忽然似乎傳出一聲「唉呀」的痛苦呻吟。整面土牆搖搖晃晃，似乎就快倒下，可是四周依舊不見任何人影。

「土、土牆竟然……抓住了我的刀鞘！」

嚇得面如土色的小豆蠟齋，驚魂未定地說道：

「那面牆還低聲對我說，伊賀的傢伙，小心點！我們卍谷的牆可都是長了耳朵喔。」

此時，距伊賀忍者不遠的土牆上，忽然傳出一陣詭異的冷笑。

「糟糕！」

藥師寺天膳正暗自叫苦的時候，那陣詭異笑聲迅速沿著土牆表面移動，消逝在晨靄中。

「敵人侵入卍谷了！大伙上吧！」只聞得一聲吶喊，埋伏在小徑四周的甲賀武者同時群起呼應。

眼前這突如其來的情況，讓五名伊賀忍者愕然呆立，因為奇襲戰術徹底失敗了！五人自以為神鬼不覺地潛入了卍谷，現在反倒中了甲賀一族的埋伏。而更糟的是，方才他們使用音波談論的祕密，顯然也被詭異的「土牆」聽得一清二楚。

「這、這全是一場誤會。」藥師寺天膳連忙揮手解釋，「我們沒有惡意，而且我們是伊賀鍔隱的使者，受甲賀弦之介大人之託前來的。」

「你們的伎倆已經被我看穿了！既然自稱伊賀使者，為何會從北方過來？」方才的聲音語帶諷刺地笑道：「而且你們密談的內容有許多地方讓人起疑，來人啊！把這群傢伙全部給我抓起來。」

四周忽然響起急促的腳步聲，只見甲賀族人衝破朝靄，一擁而上。

「咱們竟然會淪落至此……」

藥師寺天膳臉色發白，回頭對四人笑道：「雖說敵人十分棘手，但也只能浴血突圍了！上吧！」

「甲賀的混帳傢伙！試試我的厲害──」筑摩小四郎從腰際拔出巨鐮，率先縱身殺出。

原本揮舞刀刃一擁而上的甲賀武者們，見到前方筑摩小四郎豁命殺出，立即被他萬夫莫敵的氣勢震懾，腳步跟著停了下來。不過轉眼間，他們又再度猛然衝出，小四郎抓準時機，立刻噘起嘴唇，只聽見「咻──」的聲響破空而過。

在此同時，距他三公尺外的甲賀武者中，站在前頭的兩、三名武士，忽然掩臉後仰，頭部竟宛如石榴般迸裂開來。

在甲賀武者還來不及弄清發生何事時，前方又有數名武士滿臉鮮血，頭骨碎裂，隨即倒地不起。其餘甲賀武者宛如雪崩般急退數十步。

天膳大喝出聲，五名伊賀忍者準備趁亂突圍。

簑念鬼雙手狂舞木棍，小豆蠟齋四肢像龍捲風般急速旋轉，兩人棍棒拳腿所到之處無不鮮血四濺。不久，地上便堆滿了甲賀武者的屍體。遭簑念鬼的棍棒擊斷頸骨的屍體上，又交疊著被蠟齋的腿刺穿胸骨的屍體。但最恐怖的死狀，莫過於被筑摩小四郎擊斃的人。受擊斃者的臉部像煙火一樣綻開，雙眼眼球迸出，口鼻部份血肉模糊。

筑摩小四郎持續揮舞著巨鐮，在亂鬥中恣意廝殺。他腳邊的腥臭、刺鼻的肉塊與骨骸，不知不覺間已堆成一座小山。只要見到他噘起嘴唇，立時就會有數名甲賀武者的臉部皮綻肉裂，接著倒地不起。

到底這世上有誰抵擋得了筑摩小四郎的忍術呢？他並未從口中吐出任何暗器或物體，況且他並非在吐氣，而是使勁地吸氣。他強力吸入大量空氣，導致近處形成了一股迴旋氣流，氣流中心呈現真空狀態，只要被捲入其中，就會如同身受數十把銳利的鐮刀橫切縱剖，血肉模糊的命運。

小四郎先前與風待將監比鬥時，被將監搶得機先，以黏稠的痰液沾封住他的口鼻，因此未能使出此一忍術。

此時，方才那道聲音再度響起。

「伊賀忍者有何可怕？眾人賭上甲賀之名，速速將敵人盡數擒回。」

聽到這句話，甲賀武者們立即齜牙咧嘴地殺了過去。依此態勢，小四郎的小型氣旋必定再也無法制止來勢凶猛的眾多敵人——在間不容髮之際，大片烏雲似的物體忽然自四面八方侵襲而來，將甲賀武者團團籠罩。

原來是蝴蝶。成千上萬、難以計數的大量蝴蝶，掩蔽住甲賀武者的視線，迫使他們無法呼吸。瞬間，小徑上的蝶群有如巨大的龍捲風，朝著土牆方向席捲而去。

當甲賀武者們恢復神智時，五名伊賀忍者早已不知去向。

「啊！在那個方向！」

「往對面逃了！」

甲賀武者朝龍捲風般的蝶群追了出去。此時，反方向卻傳來藥師寺天膳的訕笑聲。

「看來，甲賀忍術的盛名不過是徒有虛名，這下子嚐到伊賀忍術的厲害了吧。」

甲賀武者們發狂似地朝前方追去，但因方向不對，反而距離敵人越來越遠。

「原來這就是甲賀的待客之道啊？走著瞧！我們也會以相同的方式，用心招待在鍔隱作客的甲賀貴客。」

就在此時，不知從何處出現四人，分別是霞刑部、如月左衛門、室賀豹馬與陽炎。他們聽完這番話後，彼此對望了幾眼。

四人心裡都很清楚，敵人口中所說的「甲賀貴客」，顯然是指他們的少主甲賀弦之介。

伊賀忍者的狂笑聲逐漸遠去，四周隨即寂靜了下來……

三

由信樂谷折返土岐嶺的五名伊賀忍者，全身上下血跡斑斑。那不僅是敵人身上的血，也混雜著自己的鮮血。經過此次戰役，念鬼的木棍斷裂，蠟齋腿上纏著斷掉的鎖鏈，藥師寺天膳的半邊臉頰上，被劃過一道極深的刀傷。

對他們而言，先前的激戰並未取得勝利。不但未能解決列名卷軸上的任何一名敵方，反而讓自己的行動提前曝光。因此，這場激戰毋寧是空前的慘敗。

「如此一來，非得盡快除掉甲賀弦之介那傢伙不可了。」簑念鬼喃喃說道。

其他人紛紛咬著牙點頭，唯獨天膳不發一語。天膳的沈默正說明了想要除掉弦之介絕非那麼容易。

天膳以謹肅的眼神凝視著土岐嶺上方，此時——

「咦……那是？」

他忽然停下腳步叫道。

「嗯，的確是甲賀那名叫胡夷的女子。」

天膳環顧左右。

「好，眾人藏起來。抓住胡夷，帶回鍔隱！」

五名伊賀忍者宛如獵犬般，迅速藏身到灌木叢裡。

女子對前方的凶險一無所料，獨自從山上走了下來。

那名女子身材高眺，豐滿婀娜，大而靈巧的雙眼，流轉著無限嫵媚，在遠處便能聞見她花香般的體味。天色陰暗，讓她的雪白膚色更加顯眼。簑念鬼見到這名惹人遐思的少女，喉嚨「咕嚕」一聲嚥下口水。她便是如月左衛門的妹妹——胡夷。

此時，藥師寺天膳、簑念鬼和螢火騰移身形，迅速擋在胡夷面前。胡夷急忙往後退兩、三步，卻發現小豆蠟齋和筑摩小四郎已截斷她的退路。

「我認得妳。妳是卍谷的胡夷小姐吧？」

藥師寺天膳溫柔地對著她笑。

「如妳所知，我們是伊賀忍者，不過妳無須害怕。或許妳已經得知，伊賀與甲賀今後不再是宿敵了。現在甲賀弦之介大人還在鍔隱裡作客呢！」

胡夷雖然知道這些事，不過她見到眼前的五人渾身是血，眼神裡立刻充滿警戒。

「啊，我們身上的血跡嗎？妳千萬別誤會。我們五人是受弦之介大人所託，特地前來卍谷迎接室賀大人、霞大人你們前往鍔隱的。卻萬萬沒想到，途中竟然出了一些差錯，因為某些誤會而和妳的族人產生摩擦，我們才成了眼前這副狼狽樣。」

昂然挺立的胡夷，朝著他們嫣然一笑。

「如果我們空手而回，就沒臉去見弦之介大人和朧小姐了。不如這樣，請胡夷小姐隨同我們前往鍔隱，哪怕只有妳一人，也可以幫忙做個解釋。」

「弦之介少爺安然無恙吧？」胡夷終於開口說話了。

「安然無恙？呵，當然啊。妳怎麼會問這種問題呢？弦之介大人要是有任何差池，我們怎麼擔待得起？就算我們心懷不軌，又能拿本領高強的弦之介大人怎麼樣？」

聽完這番話，胡夷又微微笑了起來。她的笑容宛如純真無邪的少女。

「呵呵，那倒是。」

「如果妳還是放心不下，不妨隨我們一同回伊賀，親眼證實一下。」

「天膳大人。」筑摩小四郎跺了跺腳提醒他，然後以眼神暗示，甲賀的追兵隨時會出現，怎麼能為了活捉胡夷，而浪費這麼多寶貴的時間？更何況她的名字不是出現在卷軸中嗎？為何不快點下手。

天膳以身體遮擋住小四郎不懷好意的視線，笑吟吟地對著胡夷說道：

「來，我們一起走吧。」

「不，我得回去問問卍谷眾人的看法。」說著說著，胡夷忽然朝地上一蹬，她豐滿豔麗的身軀如華麗的天堂鳥般懸空浮起，輕鬆自如地越過藥師寺天膳、簑念鬼及螢火三人的頭頂。

「嘿嘿嘿嘿嘿！她就交給我處理吧。」簑念鬼一陣奸笑後高聲喝道，隨即緊追在她的身後，狂風似的速度，使他雜亂如草的長髮迎風飄散。

胡夷一邊逃一邊朝後看，在此同時，她掏出數支匕首，同時往身後擲出，只見四、五道流星般的光芒，疾速朝簑念鬼飛去。

「唉呀！」念鬼一聲慘叫。

不過，這只是為了誘引胡夷回頭的精湛演技。

果然如簑念鬼所料，胡夷再度往後看。她剛才擲投出的四、五支匕首，全被念鬼以雜亂的長髮逐一接下——他的長髮如荒原蔓草般在半空中豎立，被頭髮纏住的匕首閃閃發亮，乍看之下，宛如魔王頭戴皇冠的模樣。

念鬼那頭雜亂的長髮，像是長有自律神經，具有自主能力的生物。他的頭髮甚至具有纏住樹木、樑柱等物體的能力，十分適合潛入敵營。換句話說，念鬼除了原有的四肢，頭上的數萬根頭髮，也能讓他當成手腳靈活運用。

胡夷忽然雙腳不聽使喚，整個人撲倒在地，莫非是驚懼過度？不，其實她是被簑念鬼擲來的斷棒所絆倒。

胡夷倒在白色山花叢裡。簑念鬼一個箭步撲向她，露出猙獰的笑容，全身散發狂亂的殺氣，身上原本淋漓的汗水，也因滾燙的體溫開始蒸發。

「且慢！念鬼，先別殺她。」藥師寺天膳隨即尾隨而上，「我想從這小姑娘身上問出一些事。」

「事到如今，還有什麼好問的。」

「她可以作為除掉弦之介的誘餌。」

天膳冷眼看著伏在地上啜泣的胡夷，狡獪地說道。

「等除掉弦之介，再將她的名字從卷軸上劃掉也不遲。」

松林裡悶雷陣陣，大雨驟然而降，合奏出一曲狂亂的樂章。

四

烏雲密佈的陰暗天空，豆大的雨滴開始灑落。在卍谷地面流動的雨水，全都被染得血紅。

對於征戰所造成的腥風血雨，甲賀一族早已司空見慣。不過，這次竟然遭伊賀忍者的偷襲，而且在事先得知伊賀忍者潛入的情況下，仍有十餘名甲賀武者在轉眼間被奪去性命，還讓敵人從自己的地盤上逃走。

天正年間的伊賀之亂後，甲賀與伊賀之間立有按有血印的誓約，並在各自的守護神前發誓，將恪守誓約的所有內容。在誓約書中，最重要的規條是：

一、族人不得擅闖他國他郡，違者予以嚴懲。

二、郡內之人不得勾結他國他郡之人，窺探彼此情勢，違者予以嚴懲。為父子兄弟者，連坐處罰。

世人稱此誓約為「甲賀連署」及「伊賀連署」。對雙方而言，這份誓約是保護忍者壁壘的神聖連署。伊賀忍者無視此一誓約，目中無人地侵入卍谷，對甲賀忍者而言，無疑是種重大侮辱。

甲賀忍者們群情激憤，紛紛準備前往鍔隱尋釁。

「且慢！」有人喝道。

出言制止的是室賀豹馬。

無數雙眼睛凝視著兩眼全盲的室賀豹馬。豹馬口中說出的話，讓他們不禁心頭一震：「先別魯莽行事！少主仍身處鍔隱！」

這句鏗鏘有力的話，頓時讓他們冷靜下來。

甲賀眾人即刻召開緊急會議，所有的重要人物全部列席。甲賀眾人都在屏息等待這場集會的結論。

伊賀忍者突襲卍谷，究竟有何企圖？甲賀與伊賀之間，究竟發生了什麼事？

人在伊賀鍔隱的弦之介，又將遭受怎樣的命運？

這群原本心如止水，身懷絕藝的甲賀忍者們，呼吸不禁開始急促起來。滴落在屋簷上的雨水緩緩流下，形成一條條銀色的絲線。

此時，平日最沈著冷靜的室賀豹馬，率先打破死寂。

「雖說先前我出言阻止眾人前去鍔隱，主要原因在於，既然敵人脫逃了，如果隨即對鍔隱加以反擊，我方眾人可能反倒會淪為甕中鱉，我們至少得先有決一死戰的覺悟才行。」

「最令人憂心的，莫過於弦之介少主的安危。」一名老人撫著白鬚說道。豹馬沈默了一會，接著，他面露微笑說道：「我相信以弦之介少主的本領，伊賀忍者殺他的企圖絕對無法得逞……更何況，丈助也隨侍在少主身邊。」

「可是……」

「我認為，伊賀的人並沒有非殺少主不可的理由。不過，我們還是必須派人確認少主的安危。另外，還有一件事必須弄清楚。那就是——既然甲賀、伊賀和平相處的日子就要到來，為何伊賀忍者卻在今晨突襲卍谷？」

「應該是那些不願和平相處的人，故意來卍谷鬧事。即使是我甲賀的族人，也有不少人的想法和那些人相同。若是服部大人解除了雙方不得互鬥的禁制，他們必定也會前去襲擊伊賀。」

「這麼說來，莫非——服部大人已經解除不得互鬥的禁制了？」

「你說什麼？」

「地蟲十兵衛十分擔心占星的結果，擔心彈正大人在駿府的安危。刑部——」

「嗯？」光頭的霞刑部抬起頭回答。

「我記得你曾經說過，你在土牆內聽見藥師寺天膳等人的交談，而且內容十分可疑，他們到底說了些什麼？」

「哦哦……俺聽他說——不過，即使突襲得手，也萬萬不可輕敵！別忘了，眾人光殺風待將監一人，就已經元氣大傷。」

「這麼說來……絕對錯不了！如果將監人仍在駿府，所有的一切就無法解釋了。伊賀那群傢伙自北方來，也就是說，他們是沿著東海道過來的。嗯……恐怕……」

「豹馬，你的意思是？」

「我的意思是說，將監可能原本打算兼程趕回，急著要捎給我們某些訊息，卻在半途遭到那些傢伙的暗算。看來這事和今早的事脫不了干係，伊賀忍者會突襲卍谷，必有不可告人的祕密存在。」

「好，俺就往東海道探探情況。」霞刑部倏地站起身來。

如月左衛門同時將彎刀插在腰際，對霞刑部說：「刑部，我陪你一同前往。」

五

此時的東海道陰雨綿綿，伊賀的夜叉丸獨自在雨中奔馳。

他馬不停蹄趕回的時間，整整遲了風待將監一日。正當他經由東海道奔回伊賀的路上，突然察覺阿幻婆託付給他的卷軸已不在身上，驚愕之餘，連忙折返駿府。回到駿府後，阿幻婆又失去了行蹤，迫不得已，只得再次奔回伊賀。由於這段期間的慌亂無措與苦惱，使得他那張俊美的臉龐更加削瘦，宛如玉面羅剎的模樣。

直到現在，夜叉丸才突然想到，或許那份卷軸已被甲賀彈正或風待將監盜走，在自己徒勞往返的時候，甲賀彈正或風待將監應該已將卷軸攜回甲賀。卍谷一族在得知密情後，勢必將主動挑起血戰。

夜叉丸一想起卷軸裡，最摯愛的螢火也名列其上，立刻氣血翻騰。轉念又想到朧未來的命運，心裡更是痛如刀割。

夜叉丸心中的憤怒與焦躁，使得他豁盡全力，飛也似地朝著關宿方向疾奔——此時，夜叉丸似乎聽見遠處有人高聲喊叫。

「喂——喂——」

最初他並不在意，依然繼續趕路。

「喂——喂——夜叉丸——」

遠處的呼喚聲再度響起，夜叉丸隨即停下腳步。

昨日，藥師寺天膳與地蟲十兵衛曾在附近的灌木叢裡，進行過一場詭譎的死鬥。這件事夜叉丸原本就不知情。不過，他認得現在這幾聲呼喚。

「是天膳大人嗎？」夜叉丸四處張望後高聲問道。在一陣沈默後，方才那陰柔的聲音，再度傳入他的耳際。「——對，是我藥師寺天膳。」

夜叉丸確認是藥師寺天膳的聲音後，問道：「天膳大人，您在哪裡？」

「因為某種緣故，我目前暫時不能現身。夜叉丸，駿府究竟發生了什麼事？你的行色怎麼如此匆忙？」

「為了一件十分重要的事。」

夜叉丸一副欲言又止的模樣，他心裡正猶豫著，是否要將自己丟失卷軸的糗事，一五一十地對天膳道出。

「對了，天膳大人為何無法現身？」

一陣沈默。

「天膳大人，莫非……您被殺了？」

這是多麼弔詭的問題！然而，夜叉丸一點也不覺得弔詭，反而繼續佇立在大雨中，對著「死人」發問。

「殺害您的，莫非是──甲賀忍者風待將監？」

「嗯──」遠處傳來的聲音模糊曖昧。「我的確是被風待將監所殺。」

「果真如我所料。真是抱歉，我讓甲賀彈正那傢伙耍了，那份上頭寫著名帖的卷軸被他摸走了──話說回來，幸虧是您被殺，其他族人是否安然無恙？」

「──夜叉丸，你說的名帖是什麼？」

天膳的聲調略帶詫異。

「天膳大人，這次我們前去駿府，大御所家康大人下達了一道命令，要服部大人解除伊賀、甲賀間不得互鬥的禁制。」

「什、什麼？怎麼會！」

天膳的聲音變了。與此同時，夜叉丸如觸電般縱身一躍。

「啊？你不是天膳大人！你究竟是誰？」

夜叉丸至今才察覺，原來與自己交談的並非藥師寺天膳，而是有人刻意模仿他的聲音。

此時，一條人影從土牆後方倏地躍起，踩著牆上片片土瓦，狂風似地朝著對面逃走。夜叉丸的腰部如陀螺般高速旋轉，只見一道黑色光芒迅如閃電，朝對方襲去，纏住已逃至十公尺外的人影。那道人影發出哀嚎，跌坐在小徑上。

「你竟敢騙我？」

夜叉丸氣得渾身顫抖，整個人撲了上去，將那道人影壓在地上。他心想，此人竟將藥師寺天膳的聲音模仿得維妙維肖，以致自己差點洩漏機密。一想及此，不由得倒抽了口涼氣。

「你是甲賀忍者？」

對方似乎因為遭黑繩緊縛而痛苦萬分，以致嘴裡吐不出半個字來。

「報上姓名！不肯說是吧？」

夜叉丸與天膳不同，他對卍谷眾人並不熟悉。對方的面孔自己未曾見過。他使勁勒緊黑繩，讓被壓在下方的人劇痛難忍。

「如、如、如月、左衛門……」

對方勉強吐出幾個字來。

夜叉丸俊美的臉龐上，不由得露出一絲笑意。他暗自忖度，如月左衛門，這名字不正是寫在卷軸上的名字嗎。沒想到在這失意的歸途中，竟然有此等良機！若能除去如月左衛門，正可以替自己掙回面子。想到此處，他內心狂喜不已，立刻拔出佩在腰際的彎刀，喝道：「左衛門！納命來！」

正當他舉起彎刀對準左衛門的心窩時，忽然有人擒住他高舉在半空中的手腕。

夜叉丸本是伊賀忍者的箇中好手，不僅繩術造詣精妙，在眼力、聽覺或觸覺方面也十分敏銳，絕不至於察覺不出躲在暗處的敵人。然而，他在追擊左衛門的過程中，並未發現四周有任何可疑人影。不知何人從背後擒住了夜叉丸的手腕。

夜叉丸未及回頭，牆上的另一隻手已緊緊勒住他的脖頸。這雙由土牆伸出的手，膚色與土牆完全相同。

伊賀忍者夜叉丸還來不及發出慘叫，便遭敵人以雙手勒頸而死。

豆大的銀白雨滴，一顆顆打在左衛門與夜叉丸的身上。小徑上只有雨聲作響，不見半條人影在附近行走。

不——此處並非真無半條人影。伸出手臂的那道土牆上，似乎有物體正在老舊的土牆中蠕動，遠遠看去，像隻碩大而透明的水母，正一伸一縮地律動著。這隻扁平的水母緩緩從牆面隆起，最後幻化為裸男的形狀——如僧侶般頭頂光滑，有著琥珀色肌膚，身材高大的裸體男子。

霞刑部佇立在土牆前，嘴角微揚，俯視著夜叉丸的屍體。他的軀體已完全由土牆內分離而出。當初伊賀五人入侵卍谷時，他也曾施展這隱身忍術，讓伊賀的小豆蠟齋險些破膽。

霞刑部將夜叉丸的屍體從左衛門身上挪開，然後反握夜叉丸拿著彎刀的手，用力朝左衛門的咽喉刺進去，大量鮮血霎時泉湧而出，此舉使得方才暈厥在一旁的左衛門甦醒過來。

「真是千鈞一髮。」如月左衛門苦笑道。

「他方才的話讓我大吃一驚，一時間忘了模仿藥師寺的聲音。」

刑部緩步走到土牆旁，將放在牆角的衣服穿上。如月左衛門嘆口氣，拾起夜叉丸的可怕黑繩反覆端詳。

「其實俺無意殺你。不過情勢危急，俺只得……」霞刑部走回來，向著夜叉丸的屍體說道。

霞刑部與如月左衛門為了尋找風待將監而朝東方疾奔，途中碰巧遇見朝西方趕路的夜叉丸，原本打算套出夜叉丸知道的祕密，最終卻失敗了。

「就算對這傢伙嚴刑逼供，他大概也不會招供吧。」

「不過，他已經透露一些祕密。駿府大御所家康大人下了一道命令，要服部大人解除伊賀、甲賀間不得互鬥的禁制。」

「豹馬的預感果然沒錯。不過，寫著名帖的祕卷，到底是什麼玩意兒？」

兩人凝視著夜叉丸的屍體，露出心有所憾的表情。

然而，當時這兩人卻未曾在意夜叉丸說過的一句怪話。「天膳大人，莫非……您被殺了？」不過就算想得起來，大概也無法解出箇中奧妙。

讓人感嘆的是，如果兩人想通這句話的意涵，相信後來名帖上如月左衛門的姓名也不至於被劃上不祥的紅線。

此時，刑部和左衛門的目光，卻筆直遙望著位於西方的山脈。

「看來，非得走一趟鍔隱不可了。」兩人異口同聲說道。

「既然事態這麼明顯，事不宜遲，咱們得盡快確認弦之介少主的安危。」

接著，左衛門蹲伏而下，將手伸向被雨水淋濕的地面，做起令人匪夷所思的事。他將泥土堆高，和了一些水，然後抹成整齊的平面。接著，左衛門抬起夜叉丸的頭部，輕輕將他的臉印在泥土上。

他隨即將夜叉丸的屍體推至一旁，泥土上留下了人臉的形狀。那臉形模子精巧無比，甚至清楚呈現出細微的皺紋。如月左衛門跪坐於地，小心翼翼地將臉貼到泥土死亡面具上。

在這短時間內，霞刑部剝光了夜叉丸身上的衣物，並且將屍體移至別處。

當刑部空下雙手回來時，左衛門的臉依舊貼在泥塑的面具上，模樣恰似進行著神祕儀式的印度苦行僧。

又過了幾分鐘，左衛門微微抬頭，他的臉已變化為夜叉丸的模樣。

「真是像極了！」刑部猛盯著左衛門瞧，露出一向讓人毛骨悚然的笑容。

左衛門高明的易容術，刑部早已了然於胸，卻仍不禁面露讚嘆之色。

「來不及向甲賀眾人回報了。」左衛門迅速換上夜叉丸的衣服，笑道：「雖說咱們甲賀人才輩出，但是能順利進入鍔隱救出弦之介少主的，大概也只有你我二人。」

左衛門將黑繩纏在腰際，倏地站起身來。他那年輕的身姿，緋櫻般的臉頰，閃閃發亮的烏黑雙瞳，剽悍至極的笑聲，宛如伊賀夜叉丸再世。

肌膚地獄

一

沈重的大門「咿呀」一聲被推了開來。從門縫窺視出去，天色已逐漸明亮。時間接近破曉時分，依然不斷從天空飄落的雨絲，折射著微弱的光芒。

一道握著火把的人影，悄悄自門外走進來。在他將大門掩上後，倉庫再度陷入一片漆黑。那道人影的主人鶴髮蒼蒼，原來是伊賀的小豆蠟齋。

「小丫頭！」沙啞的聲音喊道。

伏在地板上的胡夷微微抬頭。此時手腳被綁住的她，仍維持著昨早在土岐嶺上被抓時的抵抗姿勢，衣衫凌亂不堪，酥胸半露，一頭墨般烏黑的長髮在地上散落成美麗的扇形。

蠟齋走近胡夷，將火把插進麻袋間的空隙，彎腰坐在麻袋上。裝在麻袋裡的並不是米，從麻袋上的破洞便可瞧出裡頭裝的全是鹽巴。此處正是伊賀的鹽庫。在火光照耀下，小豆蠟齋的眼窩凹陷，眼珠子佈滿血絲。躺在他面前的，是一名肌膚白皙粉嫩、猶如粉雕玉琢的少女。但他對眼底的春光無動於衷，只以冷峻嚴厲的眼神盯視著眼前的甲賀囚犯。

「我很同情妳的處境，但妳是否能從這裡活著出去，全取決於妳的答案。如果不想死，就坦白說出一切。」

語畢，小豆蠟齋從懷裡掏出卷軸。

「卍谷有一名叫室賀豹馬的盲人，豹馬擁有何種忍術？」

「……」

「那名叫陽炎的女子，又擁有怎樣的忍術？」

蠟齋一面專注地檢視卷軸上的名字，一面不斷逼問。

先前，藥師寺天膳也曾逼問地蟲十兵衛相同的事，但最後並未獲得答案。不過很顯然地，這是伊賀一族最最關切、看重的事。了解對方擅長的忍術，絕對是擊斃對方的關鍵所在。相反地，若是全然不知，極有可能在轉瞬間慘遭敵手殺害。

「再來，如月左衛門長的是什麼模樣？年輕人？還是老人？皮膚是黑是白？」

胡夷臉上出現一抹淡淡的微笑，因為如月左衛門正是她的兄長。

「說！」

「你覺得我會說出來嗎？」胡夷還是保持微笑。

忍術就像黑膠底片，若是在太陽底下曝光，便會完全失效。因此，忍術是隱藏在黑暗裡的祕密，知悉己方忍者忍術的人，必須嚴格守密。外人固不待言，即使親如父子兄弟，也萬萬不能讓他們知情。服部半藏所著的《忍祕傳》一書有一段記載：「自身的忍術乃至高機密，如身上之骨髓，斷無剖與他人觀視而得苟活之理。」企圖迫使一名甲賀忍者，將甲賀卍谷眾的忍術，透露分毫給伊賀忍者知情？縱使天崩地裂，也絕不可能有這種事情發生。

小豆蠟齋繼續冷酷地逼問：「我想知道妳會什麼忍術。」

「……」

「小姑娘，妳不肯透露嗎？看仔細了。」

蠟齋維持坐姿，手如彈簧般繞到身後——他手上沒有任何刀刃，速度也十分緩慢。不過，當手掌接觸到麻袋，麻袋卻如同被利刃劃破般，晶白的鹽巴嘩啦地從破洞中流瀉而出。小豆蠟齋的手掌不知比刀刃銳利幾倍……胡夷看得目瞪口呆。

「如何？先割下妳的雙耳，接著是手腕，再來是乳房……」

胡夷緊閉雙眼，羽扇似的睫毛抖動著，洩漏出她的驚恐。她將雙手使勁環抱護住胸前，在手臂上顯出一道道泛紅的痕跡，閃耀著凝脂光澤的肩膀不住顫抖著。

蠟齋首度露出微笑，緩緩站起身來，伸手便往她的肩膀抓了過去。精確來說，不是抓了過去，而是拍在她的肩上。當蠟齋想再開口時，他的臉卻突然因驚愕而扭曲變形。因為那隻觸碰胡夷肩膀的手掌，竟然無法移開。

蠟齋心慌了起來，連忙丟下手上的卷軸，又伸手去碰胡夷另一側肩膀。他原本打算以拿著卷軸的手推開胡夷，卻沒料到，如此雙掌都無法從胡夷的肩膀上移開了。

「唉呀，妳這娘們！」在蠟齋大喊的同時，他的下半身彎曲成弓形。當他雙腿如彈簧般彈出時，勁道十分驚人——不過，胡夷的下半身也隨之跟了過去，以雙腿夾住蠟齋的身軀。兩人身體交纏，在地上不停翻滾。蠟齋的雙掌依然被胡夷的肩膀牢牢吸附著。

躺在底下的胡夷，火焰般的氣息襲向蠟齋的下顎。

「我就如你所願，讓你瞧瞧我的忍術。」

胡夷的雙唇緊緊吸住蠟齋的咽喉。

蠟齋頭部後仰，一頭銀白髮絲如舞獅般在半空中晃動。他的咽喉被胡夷的唇牢牢吸住，無法掙脫。他變得眼球凸出，皮膚乾癟如枯葉，臉色慘白，毫無血色可言。

數分鐘後，胡夷抬起頭來，以奇怪的姿勢扭轉肩膀後，蠟齋的雙掌便鬆開了。她緩緩站起身來，蒼老的蠟齋如脫了水的木乃伊般跌落地面，再也無法起身。

昨日一早，蠟齋在卍谷遭甲賀武者層層包圍時，勇猛地擊斃了不少敵人，如此威猛可怕的老忍者，今日卻輕易地被手無寸鐵的少女所殺。這有誰想像得到呢？

胡夷裸露的肩膀上，浮現出殷紅的掌痕。她冷冷一笑，撕下衣袖擦拭。掌痕隨即轉為紫色。令人覺得奇怪的不只這些。胡夷走到麻袋旁，彎下腰，從口中流出汩汩鮮血。將整個麻袋染紅的鮮血，並不屬於胡夷，而是她由小豆蠟齋身上所吸來的血。這名洋溢著野性美，體態婀娜的妙齡女子，竟會是個可怕的吸血鬼！這是蠟齋萬萬想不到的。

胡夷不僅具有吸血的忍術，她的皮膚細胞能迅速蠕動，所以身上任何一處肌膚都能在瞬間變成吸盤。她的肩膀之所以能緊緊吸附蠟齋的手掌，也是基於這個緣故。

胡夷順手拾起掉落在地上的卷軸。

然而，正當胡夷想將卷軸展開來查看時，驚覺外頭似乎有人朝著鹽庫方向走來。她迅速將卷軸塞進鹽袋的空隙處，以鹽巴掩蓋小豆蠟齋的屍體，迅速躺回地上，偽裝成最初遭捆綁時的姿態。

大門開啟，一道身影走了進來。

二

朝著鹽庫走來的，是伊賀忍者雨夜陣五郎。

陣五郎起初只是朝裡面瞥了一眼。他發現在胡夷附近，竟然放了一根火把時，臉上立時出現狐疑神色，走進鹽庫後將門掩上。

「喂！」雨夜陣五郎叫道：「小豆蠟齋應該來過了吧。一個白髮蒼蒼的老爺子。」

伏在地上的胡夷，肩膀微微顫抖，抽抽噎噎地啜泣著。

「既然地上有火把，證明他肯定來過這裡逼問妳一些事，他來過吧？」

「真是可恨……」胡夷喃喃自語。

「哈哈哈哈……看來，妳應該全招了吧？雖然妳是甲賀的忍者，但也不過是個女人罷了，碰到蠟齋那樣的老爺子，什麼祕密都會招出來。妳大概被折磨得生不如死吧？」

「殺了我吧……卍谷的女人落到伊賀忍者手中，只會生不如死。」

「妳說什麼！」

聞言，陣五郎發狠揪起胡夷的烏黑長髮，使勁將她翻轉過來。她忿恨地望著陣五郎，朱唇微微顫抖，淚珠從雙頰緩緩流下，沾濕了她豐盈柔嫩的朱唇。

在胡夷毫無抵抗的狀態下，陣五郎作勢要強吻她的雙唇。胡夷拼命地想把臉別開，但抵抗的力道卻漸漸微弱了。陣五郎面目猙獰地笑道：「小豆蠟齋這傢伙動作還真快啊……不過……哼哼……我可是比那老頭更強更猛。」

陣五郎慾火高漲，呼吸紊亂，他狂暴地撕裂自己身上的衣物。胡夷原本就幾近全裸，誘人的少女胴體散發出妖豔氣息。陣五郎心想，躺在眼前的裸身少女，本來就是甲賀的宿敵，況且她也活不過明日，不如……這些想法，使得陣五郎腦中的淫邪慾念不斷高漲。

全身浮現青霉的雨夜陣五郎，豺狼似地撲向胡夷的胴體。

經過了一分……兩分……陣五郎發出淒厲的呻吟，連忙往後一躍。他感到全身劇烈刺痛，像是同時被數千隻水蛭吸住。無論陣五郎如何拼命掙扎，胡夷依然牢牢黏住自己的身體不放。胡夷豐潤的雙唇，緊緊地在陣五郎的咽喉吸吮著。兩人以奇妙的姿勢交纏在一起，在鹽庫的地面上翻滾著。

只怕再過一分鐘，陣五郎就要命喪九泉。但就在此時，交纏的兩人卻滾到撒在地面的鹽堆上。

「啊！」

胡夷驚慌失措地叫出聲來。方才還被她牢牢吸住的陣五郎，皮膚登時變得濕滑異常。陣五郎接觸食鹽後，隨即不再掙扎。只見他的軀體逐漸溶化，同時也越縮越小。

胡夷不由得倒抽了口氣，立刻凌空躍起，腳下嬰孩般大小的黏稠肉塊不停蠕動。那塊狀似蛞蝓的物體，拖曳著混著鹽巴的帶狀黏液，逃入了麻袋間的空隙之中。

胡夷瞠目結舌地楞在原地，回神之後，瞥見放在陣五郎衣物旁的腰刀，順手將刀撿了起來，朝著麻袋的方向逼近。

就在此時，鹽庫的門第三度開啟，又一名男子走進鹽庫。胡夷轉身一看，臉色驟變。來人竟是親手將她擒至鍔隱的簑念鬼！

胡夷不發一語，提刀便砍。簑念鬼急忙倒退一步，閃開了攻擊，只見他的上衣從肩部裂至腹部。當胡夷砍下第二刀時，簑念鬼掄起木棒格開，欺身而上，順勢將她攔腰抱住。

「妳想幹嘛！」簑念鬼喝道，他遭胡夷劃破的衣角落了下來。

胡夷一開始便料到場面會演變至此。她自知無法以刀法取勝簑念鬼，況且此時和陣五郎的對陣情況截然不同，既然已經刀劍相向，自然不能再以言語蠱惑對方。她心裡清楚，只有在肌膚和敵人親密碰觸的情形下，自己才有打倒對方的勝算。

胡夷至今仍是處女，身上充滿著野性美。同時，她也是在甲賀成長的女忍者。為了在激烈的忍術之爭裡取勝，她連自身的性命都能捨棄，何況是處女之身？她使出渾身解數，轉眼間便殺了小豆蠟齋。至於被陣五郎脫逃固然可惜，但她也讓敵人嚐盡了苦頭。不論如何，她都必須奪來卷軸，弄清裡面的內容，然後盡快送回甲賀。至少，她也要在這鍔隱裡，尋得少主弦之介的行蹤後，將卷軸親手交給他。

胡夷為了這個無上的使命，抱定了即使被玷污也在所不惜的決心。

被簑念鬼攔腰抱住的胡夷，熱情如火地伸出雙臂。溫熱柔軟的乳房，緊緊貼住他的身軀，她的每一吋肌膚都微微發顫著。

簑念鬼一手扯住胡夷的長髮，將她的臉扭了過來。胡夷緩緩貼近他的臉，櫻唇微啟，嬌喘連連。簑念鬼貪婪地望著她粉嫩的唇瓣，嬌怯的舌，珠玉般的貝齒，激起了他將舌頭深深探入她咽喉的強烈慾念。

「蠟齋與陣五郎怎麼了？」簑念鬼看似一臉嚴肅地逼問，其實他早已為眼前的妖豔少女心盪神馳。在野山花般的體香與自身獸慾的催動下，簑念鬼呼吸紊亂，猛力將胡夷壓在地上。

「念鬼！危險！」麻袋堆的深處，傳出昆蟲般的微弱叫聲。美豔又危險的女吸血鬼，落入桃色陷阱的簑念鬼，壓根聽不見外界的任何聲響。即將捕獲第三隻雄性獵物。

然而此刻，感到錯愕的……卻是胡夷。

當簑念鬼壓住胡夷胴體的那一剎那，她渾身起了雞皮疙瘩。只見簑念鬼的胸部、臂膀以及背部，也就是原本衣物遮蔽的部份，全長滿了濃密的黑色體毛，簡直與長毛犬無異。

體毛異常茂盛的人稀世罕見，通常被稱為「毛怪」或「犬人」，這種現象主要是毛髮基因突變所造成。不僅在臉頰及下顎會長出體毛，甚至連額頭、鼻子都長滿密密麻麻的體毛，外表看起來不像人類，簡直與走獸無異。

簑念鬼的皮膚與空氣接觸的部份雖與常人無異，但身體其他部份則和上述的毛怪或犬人類似。因此，胡夷像是被熊或猿猴抱住一般，只覺得一陣噁心恐怖。她被念鬼強行壓在地上的模樣，簡直是幅美女慘遭獸類強姦的畫面。

「唔、唔……」四片嘴唇交疊，此時已分不清是誰的呻吟聲。

「危險啊！念鬼！」那陣微弱又噁心的聲音再度傳來——那是雨夜陣五郎的叫聲。

不知簑念鬼是否聽見了那陣囁嚅——他臉色驟變，頭髮瞬間豎立起來。

此時，胡夷扭著身軀痛苦掙扎。只見兩人緊貼的軀體中間，竟流出汩汩鮮血。原來簑念鬼除了頭髮直豎，身上體毛竟也如豪豬般聳起，而且銳利的程度簡直與鋼針無異。

儘管胡夷面露痛苦神色，但由於念鬼強壓著唇，她也無法大喊出聲。胡夷的身軀遭到無數毛針刺穿，由胸部到大腿，無處不鮮血淋漓。簑念鬼的眼珠佈滿血絲，仍死抱著痛苦的胡夷不放，似在享受對方全身痙攣的快感。

這悽慘至極的景象宛如地獄的血池、針林慘狀。

緊抱著的兩人正分別感受著將死的苦痛與肉體的歡愉，完全未察覺到身後已經站著一對男女。

三

「念鬼大人！」一名女子叫道。

簑念鬼抬起頭，當他看見那名男子，不禁睜大雙眼：「是你啊，夜叉丸！」

方才站在他們身旁的，原來是夜叉丸和螢火。

「夜叉丸，你是何時回來的？」簑念鬼問道。

「剛回來。」夜叉丸簡短回答。他的視線並未落在念鬼身上，而是凝視著冒著黑煙的火把。

「前往駿府的婆婆到底怎麼了？」

「婆婆啊……這個……要等到我和朧小姐碰面後才能對你說明。」

「咦？你尚未見到朧小姐？」

「聽說她正在與天膳大人進行密談，所以我先過來看看你們。」

「喔？這樣啊？天膳大人不知要耗費多少唇舌。而伊賀與甲賀間的忍術之爭，早已掀起漫天戰火。根據我的看法，天膳大人依然會對朧小姐隱瞞這件事。畢竟朧小姐還沈溺在弦之介那傢伙的花言巧語裡。」

「看來，你們還讓弦之介活著。」

「就是啊。天膳大人未免也小心過頭了吧！對於弦之介的瞳術，我略有耳聞，但實際上真有傳聞中那麼恐怖嗎？哼哼哼！祕卷名帖上的十名甲賀忍者中，風待將監與地蟲十兵衛已經在東海道被除掉了。昨晚鵜殿丈助也在附近的瀑布旁被陣五郎所殺，而胡夷就如同現在這樣。事到如今，到底還有什麼好怕的？」簑念鬼語帶嘲諷地笑道。一顆顆腥紅的血珠，從他豎立的胸毛上緩緩滴落。

夜叉丸這才將視線落到胡夷身上。胡夷裸露的胴體上鮮血淋漓，原本嚴重痙攣抽搐的狀況逐漸趨緩，可是卻已衰弱無比，氣若遊絲。

這名可憐的甲賀少女孤伶伶地被俘虜到伊賀境內，遭受伊賀魔人凌虐致死。她的靈魂會與仇恨永世糾纏嗎？或者因為勇敢還擊，至少擊斃了一名死敵因此含笑而終？

……夜叉丸自言自語起來，不知在嘟噥些什麼。

「夜叉丸，你剛剛說了什麼？」

「沒什麼，我只是說『幹得好極了！』」

「說那什麼蠢話！她不過是個小丫頭。其實我並不想殺她，都是她對我施展詭異的忍術，我才不得已痛下殺手。不過，她本來就列名在祕卷的名帖上，這是遲早的事。」

「列名在祕卷名帖上？」

「夜叉丸，難道你不知道祕卷的事？」

簑念鬼隨即以狐疑的眼神望著夜叉丸。夜叉丸避開他的目光，兀自坐在麻袋上，低聲說道：「……我覺得好累。」

他在身後悄悄握緊胡夷伸出的手，臉上掠過一抹哀傷。胡夷似乎尚未斷氣，身軀依舊微微顫動。

「你想想，夜叉丸大人有多麼疲憊。他才剛從駿府兼程趕回，直到現在都沒時間好好歇息。」螢火深情地凝視著夜叉丸，心有不捨地為他解釋。

其實，螢火與夜叉丸之間早有婚約。夜叉丸此次能平安歸來，螢火自是歡喜不已。

「我現在最想做的事，就是好好睡上一覺。」

夜叉丸打著呵欠說道，私下則繼續與胡夷十指相扣。

「對了，夜叉丸大人，你快和朧大人碰面吧！這樣就能早點歇息了。」

看著螢火含情脈脈的溫柔模樣，簑念鬼故意咳嗽，然後苦笑著說：「那個……剛才蠟齋老和雨夜應該有來過這裡，現在人去哪裡了？特別是蠟齋老身上有祕帖，真令人擔心。」

簑念鬼說完後，望了望鹽庫四周。

此時，夜叉丸不動聲色地放下胡夷的手。然而，在場其他人並不知道，斷氣前的胡夷，臉上綻出了一抹微笑。

不久之後，他們在鹽堆裡發現了蠟齋的屍體，也聽見近處傳來雨夜陣五郎的微弱呼喚聲。

「啊！蠟齋大人！」螢火趨身向前，而簑念鬼則將雨夜陣五郎從麻袋之間的空隙中拖了出來。同時，夜叉丸將手放至身後，偷偷將掉落在麻袋旁的卷軸拾起。

「快給他水！」

簑念鬼抱起陣五郎，撞開鹽庫的門，將他放在飄著雨的庭院裡。

只見陣五郎的身軀在雨中膨脹起來，逐漸恢復為人形。

遠方出現藥師寺天膳的身影，他領著朧來到鹽庫，筑摩小四郎與朱絹也跟隨在後。

「什麼？為何卍谷的女孩會被捉來這裡？你們到底做了些什麼？」朧神情不安地

環視眾人。

螢火一見到朧，馬上迎向前去，說道：「朧小姐，夜叉丸大人已經從駿府回來了。」

「啊？夜叉丸？他是何時回來的？」

「才剛回來。因為小姐正在與天膳大人商談要事，所以他先到這兒來了。夜叉丸大人，快點向小姐請安吧！」

夜叉丸站了起來。朧張著圓圓的大眼，一臉詫異地凝視著夜叉丸。

夜叉丸原本俊美的臉龐，霎時扭曲變形。與其說是扭曲，不如說是崩裂。並且，崩裂的不僅僅是臉部。

這是怎麼回事？他居然在轉眼間變成另一個人。

螢火嚇得發出慘叫。

站在她眼前的，已不再是原本熟悉的戀人，而是未曾謀面，手上緊握著卷軸的陌生男子。

在朧「破幻之瞳」的無心凝視下，如月左衛門的易容術遭到破解。

「唉呀！他是甲賀忍者！」在簑念鬼驚叫出聲的同時，只見如月左衛門手上的卷軸被他使勁拋出門外。

眾人的視線隨著卷軸落到鹽庫外頭。不知何時，雨中又出現一名男子的身影。那是一名具有琥珀般膚色，貌似僧侶的神祕人物。他單手接住卷軸，立刻轉身疾奔。

「快將那人抓住，奪回卷軸！」

藥師寺天膳大喝一聲後，眾人立刻朝男子逃走的方向追去。

那名僧侶貌的人物躲到對面建築物下方，對著身後的眾人露出輕蔑笑容。接著，他將琥珀色的身軀緊緊貼在灰色牆面上，隨即如水母般張開，變得扁平而透明之後，霎時消失無蹤。

自昨夜起便未曾停歇的雨，使庭院的地面泥濘不堪。

遠遠望去，牆面附近的泥地上出現許多足印大小的窟窿。現場不見半個人影，泥地上竟踏出一個個足印，連有如怪物般可怕的伊賀忍者們，此時也不禁大驚失色，目瞪口呆地佇立原地。直到發現地上的足印往甲賀弦之介的住處延伸時，他們才緩緩回過神來。

只見無數菱形飛鏢同時嵌入牆壁，卻聽不見任何慘叫聲。不久之後，地面上再也沒有任何足印出現。

伊賀眾人轉身之後，才發現化身為夜叉丸的男子已不知去向。

從方才發生的事看來，顯然已有兩名甲賀忍者在無人察覺的情況下，如魅似幻地潛入了阿幻宅邸。

忍法挑戰書

一

為了防範甲賀卍谷的人馬大舉來襲，伊賀鍔隱早就嚴陣以待。

阿幻宅邸固不待言，即便是鍔隱裡的山壁、谷澗、林木，甚至是農舍，全都流竄著忍者的殺氣。家家戶戶都暗藏刀槍、弓箭、斧頭、鐮刀、繩索和魚網等各種「武器」，隨時準備與來敵豁命一搏。

然而，對藥師寺天膳而言，最令他煞費苦心的，並非平時的備戰工作，而是想盡辦法讓朧不知事情真相。若是讓朧得知此事，她肯定會一五一十地告知弦之介。天膳對此深信不疑，同時也步步為營的審慎行事。事後回想，天膳果真將朧的心思摸得一清二楚。

天膳心裡盤算著，若是弦之介起了戒心，那麼事態絕對會變得十分棘手。仔細算算，弦之介也在阿幻宅邸留宿了兩天三夜，藥師寺卻遲遲未對弦之介下手。這雖與天膳生性謹慎有關，但他處心積慮到這種地步，主要是想滿足自己的邪惡慾望——將甲賀弦之介留到最後，讓他目睹甲賀同伴逐一死去。天膳打算先在精神上擊潰弦之介，再施展忍術除掉他。

幸虧陷入熱戀的朧生性天真爛漫，至今尚未察覺身邊氛圍的微妙變化，這對天膳的佈局十分有利。弦之介與純真的朧朝夕相處，在不知真相的狀況下悠閒度日。不過，有一件事始終讓他耿耿於懷，那就是——隨侍鵜殿丈助忽然不見蹤影。

弦之介昨日曾經問過朱絹：「丈助那傢伙到底怎麼了？」他會如此問也是理所當然。

對於弦之介的問題，朱絹飛紅著臉說出前夜發生的事。她說，鵜殿丈助從背後抱住自己，作出一些無禮的舉動，忍無可忍之下，自己痛斥了他一頓，這事朧也可為她作證。

朧對朱絹的話深信不疑。弦之介望著她天真無邪的雙眼，心想，如果連朧的話都不能相信，世上還有誰的話能信呢？

「丈助那傢伙的確幹得出這種事。他可能因為事跡敗露，羞愧得無地自容，所以獨自溜回卍谷去了。他實在讓我丟盡了臉。」弦之介苦笑著說。

結果，弦之介仍未察覺事態的異常。

經歷了一夜的等待，甲賀方面卻未進行反擊。天膳心想，大概是敵方的少主弦之介依然身在伊賀，所以他們不敢草率出擊。

天膳終於下定決心，將一切真相對朧說明白。他心想，總不能就此放下弦之介不管，也不可能永遠瞞得住朧。況且，這世上唯一能擊敗甲賀弦之介的，除了朧之外，別無他人。

藥師寺天膳所下的判斷並非毫無根據，另外，他光是想像弦之介和朧怒目相對的情景，心裡便亢奮不已。

因此，天膳打算先帶著朧前往鹽庫，讓她親眼見到被俘的甲賀少女——胡夷。天膳原本不想太早殺了胡夷。按照他心中的盤算，在事態緊急的時候，胡夷正可作為人質，用以要挾甲賀弦之介。不過他萬萬沒料到，胡夷竟然已經遭到簑念鬼的毒手。

可是胡夷並未就此白白犧牲，她也讓伊賀付出了慘痛代價——小豆蠟齋被她親手送進地獄。不僅如此，她還讓兄長如月左衛門得知祕卷所在之處。

此時，如月左衛門與霞刑部兩人，在無人察覺的情況下，悄悄侵入防備森嚴的伊賀鍔隱。左衛門喬裝為從駿府返回的夜叉丸，刑部的軀體又是常人看不見的，兩人能輕易潛入鍔隱，自是理所當然。

霞刑部不但能讓軀體與牆壁融為一體，還能任意依環境變化膚色，就如同雷鳥或枯葉蝶，可依照周遭的自然環境——比如泥土、青草、樹葉等，將膚色轉換為最接近環境的保護色。

忍者不僅在肉體機能上超越常人，精神力更遠非常人所及。如月左衛門在進入鹽庫後，親眼目睹妹妹臨終的慘狀，他雖然悲憤交集，在心裡發出了無聲的吶喊，但表面上卻佯裝成打呵欠的模樣，順勢在身後悄悄緊握胡夷的手。

處於瀕死狀態的胡夷，透過微顫的手指，以密語與兄長作了最後交談。左衛門也因此尋得了祕卷，拋給在外頭接應的霞刑部。

霞刑部取得祕帖後，左衛門也趁隙從鹽庫中溜走。於是，伊賀武者們慌張地追至弦之介所住的客房。

弦之介佇立在門前，緩緩攤開卷軸，全神貫注地讀著裡頭的內容。負責監視弦之介的駝子左金太，原本藏身在簷下的迴廊，現在則癱倒在地。只見霞刑部身穿左金太的衣物，單膝跪地，舉頭凝望著自家少主。

在綿延不絕的雨勢中，一群伊賀武者霎時蜂擁而至。弦之介望著來勢洶洶的伊賀武者們，以沈痛的聲音說道：「刑部，咱們回卍谷去吧。」

二

弦之介的聲音悲痛難抑，但臉上的表情依然沈著如故。他的神態就如同在友人家中下棋，忽然聽到親人呼喚，起身準備返家的模樣。

弦之介悄悄將卷軸放入懷中，單手提著刀，緩步走出迴廊，雙眼環顧庭院四周，說是環顧也不盡然正確，因為他正處於雙眼微睜的神祕狀態。

「上吧！」簑念鬼大叫一聲。

「且慢！」藥師寺天膳同時喝阻。

在這種場合，伊賀武者們無法理解天膳制止他們的原因。弦之介此時的憂鬱神情，宛如在雨中飄落的櫻花花瓣，身上也散發出令人戰慄的氣息。天膳和念鬼同時發出的喊叫聲，像是號令槍發出聲響。有六名伊賀武者立刻向迴廊前的弦之介衝了過去。

在下一個剎那，眾人見到的不是六把刀刃交織而成的刀光，而是兩道燦爛如金色閃電般的光芒——從弦之介的雙眼迸射而出。在此同時，只見那六名伊賀武者的身上同時濺出紅色血霧，有的向前撲倒，有的朝後仰跌。仔細一看，他們的肩膀、軀幹或頸部，分別出現數道紅色刀痕，像是六人彼此砍殺。

「刑部，走吧。」弦之介佇立在庭院前方，臉上一副若無其事的表情。他再度半睜雙眼，舉止從容地走了出去。霞刑部緊跟在後，瞥視著在場的伊賀武者們，露出輕蔑得意的笑容。

伊賀武者們兩眼發楞，呆立現場。關於甲賀弦之介的「瞳術」，他們曾經聽藥師寺天膳提過幾次，親眼目睹則是第一次。而在親眼目睹的同時，六名同伴竟就這樣莫名喪命，而且完全不見甲賀弦之介的肢體有任何動作。

甲賀弦之介的「瞳術」，究竟是何種忍術？

「瞳術」可解釋成一種強烈催眠術。無論武者或忍者修為如何高強，都無法不注視對方而將之擊斃。然而，在與弦之介對陣的時候，即使不想凝視他，也會不自覺地受他的目光吸引。在那一剎那，弦之介的雙眼會綻放出金色光芒，對手的腦部也因而遭受劇烈衝擊，緊接著陷入意識朦朧的狀態，不是被己方同伴所殺，就是拿著手上的武器自裁。只要對手想以忍術傷害弦之介，便會遭受自身忍術的迴向反噬。

弦之介默默地低著頭，雙手胳臂環在胸前，緩步由庭院朝著大門的方向前進，看他的表情，彷彿陷入了深沈的冥思。不知現在的他在思索些什麼，是感嘆過去為雙方和平相處所作的努力，至此完全付諸流水，或是在悼念祕帖上名字已被劃上紅線的部屬們？

弦之介的身姿看上去毫無防禦，卻散發一股不可侵犯的威猛氣勢，致使緊追在後的伊賀武者們，雙腳有如被牢牢釘在地面上，全身動彈不得。

「我來！」終於有人出聲喊道，那是筑摩小四郎。

「小四郎！」

天膳原本想出聲制止。不過，眼睛滿佈血絲的小四郎凜然說道：「難道就這樣讓敵人一走了之？我以伊賀之名發誓，絕對要將敵人盡數擒回。」

小四郎懷著必死的決心，快步追上前去。

原本天膳就沒有制止小四郎的理由，只得對其他伊賀武者命道：「……好，無論如何，別讓他們逃了！」他隨即臉色蒼白地轉身叫道：「朧小姐。」

此時，朧已經茫然不知所措。她張大著嘴，兩眼發楞，表情如同受到驚嚇的孩子。

「弦之介走了。」天膳說道。

天膳究竟有何居心？光是「弦之介走了」這句話，便足以讓朧的心破碎。朧感到十分困惑，為何事情會演變到這種地步？為何那位甲賀少女慘遭殺害？為何眼前的手下一一喪命？而最讓她傷心不解的，是弦之介沒向她話別，便神色黯然地轉身離去。

「弦之介大人。」朧高聲呼喚他的名字，隨即跟在弦之介身後追了出去。

弦之介與霞刑部已經到達伊賀的城門，大門旁邊倒臥著三名伊賀武者。如月左衛門放下了城門上的吊橋，以便通過深不見底的壕溝。

「弦之介大人。」朧再度呼喚。弦之介轉身望去，只見伊賀武者們已圍成圓弧狀的陣形。筑摩小四郎單手握著巨鐮，這名年輕忍者身上散發出青焰般的殺氣，從人群裡緩步走出。弦之介停下腳步，凝視著獨自走上前來的小四郎。

此時，兩人之間的距離大約在二十步左右。

「朧小姐……」

天膳輕聲地對朧說：「朧小姐……快到他們兩人中間去。」

「當然。」

朧正要向前走上去時，天膳又向她說道：「只是您的視線絕對不能落在小四郎身上，您要專心望著弦之介。」

「為什麼？」朧停下腳步。

「在伊賀一族裡，只有小四郎能打敗弦之介。」

的確，誠如天膳所言，當今世上或許無人能抵擋得住小四郎的真空旋風。朧臉色蒼白地問道：「為何要我望著弦之介大人？」

「因為……小四郎的處境十分危險。」

小四郎與弦之介之間的距離越縮越短，大約只剩下十五步左右。

朧似乎再也無法忍受，隻身闖入兩人之間，痛苦地說道：「夠了！小四郎，給我住手！」

「小姐，請您讓開。」

小四郎無視於朧的命令，繼續朝弦之介靠近。

「弦之介的眼睛才是最可怕的！朧小姐，請您望著弦之介的雙眼。能夠破解弦之介瞳術的，只有您的雙眼。」天膳喊道。

「啊……」

「如果您不這麼做，小四郎或許會慘敗。」

兩人之間的距離僅僅剩下十步。

筑摩小四郎停下腳步。弦之介如同寂靜的湖水，維持著靜止不動的姿態。在兩人周遭移動著的物體，大概只有從天際飄落的銀白色雨絲……這兩人使得附近的空間，充斥著沈悶的壓力，讓人有睜不開雙眼的感覺。

在場的旁觀者，甚至連朧在內，幾乎全都閉上了雙眼。藥師寺天膳看見她也閉上眼睛，心裡不禁一陣愕然，氣急敗壞地喊道：「朧小姐，睜開您的眼睛。」

「……」

「睜開！睜開！」天膳以近於憎惡的聲音大吼，「難道您打算眼睜睜看著同伴被殺嗎？」

此時，空中一陣異樣的聲響。朧睜開雙眼，然而，她的視線是落在己方的筑摩小四郎身上。

在天膳大聲呼喊的同時，小四郎踉踉蹌蹌地撲跌在地。只見他摀住臉部的雙掌之間，噴出了大量鮮血。他所施展的真空旋風，反向傷及自己的臉龐。

那是因為弦之介施展「瞳術」的緣故，或是朧「破幻之瞳」導致的結果？

弦之介冷然轉身，繼續往吊橋方向前進。霞刑部與如月左衛門嘴角微揚，緊跟在他的身後。伊賀眾人完全喪失了將他們擒回的氣力。

「他走了……弦之介大人就這樣走了……」朧不斷地喃喃自語，淚水再度潰堤而出。

三

雨勢終於停了下來。天色逐漸昏暗，此時已是黃昏時分。

然而，阿幻宅邸的密室裡仍未點上燈火，密室內數條人影圍坐於地。

藥師寺天膳、簑念鬼、雨夜陣五郎、朱絹、螢火，以及端坐於正中央的朧。

「敵人已經得知祕帖的事。我想，今後甲賀、伊賀雙方為了能在這場忍術之爭取勝，必然將不計任何代價，即便是用上全族的性命也在所不惜。」天膳低聲說道。他終於宣佈服部家已解除不戰之約的事實。

今日，包括小豆蠟齋在內，共有十一名伊賀族人遭到殺害。筑摩小四郎的臉部雖然受到重創而腫如石榴，但總算保住性命。戰鬥當時，小四郎施展了「真空旋風」的忍術，在弦之介的瞳術之下，原本將被自身的忍術迴向攻擊，但因為遭到朧的「破幻之瞳」破解，迴向的威力頓時銳減，反而幸運地撿回一條性命。可是鍔隱卻陷入一片愁雲慘霧。

「在我方十人當中，蠟齋已經死了，小四郎身負重傷。另外，夜叉丸恐怕也已經身亡。」

天膳低聲說完後，簑念鬼與陣五郎也同時怒氣沖沖地說：「婆婆也遭遇不測了。」

朧不禁嗚咽起來。

簑念鬼環視眾人說道：「此外，那份卷軸也讓對方奪走了。千萬別忘了，那上面記載著雙方應一決生死，決鬥以倖存人數較多者為勝。倖存者應於五月三十日攜此祕卷抵達駿府城。若是沒了那份卷軸，咱們必定無法前往駿府交差。咱們說什麼也得奪回那份卷軸……不過，換個角度去想，咱們鍔隱一族也是為了這一天到來而存活到今日，這未嘗不是件可喜可賀的事，我想眾人的想法都是一致的，勢必能將甲賀那群傢伙打落血池地獄。咱們絕對會得到勝利！絕對會大獲全勝！我有這樣的自信。」

天膳抓起朧的手使勁搖動著。朧則是一臉哀淒，身後彷彿有妖魅燐光閃爍。然而，更不可思議的是，昨日早上天膳在甲賀卍谷遭敵人砍傷，臉部應該有一道深可見骨的刀傷，如今竟然只留下一條細如絲線的疤痕。

「只是為了我方能取得勝利，在這場修羅之爭正式開始前，得先讓朧小姐振作起來。」在天膳的說話聲裡，甚至混雜著咬牙切齒的聲響，「而且……小姐對敵方的甲賀弦之介下不了手嗎？您讓小四郎情何以堪！如果您不是阿幻大人的孫女，您今日的所作所為，甚至可以視為伊賀叛徒而嚴加懲處。」

「天膳，請原諒……」

「如果您想道歉，去向婆婆以及四百年來伊賀的列祖列宗道歉。不，光是道歉還不夠，您必須親身參與這場血戰，才能告慰列祖列宗的在天之靈。」

「啊……」

「朧小姐，請您在此發誓，您將親手了結甲賀弦之介。」天膳語帶威脅地說。

朧神情痛苦地搖著頭。

「我……我無法親手殺害弦之介大人……」

在場的五名伊賀忍者無不心頭一凜，面面相覷。天膳最害怕的正是這種情況。五名忍者異口同聲地大喊：「小姐，您怎麼這麼說！這次的忍術之爭可不是兒戲啊。」

「不行！」連一向冷靜的天膳都勃然大怒，甚至忘了朧是他的主人。「我們鍔隱一族，不論老幼婦孺，最後是生是死全都掌握在妳的破幻之瞳啊！」

朧微微抬頭。她的臉色如同象牙雕刻般死白，但她的瞳孔卻有如黑色的太陽，綻放出耀眼光芒。身旁的五名忍者全都屏氣凝神。

朧不發一語，緩緩站起身來，逕自往密室內側的房間走了進去。

伊賀眾人全都楞在現場，眼睜睜目送朧的離去。不久，朧從內側的房裡走了出來，靜靜地坐下。只見她手中多了一個小巧的罐子。

她默默打開罐子的封口，將指尖浸泡在罐子的液體裡，然後把液體塗抹在眼瞼之上。

「小姐，您在……在幹什麼？」

即使是最年長的藥師寺天膳，也是生平第一次見到那瓶罐子，更是首次見到朧有這種舉動。朧緊閉雙眼，聲音哀淒地說道：「我不太記得是哪一天了，祖母曾經這樣跟我說：『朧呀，雖說妳是伊賀忍者首領的女兒，卻是個什麼忍術都沒學成的傻孩子。不過啊，妳那雙眼睛天生就具有不可思議的能力。但那並不是忍術，也不是奶奶教給妳的。這才是最可怕的事。奶奶不禁擔心，妳的雙眼反而會使鍔隱從內部崩解，讓伊賀眾人墜入死亡深淵。』剛才我遭到天膳的斥責後，不禁想起祖母的這一番話。」

「然後，祖母語重心長地說：『在我死去之後，妳的眼睛或許會成為災禍的根源。朧呀，妳要記住，若是真發生這種事，妳一定要將這瓶七夜盲祕藥塗在眼皮上，如此一來，妳的雙眼就會七天七夜無法睜開。』」

「……」

「啊！」藥師寺天膳萬分錯愕，立刻從朧的手中奪過那瓶小罐子。其餘的四名伊賀忍者全都瞠目結舌，不由自主地屏住呼吸。

「我也是在伊賀這塊土地上成長的女人，天膳所說的道理，我心底一清二楚。而且今天鍔隱裡又發生激烈血戰，事到如今，不論我再怎麼努力，也無法挽回一切了……不過，我是絕對不會向弦之介大人出手的。」

朧神情痛苦地說：「別說是和他交戰，我……我或許會反過來破解你們的忍術，這才是我最害怕的。因此……我情願讓自己的雙眼瞎掉。」

「小姐！」

「就讓我變成瞎子吧！如此一來，不論是這個殘酷的世界，或者是兩族悲慘的命運，就全部從我眼裡消失了……」

五名伊賀忍者臉色呆滯，凝視著朧那逐漸發白的眼瞼。

朧的眼睛不再令人心生畏懼了。同時，映照著鍔隱的陽光，也完全消失了。

密室內的眾人陷入沈默，不知該說些什麼，做些什麼，也不知該想些什麼。

此時，屋外傳來一陣倉促的腳步聲，打破了密室內的死寂。

「天膳大人！天膳大人！」

「什麼事？」屋內眾人如同在緊繃狀態下突然鬆弛的發條，他們轉身一看，只見一名伊賀武者手上捧著一個木匣，慌慌張張地闖入前庭。

「大門、門前，放、放了這樣的東西……」

「什麼？」

天膳接過木匣，打開盒蓋後，不禁瞪大雙眼，驚呼了一聲。放在木匣裡面的，竟然是今早被弦之介奪走的卷軸。

他解開綁在卷軸上的細繩，展開一看，內容依舊相同，不過在敵我雙方的名字上，分別增加了數條紅線。

甲賀一族十人

~~甲賀彈正~~　~~鵜殿丈助~~
甲賀弦之介　如月左衛門
~~地蟲十兵衛~~　室賀豹馬
~~風待將監~~　陽炎

霞刑部　胡夷

伊賀一族十人

阿幻　雨夜陣五郎

朧　筑摩小四郎

夜叉丸　簑念鬼

小豆蠟齋　螢火

藥師寺天膳　朱絹

「嗯……」

天膳低頭沈思。在祕卷名帖上，筑摩小四郎並未被劃上紅線。甲賀方面的判斷十分準確，他們果然比想像中可怕。那麼，究竟是誰將這個木匣放在門前呢？

當然，絕對是甲賀忍者幹的。或許是如月左衛門或霞刑部回到卍谷之後，再將卷軸送回來。如月左衛門能自由幻化為鍔隱裡的任何人，而霞刑部可以隱身在各種景象中，對他們而言，送回卷軸是再簡單不過的事。不過，對方為何要將如此重要的祕卷送回呢？

仔細一看，原來木匣底部還放了一封書信。藥師寺天膳取出一看，發現那封書信的封口朝左，原來是一封挑戰書：

伊賀眾人敬啟：

我已經得知服部大人解除兩族不戰之約的事實。

然而，我並不好戰，也不知此戰的目的何在。因此，我將動身前往駿府，詢問大御所與服部大人的心意。送還祕卷，便是基於此一考量。與我同行前往駿府之人，還有霞刑部、如月左衛門、室賀豹馬和陽炎四人。

因此，即使你們前往卍谷，我們五人也已在前往東海道的路上。若是你們膽敢殺害卍谷內任何無辜的人，伊賀鍔隱將遭受天譴，也絕對逃不了滅族的噩運。

我雖然不好戰，若是你們追擊而來，我也絕不會避戰。到目前為止，你們在名帖上的忍者還有七名。你們伊賀七人何不在駿府城城門前，與我們甲賀五人，以忍術決一死戰，這樣豈不快哉？若是你們不怕甲賀的威名，還請快馬加鞭，火速前來東海道一戰。

甲賀弦之介

貓眼咒術

一

由信樂谷通往東海道渡口，須經過群峰相疊的險惡山路，不似普通的旅程，一路上見不到滿山翠綠，沒有陣陣柔和的微風，聽不見溪谷的潺潺水聲，甚至也聽不見任何鶯雀的啼聲。此時，在這條險道上卻有五道人影，宛如乘御著南風，腳步輕盈地朝北方奔馳。

五道人影速度之快，沿途的旅人無不瞠目結舌。當他們發現五人之中竟然還有一名女子時，無不發出「喔——」的驚嘆聲。不過，若是他們瞧見還有一名目不能視的盲人，必定會詫異到說不出話來。

這五道人影，正是趕往駿河城的甲賀忍者。

此地原是聖武天皇離宮——紫香樂宮（註15），並一度改名為甲賀寺，其後因年久失修，如今只剩下樑柱和瓦礫，零星地散佈在原野上。晚春初夏的涼風幽幽吹拂，彷彿訴說著繁華殆盡的淒涼。

眼盲的忍者室賀豹馬突然停下腳步，屈身伏下後，將耳朵緊貼於地。

「沒人追來。」

光頭忍者霞刑部從前方折返，說道：「伊賀忍者再怎麼厲害，也無法穿越甲賀谷追上咱們。」他轉身凝望方才越過的南方山脈，臉上露出詭譎笑容，緊接著說：「那些傢伙真的不會追來嗎？不過追上來反而麻煩。恐怕他們已經直接從伊賀繞道伊勢路來截擊咱們。由東海道到駿河，路途相當漫長，或許會在中途的某處和他們正面接觸吧。」

然後，霞刑部輕聲對其他人說道：「不管怎樣，咱們可不能老是等著敵人來襲，應該要先發制人。那些傢伙先下手為強，可讓咱們吃了大虧。這次如果不殺得那些傢伙魂膽俱喪，俺是不可能甘心的。咱們可以先沿著東海道前進，再悄悄繞道，殺他們個措手不及。俺真想離開這裡，獨自與敵人正面交鋒。不過，在這個節骨眼上，不知

註15　紫香樂宮，是奈良時代聖武天皇所建造的離宮，據說聖武天皇曾在天平十五年（西元七四三年），發願在此處鑄造大佛像，天平十六年（西元七四四年）遷都至此。紫香樂宮的現址在日本滋賀縣甲賀市的信樂町，大正十五年（西元一九二六年）被指定為國家遺跡。

咱們的主子心裡是怎麼盤算的？」霞刑部說道。

霞刑部對少主弦之介的行為，仍有難以苟同之處。弦之介看似已對伊賀動怒，但是「看似」兩字，卻不足以讓他的部下心安。

霞刑部心想，在動身前往駿府之前，少主弦之介已將挑戰書遞交至伊賀鍔隱，同時也命令部下將祕卷交還敵人。然而，大御所家康已在卷軸內言明，必須帶著祕卷回去覆命。為何少主仍要將那份祕卷交還給伊賀？

此外，少主前往駿府的目的，大概是為了查明讓甲賀與伊賀相互爭鬥的真正原因。不過，為何要探究原因？雙方不是長達四百餘年來的宿敵嗎？少主為何仍有疑問？就算要去詢問大御所背後的真正原因，也應該先把伊賀十人眾殲滅之後再說吧？

霞刑部心存疑問，弦之介是否真的會和伊賀一決死戰？

對於霞刑部的疑慮，室賀豹馬肯定地答道：「會。」然而，他又沈痛地補上一句：「前提是敵人追了上來。」

「如果敵人並沒有追來呢？」

「敵人必會尾隨而至。你不也如此認為？弦之介大人正是料定了這一點，才向敵人下了戰書。將卷軸歸還敵人的原因，是他深信敵人會帶著卷軸追殺而來。只要咱們最後將敵人逐一殲滅，並且奪回卷軸，你就不會再有怨言了吧？」

「到最後……」刑部沈吟半晌，仍是問道：「對朧小姐……少主真的下得了手嗎？」

豹馬陷入沈默。

五名甲賀忍者腳下速度迅如疾風，如月左衛門與弦之介並肩行進，他不時望著弦之介的表情，察覺弦之介總是愁眉深鎖，想必是在思索關於朧的事。

其實弦之介並不願意與伊賀一族進行決戰。然而，不論是卍谷或鍔隱的人，四百多年來的宿敵意識，早已根深柢固。在弦之介眼中，這一切根本是荒謬無理。縱使在四百年前，雙方曾經結下血海深仇，然而時至今日，已歷時四百年之久，習得恐怖忍術的二族卻依然決定互相仇殺，實在可怕和愚蠢至極。

但是，他又非得與伊賀決戰不可。

這種決心造成的痛苦及怨懟，如火焰般在他的胸口熊熊燃燒。弦之介心想，自己代表甲賀伸出和平之手，而伊賀方面卻暗施毒手，不但殺死了祖父彈正，以及甲賀忍者風待將監、地蟲十兵衛、鵜殿丈助、胡夷等五人，還無預警地襲擊卍谷，在奪走十多條無辜村民的性命後，如風一般揚長離去。那些傢伙實在可惡至極！況且，事已至此，縱使自己能既往不咎，也抑制不了甲賀族的滔天怒火。

不，其實就連弦之介自己也無法按捺內心的怨恨。

弦之介原本的理性，早已被黑暗的復仇慾念所取代。當他意識到情勢不對時，祕卷上的十名甲賀忍者竟已有五人慘遭殺害！這使他無法抑制心中的怨恨與憤怒，也對自己的大意與愚蠢愧疚不已。

想起個性豪邁的風待將監、總是一臉悠哉的鵜殿丈助，還有可愛爽直的胡夷，全都一一慘死在敵人手中，弦之介就愀然心痛，更深深覺得無顏以對。而在他們激戰死去之際，自己竟然還在鍔隱裡談情說愛，怡然自得地沈浸在春夜美景裡？

「我真是愚蠢！」弦之介咬牙切齒地暗罵自己。

朧的所作所為更是讓他感到寒心。弦之介不禁懷疑，朧是否從一開始就知曉全盤計畫，卻還故意邀請自己前去鍔隱。難道她那純真無邪的臉龐，不過是女忍者用來算計一切的假面具？事態發展至此，似乎也只能做此解釋。他的內心充滿著掙扎與苦惱。

朧真是如此邪惡的魔女嗎？若真是如此，讓弦之介感到戰慄自是當然。但是他依然難以置信，深信其中必有誤會，朧不會是那種女孩。不過，事態已變得如此，就算她真的純真如天使，又能如何呢？

弦之介的憂鬱表情，顯示出內心受到的痛苦煎熬。最後，他將自己的懊悔、對朧的疑慮，以及讓眾人陷入悲慘境地的憤慨，全都歸咎於駿府的大御所家康與服部半藏身上。

弦之介之所以動身前往駿府，主要是為了查明解除互鬥禁制的真相。離開卍谷，更可以避免殃及無辜，讓戰火遠離卍谷與鍔隱。無論如何，在大御所家康與服部半藏的命令裡，原本僅需名帖上的二十名忍者決一死戰，因此，也犯不著讓不相關的人因而喪生——這是弦之介僅存的最後一絲理性。

伊賀那七名忍者會追上來嗎？

「必定會來的。」弦之介如此堅信。他心裡忖度著，敵人早已戰意高昂，只要我方五人的名字尚未被劃上紅線，便無法完成祕卷的命令，因此他們必然會追擊而來。此外，弦之介已毅然發出挑戰書，為了伊賀忍者的名譽，敵人也不得不採取追擊行動。

弦之介的雙眼閃耀著金色光芒，嘴角浮現一絲淒然的微笑。

祖父、將監、十兵衛、丈助和胡夷，你們在天上好好看著，我甲賀弦之介絕對會替你們報仇雪恨的。

伊賀忍者必定會追來。可是朧會來嗎？如果她也來了……

弦之介停下關於復仇的思考。只要想起朧的迷人笑靨，還有陽光般的雙眸，那股遭到背叛的熊熊怒火，彷彿就會被她那不可思議的魔力澆熄。我真的能夠下定決心和她決一死戰嗎？弦之介咬牙思索著。

弦之介的側臉如同被疾風吹拂的雲層，陰晴不定。臉上的種種神情，不僅受到如月左衛門不時關注，陽炎也默默地看在眼底。

但是她卻不曉得自己的眼神，正流露著情慾四溢的恍惚……

在迎面而來的微風中，一隻蝴蝶朝著陽炎飛舞而去。當牠一接觸到陽炎的氣息，立刻如枯葉般飄然墜地，躺在草叢裡一動也不動。若是室賀豹馬和霞刑部在後方親眼目睹，想必也會大驚失色。

每當甲賀女忍者陽炎在胸中燃起情慾時，吐出的氣息就會在瞬間轉變為毒氣。

不過，不知是幸或不幸，豹馬天生眼盲，刑部也不知在何時消失無蹤。

「刑部！刑部去哪了？」

當抵達位於水口的驛站時，弦之介才察覺霞刑部不見蹤影，於是連忙詢問豹馬。

「嗯？他不見了嗎？那傢伙的行蹤即使是明眼人都難以察覺了，更何況是我這個遲鈍的瞎子？」豹馬答道。

從室賀豹馬平日的一舉一動，根本察覺不出他是眼盲的人，此時卻忽然顯現出盲人特有的狼狽。

由信樂大道向東轉彎，便可進入東海道。

二

若是詢問甲賀卍谷的男子，住在谷中的忍者誰才是最可怕的人物？他們略作思索之後，便會露出異樣的笑容，答道：「陽炎。」

口中可以射出長矛的地蟲十兵衛，嘴裡能吐出蜘蛛網的風待將監，可以縮小軀體的鵜殿丈助，能沒入萬物之中變幻膚色的霞刑部，製造死亡面具、自由轉變成他人容貌的如月左衛門，以及全身可化成吸盤的胡夷，甚至擁有「瞳術」，能使所有施術者的忍術反向攻擊的甲賀弦之介，都不是他們眼中最可怕的人。

卍谷中最可怕的，是能夠輕吐死亡毒氣的陽炎。

陽炎之所以令男子害怕，在於她擁有豔麗絕美的姿色。若非她會吐出死亡毒氣，甲賀彈正又嚴峻地規制甲賀一族，恐怕自制力再強的男子，也無法抗拒陽炎的魅力……

陽炎身上的祕密，連伊賀的藥師寺天膳也不清楚。不過，陽炎平時吐出的氣息並不會致命，只有在她情慾高漲時，氣息中才含有劇毒。

這對陽炎而言，其實十分可悲，因為她無法擁有正常的婚姻生活。某些雌性昆蟲在交尾達到高潮時，會吞食雄性昆蟲。（註16）陽炎的母親也是如此，她與男人交媾之時，若是情緒達到高潮，便會吐出致命毒氣，曾有三名男子因此命喪九泉。陽炎便是她母親與第三名男子生下的。

那三名男子乃受甲賀彈正之命而犧牲，目的是為了傳承陽炎家的恐怖血脈。視背負甲賀一族宿命為榮的他們，都樂意成為配種祭典的供品。

陽炎此時已是亭亭玉立。再過不久，她就將和母親一樣，在產下女嬰以前會有數名男子被挑選為犧牲品。其實甲賀彈正在動身前往駿府之前，對與陽炎交媾的候選人已有了腹案。在卍谷時，他也時常與年輕人深夜在圍爐旁討論此事。

喝下與陽炎三拜九叩後的交杯酒，也就等同喝下了死亡之酒。這當然是十分恐怖的事。不過，雖然卍谷裡的年輕男子都知道她有多恐怖，卻沒有人會逃避這項任務。首先，卍谷一族有著神聖嚴肅的族規，谷內的人無不竭誠服從。不過除此之外，陽炎身上散發著撩撥男人原始慾望的氣息，也讓谷內眾多年輕人為她神魂顛倒，願意以性命作為魚水交歡的代價——如同外表炫麗的食蟲花，總是能吸引昆蟲自投羅網。

不，其實也不能將那些男子比喻為昆蟲，外人也沒有立場嘲笑這種事。世間所有的女子在青春時期都會散發出獨特的魅力與韻味，而世上所有的男人，在女人的魔力下，也都盲目甘願地成為俘虜。所謂的結婚，不也和上述的道理大同小異？

在陽炎成為亭亭玉立的少女之前，並不知悉自己身上的祕密。而在知道一切之後，她感到十分痛苦。

不過，陽炎的痛苦並非來自本身的悲劇性體質。因為她也清楚，雖然在種類或忍術方面有所不同，但比自身體質更加可怕的忍者也不在少數。不，其實也可以說，卍谷所有的人全都如此。陽炎之所以痛苦，是因為自己愛上了弦之介。

註16　例如螳螂，在交配過程中，雄螳螂往往容易成為雌螳螂的美食。某些種類的蜘蛛、蠍子、蜈蚣等也有相同的行徑。

不知該說是幸或不幸，陽炎的家世在卍谷裡可說是望族，與弦之介成婚也稱得上門當戶對。她曾與同家世、同年齡的女子相比，私下頗以自身的美貌為豪。她的容貌與氣質，如同緋紅牡丹般雍容華麗。從少女時代起，她便多次夢見自己成為弦之介的新娘。

可是，當她得知自身的特殊體質會在交媾的最高潮將戀人殺死時，她不禁對此種宿命感到震驚。

陽炎陷入絕望，而決定放棄。不過理所當然的，她也比他人更關切誰將成為弦之介的新娘。

當卍谷裡的人得知弦之介選擇宿敵——伊賀阿幻一族的朧時，均感意外萬分，其中最為嫉妒和憤怒的，莫過於陽炎。陽炎認為，對方若是甲賀女子，那她也無話可說。可是未來將成為弦之介新娘的女子，竟然是阿幻婆的孫女，這讓她說什麼也不服氣。在她的心中雖然存在著這種想法，而事實上那不過是她宣洩內心嫉妒與憤怒的藉口。

自此之後，陽炎開始產生從未有過的惡毒幻想。她心想，自己擁有與生俱來的劇毒氣息。而弦之介在敵人惡意對他施展忍術時，他的瞳術會反彈敵人的忍術。那麼，自己對弦之介並沒有惡意，僅僅是戀慕著他。如此一來，要是自己真與弦之介少爺纏綿，呼出的氣息究竟會殺了他，還是會反彈回來殺了自己？

陽炎曾經有過殺死弦之介的想法。若是那天來臨，即使自己死了，她也毫無悔恨。而當她沈溺於這種幻想時，吐出的氣息已帶有杏花味的死亡香氣。

然而，統轄卍谷的甲賀彈正已經過世，陽炎戀慕的弦之介，此時和朧之間已回復為不共戴天的宿敵關係。

此次與鍔隱一族燃起戰火，心中最感狂喜的便是陽炎。不過，那並非意謂她與弦之介之間產生了新的希望。因為在現實世界裡，卍谷依然有不能與弦之介相戀的禁律存在。然而，陽炎早已在心底偷偷解開桎梏。正因為現實世界裡有著那樣的禁律，才讓她的情慾更加炙熱。

甲賀卍谷的男子之所以認定陽炎最可怕，大概也是出於這個原因——她會在情慾高漲時，不由自主地吐出死亡氣息。更何況自從離開卍谷後，陽炎不僅和弦之介並肩而行，甚至得以共處一室，這些都是她千載難逢的機會。因此在這次的旅途上，不知曾有多少誤觸她氣息的生物難逃死亡詛咒。

從水口（註17）往東，眾人進入伊勢路（註18）的時候，才放晴一日的天空再度籠罩灰暗的烏雲。東海道又開始下起雨了。

天色已近黃昏，由於甲賀一行人裡還有女性，再加上此次旅行不需兼程趕路，在越過鈴鹿嶺後，眾人決定在關町的客棧留宿一晚。

也就是說，此處是左衛門與刑部數日前擊斃夜叉丸的地方——眾人聆聽左衛門輕聲訴說那次忍法死鬥的經過，直至夜深才回房就寢——左衛門與豹馬先行離去，各自回到自己的房間。

陽炎替弦之介整完床鋪，又去調整行燈（註19）上的燭火，就是遲遲不肯離去。

「陽炎，妳也回房去吧！躺一下比較好，明天一早就得出發了。」弦之介對她說道。

她嘆了一口氣，走到行燈旁邊坐下，問道：「那我回房了。明天要從桑名搭船嗎？」

「不，外頭雨勢不小，明日可能無船可搭，況且風又這麼大，走陸路比較妥當。」

弦之介說完後，忽然望了陽炎一眼，她那烏黑的雙眸，正深情款款地凝視著自己。此時，恰好有隻被燈光吸引的飛蛾，從陽炎面前翩然掠過，卻立刻如枯葉般掉落地面。

當弦之介察覺不對勁，陽炎已悄悄靠在他的懷中，溫熱而柔軟的軀體緊密地伏臥在他的雙膝之上。

「陽炎！」

「弦之介少主……我愛你。」

陽炎緩緩抬頭，唇瓣之間吐出杏花般的香氣——這種妖魔異香使人頭昏目眩，當她的臉貼近弦之介時，弦之介反而緊抱陽炎，說：「陽炎，看著我的雙眼。」

那是一雙閃耀著金色光芒的眼睛，陽炎望了一眼後，她的雙眼隨即也跟著閉上，頭部無力下垂。陽炎被她自己吐出的毒氣所麻痺。

弦之介拿起枕頭旁的水壺，將水緩緩倒入陽炎口中。陽炎漸漸甦醒過來，發現弦之介一臉蒼白地望著她。為了讓她注視自己的眼睛，所以他緊緊抱住陽炎，藉以度過間不容髮的危機，不過，現在讓他錯愕萬分的，並不是方才危急的那一瞬間，而是得知陽炎竟愛上了自己。

註17　位於日本滋賀縣東南部，為甲賀的城鎮。

註18　前往伊勢的必經之道，可通往伊勢神宮。

註19　以木頭或竹枝作為骨架，上面糊紙，裡面可放入油皿點火的照明燈具。

陽炎是名會殺掉戀慕對象的女子。帶著她前往駿府，就像服下隨時會發作的毒藥踏上旅程。

「陽炎，妳打算殺了我嗎？」勉強擠出笑容的弦之介說道，他依然盯視著陽炎的雙眼不放。「妳再這樣下去，我的命就真的沒了。」

「我想死，我想和弦之介少主共赴黃泉。」

「愚蠢！如果真的想死，殺光祕卷上所有的伊賀忍者之後再死。」

「所有的伊賀忍者……也包括朧那個女人嗎？」陽炎咬牙切齒，語氣憎惡地說道。

聽見陽炎無禮地直呼朧的名諱，弦之介嘆息後沈默不語。

「身為女人的我，大概殺不了朧。弦之介少主，您對朧下得了手嗎？」

窗外的雨越下越急，陣陣強風吹得樹枝嘎吱作響。

「我會下手。」弦之介沈痛答道。他此時也說不出「我下不了手」這類的話。

陽炎直直凝視著弦之介，說道：「若真是如此……」她慘然一笑，「我會以身體征服伊賀所有的男人。憑我一人的力量，就能殺光伊賀所有的男人。」說完後，她便翩然離去。

當天深夜，甲賀弦之介忽然由睡夢中驚醒，從床鋪上倏地躍起。忍者的雙耳即使在睡夢中也是醒著的。不！即使耳朵處於休眠狀態，忍者的第六感依然敏銳，隨時注意敵人是否偷偷接近。然而，弦之介的聽覺與第六感並未察覺有他人靠近的跡象，但他卻被某種物體驚醒，從床鋪上起身察看。

弦之介的目光落到天花板上的一隅。行燈的燈芯已經燃盡，房內伸手不見五指。他的雙眼綻射出金色光芒，如箭矢般疾射而出。入侵者若是伊賀忍者，應該會立刻發出慘叫，然後摔落在榻榻米上，神情痛苦地左右翻騰。

但是弦之介所見到的不是人類，而是一條嘶嘶吐信的蛇。牠口中銜著一顆卵，血紅色的眼珠猛盯著弦之介不放。

一向謹慎的弦之介，也是首次碰到這種突發狀況，他沒料到對手並非人類。

「喝！」弦之介大喊一聲，然後躍至半空中，手上射出一道光芒，只見蛇的身軀一分為二。在蛇血濺出的同時，不明液體也隨著飛濺而出。

原來蛇在被劈成兩半的瞬間，腹內的卵狀物體跟著碎裂，物體內部的不明液體也迸射了出來。而且，那卵狀物體不是蛇卵。

室賀豹馬、如月左衛門及陽炎這時也察覺有異狀，連忙趕至弦之介居住的客房，只見弦之介單手提著刀，愕然佇立在房內正中央。

「弦之介少主！」三人異口同聲地叫道。

弦之介以另一隻手掩住雙眼，口中說出了讓三人同感驚恐的話：「豹馬……我的雙眼失明了……」三人頓時驚訝得無法呼吸。

伊賀忍者果然追來了。不過，他們並未現身，而是用蛇偷襲。甲賀忍者們距駿河尚有六十里之遙，而雙方在東海道上的初次交手，甲賀少主弦之介最厲害的武器——雙眼，已經遭到敵人摧毀。

三

兩名伊賀忍者趁著夜色，悄悄前往甲賀忍者落腳的地方。他們的藏身處並非在甲賀忍者投宿的客棧內部，而是在對面客棧的屋簷上。

螢火佇立在風雨中，雙手結印，指揮著蛇的行動。她的身旁蹲著正在監視客房動靜的簑念鬼。

弦之介客房的窗戶並未關上。簑念鬼的目光穿越黑暗的雨景，見到如月左衛門一臉驚慌失措的模樣。房內隱約傳出眾人吵雜的聲音，但可以清楚聽見一名女子悲痛地大叫：「弦之介少主……他……他的雙眼失、失明了！」

「成功了！」念鬼一臉得意地笑道，「比想像中容易嘛。」

簑念鬼的目光再度穿越雨中的黑暗，凝神盯視著客房，點頭說道：「原來如此，跟在弦之介身旁的，有一名盲者、女子，還有個傢伙也在那裡啊。」

他口中所說的「傢伙」，其實是如月左衛門。

七名伊賀忍者從鍔隱，途經伊賀路，朝著伊勢進發。在出發前，藥師寺天膳派給簑念鬼與螢火一項特別任務。因此，他們兩人先行離去，在出了鈴鹿嶺之後，在關町的客棧，尋得了甲賀一行人的行蹤。不過，簑念鬼只認得出弦之介、眼盲的室賀豹馬以及陽炎。在下著大雨的夜色中，那名纏著麻布頭巾的男子，究竟是如月左衛門，或是霞刑部，其實是難以分辨的。

「霞刑部那傢伙究竟到哪去了？」

應該要有五名忍者，為何房內只剩四人？

簑念鬼一直反覆思索這個問題。不久，他忽然抬起頭。他想起刑部所施展的忍術，知道刑部能無聲無息地遁入牆壁或泥土。而刑部究竟到哪去了？

簑念鬼心想，就如同他與螢火肩負著跟蹤甲賀眾人的特殊任務，霞刑部那傢伙必定也是隻身離開弦之介，準備對敵人進行偷襲。

「螢火，今後我們要特別留意。霞刑部消失無蹤的時間，應該是在我們越過加太越山來到這個驛站的時候。那傢伙可能會以隱身的方式偷襲我們，妳快回去向天膳大人通報此事。」

「那這邊的任務呢？」

「這裡交給我，我來負責監視工作。客房裡的四人，現在就有兩個是盲人，監視工作輕鬆得很。」簑念鬼又露出微笑，他靈機一動，說道：「螢火，在妳離開之前，可否替我召喚蝴蝶？蝶群可以誘出那兩名沒瞎掉的敵人，我想試探一下那兩名盲人的真實情況。」

「當然可以。不過，天膳大人曾再三交代，要我們千萬別自陷險地。」

「我明白。」

藥師寺天膳的命令有二。第一，捉拿甲賀五人，第二，盡快讓弦之介的雙眼失明。

第二道命令雖是必須盡速完成的任務，不過最至高無上的命令，當然還是第一道命令。

讓弦之介的雙眼失明——這是在他們取得了「七夜盲」的祕藥之後，所產生出來的構想。

然而，第二道命令能如此輕易達成，大概會是天膳始料未及的，因為他原本對簑念鬼與螢火不抱太大的期望。在天膳下第二道命令時，言談中已隱約透露要親自出馬的意思。可是，為了保護雙眼失明的朧，天膳不能輕率地離開她的身邊。總之，第二道命令的真意，只是要簑念鬼與螢火掌握甲賀一行人的行蹤，並且隨時向他報告。

「螢火，那就有勞妳了。」

「是。」螢火點頭說道，她隨即結起手印。就在此時，黑暗的夜空中突然響起異樣的風聲，一群雨蝶不知從何而來，宛如一陣破空而來的龍捲風，席捲樹林，橫掠屋簷，朝著對面客棧的窗戶方向撲了過去。

在客房敞開的窗戶裡，可以見到如月左衛門睜著血紅雙眼，表情驚愕不已，不知嘴裡在喊些什麼？他迅速抽出腰際的彎刀，朝著庭院的方向追出去。陽炎接著也衝了出來。

念鬼嘴角輕揚，回頭對著螢火說道：「好，螢火，妳去吧。」

語畢，螢火立刻往西方奔馳，蝶群則朝反方向飛，念鬼見到如月左衛門與陽炎在街道上飛簷走壁，朝著東方緊追蝶群而去。

簑念鬼的眼睛佈滿血絲，頭髮朝天聳立。他穿過庭院，朝著客房的窗戶貼近。他單手提刀，頭髮如蛇一般纏繞住樹木的枝幹，身體懸在半空中往前移動，幾乎沒在地上留下任何足跡。

簑念鬼並沒忘卻天膳所下達的命令。他心裡很清楚，天膳並未要求自己捨命擊斃甲賀弦之介。

然而，正因如此，才更激起他身為忍者的鬥志與野心。弦之介的雙眼竟如此輕易就被弄瞎，的確出乎簑念鬼的意料。簑念鬼已顧不得是否有生命危險，反正客房內也只剩兩名盲眼忍者，所以他決定放手一搏。

在伊賀鍔隱一族當中，簑念鬼是最勇猛凶殘的忍者。他似一陣風地從窗戶溜進客房。

客房的燈火已經熄滅，裡面漆黑一片。不過，簑念鬼與所有的忍者一樣，有雙能在黑暗中辨物的眼睛。他見到對面兩條人影寂然而坐。

果然如他所料——是甲賀弦之介和室賀豹馬，兩人都閉著雙眼。

「伊賀忍者嗎？」弦之介以沈靜的口吻問道。簑念鬼不禁心頭一震。不過，見到弦之介依然睜不開眼睛，便兀自冷笑了起來。

「弦之介，你看得見我嗎？」

「看不見。」弦之介冷然一笑，「我看不見你死去的模樣。」

「你說什麼！」

「豹馬，睜開你的眼睛吧。」他命令豹馬睜眼注視簑念鬼。

只見眼盲的豹馬徐徐睜開雙眼，兩道金色光芒由瞳孔綻射而出。

「啊！」剎那間，簑念鬼的腦髓受到閃電般的衝擊，整個人往後彈飛。

在甲賀忍者之中，能施展詭幻瞳術的，原來不僅弦之介一人。

簑念鬼那一頭倒豎的頭髮如海草般蓬亂地張開，逆向刺入自己的雙眼。只見鮮血噴濺而出，念鬼的臉頰頓時淋漓一片。然而，他仍死命地舉起彎刀，準備朝室賀豹馬進行最後一擊。不過，他緊握刀柄的雙手竟然反向倒握，朝著自己的腹部猛力刺下。

簑念鬼從窗戶摔落庭院裡，很快便無法動彈。他朝天仰臥，腹部插著一把刀柄寬大的忍者彎刀，從天而降的冰冷雨水，無情地拍打在他的身軀上。

室賀豹馬再度閉上雙眼。

原來，甲賀弦之介的「瞳術」師傅正是豹馬。不過，他的確是天生的盲人，也只能在夜裡睜開綻放金色死光的雙眼。弦之介是他的弟子，在瞳術方面的修鍊，也早已青出於藍。現在的豹馬，只是偶爾在夜裡代替弦之介施展瞳術，伊賀忍者根本不知此事。藥師寺天膳總是對豹馬的忍術心存忌憚，急於得知豹馬究竟懷有何種忍術，如今看來，他的擔憂果然不無道理。

「左衛門、陽炎！」

如月左衛門和陽炎二人追丟了蝶群的行蹤，正處於茫然失措的狀態，卻忽然在黑暗中隱約聽見弦之介的呼喚。

「剛才一名伊賀忍者被豹馬殺死了。從他的聲音聽來，大概是那名叫做簑念鬼的男子。」

「咦？」

他們這才一臉愕然地發現地上有具屍體。

「那麼，召來蝶群的就是這個傢伙囉？」

「不！能召喚昆蟲的，是一名叫做螢火的少女。左衛門，蝴蝶往哪個方向飛？」

「往東方飛。」

「看來，螢火大概是朝著西方走了。」

四

螢火在滂沱大雨中疾速奔馳。

由關町前往伊賀，須通過位於西方的鈴鹿嶺，再經由東海道方可抵達。螢火正是在這條路上奔馳。

在關町前往鈴鹿嶺的路上，左右都有河流經過，左方的水勢較為湍急，自古稱為八十瀨川。通往伊賀的道路也是如此，它不像東海道那般寬廣，而且路況更加險惡。

在距當時的三十二年前，遭本能寺之變波及的德川家康，在服部半藏所指揮的三百名甲賀、伊賀忍者護送下，便是經由這條山路往東竄逃。那是德川家康人生中的第一大難。雖已歷時三十餘年，這條山路依舊與當年一樣險惡。

螢火雖是忍者，畢竟仍屬女流之輩，橫亙在前方的湍流，對她而言十分棘手。

螢火心想，朧小姐一行人應該也會沿著此路前來，但一路上都不見他們的蹤影。她忖度著，他們是否因為這場風雨而變更原定計畫，決定中途投宿在山中的客棧？若是如此，一行人的安危就更令人憂心了。如果能隱身的霞刑部暗中出手偷襲朧小姐一行人，那該怎麼辦才好？

「嘿——嘿——」

螢火聽見遠處有人呼喚，急忙停下腳步。

「嘿！螢火。」似乎是簑念鬼的聲音。

螢火在雨中睜大雙眼，朝他喊了回去：「念鬼大人——螢火在這裡呢。」

在大雨中朝著螢火疾奔而來的，正是方才和她在關町分手的念鬼。

「唉呀！妳還在這裡啊？真是太好了。」

「嗯。你已經將甲賀弦之介和室賀豹馬……」

「那兩個傢伙已經被我殺了。只不過是殺兩個盲人，就像切蘿蔔一樣，再簡單不過了。」念鬼齜牙咧嘴地笑道。

「另外，那個像傻子一樣追丟了蝶群的陽炎，也被我殺了。」

「那麼……如月左衛門呢？」

「很遺憾地，讓他給跑了，真是太可惜了。陽炎斷氣前曾經對我招供，說殺死夜叉丸的就是那傢伙。」

螢火使勁抓住念鬼的手。夜叉丸是她的情人，從如月左衛門易容為夜叉丸的模樣判斷，她原本也斷定夜叉丸是遭到左衛門的毒手，所以她情緒激動地搖晃著念鬼的身體說：「念鬼大人，你未免也太大意了，虧你武藝那麼高強。那個叫如月左衛門的傢伙比其他人更該死，你竟然讓他給逃了！」

螢火忘了方才簑念鬼所冒的生命危險，對著他大發雷霆。這名可憐的少女咬牙切齒地說：「不過，這或許是天意，要讓我親手殺了如月左衛門。」

「妳殺得了他嗎？螢火……那個傢伙可是擁有一張能易容成任何人的臉。」

「為了報左衛門殺害夜叉丸的仇，就算他化成灰，我也非得識破不可……」螢火抓著念鬼的手更加用力。

忽然間，戰慄感傳遍螢火全身，因為她赫然發現，對方手臂上沒有濃密的體毛。就在這千鈞一髮之際，她迅速往後抽退。不過，左衛門立刻朝她逼近。

「螢火，我如月左衛門果真被妳給識破了。」

螢火不斷後退，同時抬起雙臂，準備結成召喚手印。然而，她白皙如雪的雙臂，卻在瞬間遭橫掃而來的利刃整齊切斷，手臂落下時，仍維持著松葉型的結印手勢。

「如月左衛門！」螢火驚聲叫道，那是她留在世上的最後一句話。

「可以將妳和簑念鬼的名字，一起從祕卷上刪除了。」

左衛門手上的利刃逆向翻轉，瞬間刺穿她的胸膛，螢火來不及聽清他方才說的話，便已魂歸離恨天。

左衛門抬腿將螢火踢落河谷，黑暗的谷底濺起了白色水花。他面容憂傷地自言自語：「我不想殺女人……可是，我最摯愛的妹妹胡夷，卻慘遭我現在化身的簑念鬼殺害……螢火，妳也知道，忍者之爭如同修羅煉獄啊！」

谷底有兩、三隻纖弱的白蝶拍著翅膀，在螢火身邊翩翩飛舞，如同纏繞著冥界花瓣，彷彿永世不願離去。

染血的霞靄

一

雨停了，但天色依舊不佳，桑名的海面一片灰暗。

在這個年代，多數人仍不習慣搭船，不知是否因碼頭等船的客人太稀落，在覆有葦簾的茶棚下等待的五名男女，特別吸引眾人的目光。那一行人裡共有三男兩女。其中一名男子頭罩白布，只露出嘴巴，模樣駭人恐怖。其中一名女子樣貌清新可人，但仔細一看，她卻是個盲人。

不用說，這五名男女便是伊賀鍔隱的忍者——藥師寺天膳、雨夜陣五郎、朱絹、臉部重創的筑摩小四郎，以及眼盲的朧。伊賀眾人全都面帶愁容。

「咱們要渡過七里遠的大海嗎？」雨夜陣五郎眺望著對岸的紅色鳥居，喃喃自語起來。

客人雖然稀少，但準備運載的貨物卻非常多。這些貨物預計要運送到宮町（現今的熱田），不過尚未搬運至船上。無數的舢板裝載著大小不一的貨物、行李、轎子和馬等等，朝著在海面上等待的大船上前進。此種大船至少能乘載五十三餘人。

「現在風浪這麼大，咱們繞道佐屋不是比較好？」陣五郎表情陰沈地說道。

從佐屋繞道而行，一行人就必須走陸路。不過，若依他所言，不但要橫渡木曾川，而且路程十分遙遠。反之，直接取徑海路，可以大幅縮短抵達時間。

陣五郎之所以不願搭船走海路，是因為他本身體質的關係。

蛞蝓為何會被鹽所溶化？那是因為在鹽的滲透作用下，使得蛞蝓本身的水分流出體外。一般生物的細胞膜都能抑制這種現象產生。不過，不論是多麼高等的動物，都有其發揮抑制能力的限度。即使是人類，若長期浸泡在鹽裡，體液也會被鹽大量吸收。海水的浸透壓大約是人體的三到四倍，可說相當高。而雨夜陣五郎的身體具有高度滲透性，碰到鹽分便會開始萎縮，因此，海水可以說是雨夜陣五郎的致命弱點。所有的忍者都一樣，自身的獨門密技或武器，往往也是自身的弱點所在。

「你怎麼這麼孩子氣？又不是從海上游過去，這不是在準備搭船了嗎？」藥師寺天膳以不耐煩的口吻說道：「雖然甲賀一族是走陸路，但若是我方也走陸路，絕對趕不上他們，更何況又突然多出兩個行動不便的人。」

正因如此，伊賀一行人在越過伊賀加太越山之前，在山中歇息了一宿。若是朧與小四郎身體狀況正常，對忍者而言，那種程度的風雨和山路根本算不了什麼。

天膳心裡暗忖著，甲賀那群人現在不知到了何處。方才他們在碼頭探聽過消息，得知甲賀那群人並未來此搭船，若是對方繞道走陸路，己方一行人搭船就可以追上。然而，簑念鬼與螢火完全斷了消息一事，讓天膳極為心浮氣躁。

——他們兩人只怕已遭甲賀那群人的毒手了。

天膳目前只能作此推測。他只是命令簑念鬼和螢火去探知甲賀一族的落腳處，而那兩個傢伙必定是魯莽地出手襲擊敵人，卻反遭還擊。

——真是愚蠢至極！

想到此處，天膳不禁咬牙切齒。

他心裡盤算著，若是我方的簑念鬼和螢火慘遭敵人殺害，那麼我方便只剩五個人，和敵人人數相同。但我方又有兩名行動不便之人——小四郎身負重傷，單單有強烈的復仇慾念，並不足以抗敵。另外，朧小姐是否有意與甲賀弦之介戰鬥，更是天大的疑問。

朧屈膝坐著，低著頭不發一語。她的肩上停著一隻老鷹。那隻老鷹，便是一直以來替阿幻婆傳遞訊息的使者。

她心裡想著的，一直都是甲賀弦之介。

朧與弦之介之間又回到了不共戴天的仇恨關係，對她而言，這是件何其悲哀之事。自己為何要踏上這趟旅程？她是越來越不能了解了。朧不禁認為，在藥師寺天膳脅迫下，自己只不過是任他擺佈的傀儡，完全失去了自我意志。事情究竟為何會演變成這種地步？大御所家康大人與服部大人為何要解除兩族不得互鬥的禁令？這些都讓她百思不得其解。

然而，真正讓朧感到天昏地暗的，並非從外界席捲而來的命運風暴，而是弦之介那封言語間充滿憤怒的決鬥書。「祕卷上列名之忍者，汝等仍餘有七名。何不至駿府城城門前，由甲賀五人與伊賀七人進行一場忍術殊死決戰，如此豈不快哉？」——朧心想，弦之介大人顯然已經將她列為決一死戰的敵人。而且，當初他離開鍔隱時，甚至頭也不回便轉身離去，態度十分冷淡。

——朧轉念一想，弦之介之所以那麼憤怒，也是理所當然的——在弦之介大人與我愉快地談情說愛時，鍔隱的同伴卻接二連三地殺害卍谷的人。這件事我始終不知情，但要怎麼做才能讓弦之介大人相信我？弦之介大人一定會認為，我從一開始就讓他落入圈套，他會這麼想，的確無可厚非。當我肩上的老鷹嘴裡銜著卷軸飛至土岐嶺後，雨夜陣五郎卻蓄意欺騙弦之介大人，宣稱「伊賀與甲賀已經完全和解」。要說我在那當下甚至之後都毫不知情，還帶著弦之介大人在鍔隱內四處參觀，就算我信誓旦旦自己不曾有預謀，又有誰會相信？

弦之介大人現在一定認為我是個恐怖、殘酷又讓人憎恨的女人。無論如何，我必須讓弦之介大人明白——我絕非他想像的那種壞女人。我之所以踏上這趟旅程，也僅僅是為了這個理由。

然而，縱然弦之介大人得知真相，甲賀與伊賀之間展開的血戰，已經讓我們有緣無份，此生再也無法結合。可是、可是，我可以在來世……對！在來世等待著弦之介大人的到來。為了彌補一切罪愆，就讓弦之介大人親手殺了我吧。

朧正幻想著，弦之介以她的鮮血將卷軸上她的姓名劃掉的情景。在旅程開始至今，她那蒼白的臉頰上首次綻露淺淺的微笑。

藥師寺天膳心生納悶，狐疑地注視著她的笑容。

在船夫大聲吆喝：「喂——船要開了。要搭乘的客人，請趕快上船囉！」伊賀一行人也隨著站起身來。

二

就在眾人上船時，不知想到何事的藥師寺天膳，神情詭異地對朱絹低聲說道：

「朱絹，妳，還有雨夜，都坐到船尾去。我和朧小姐去船艙。還有，妳吩咐小四郎，要他坐在船艙與船尾之間，別讓外人靠近我和朧小姐這裡。小四郎那副只露出嘴巴的古怪模樣，只要他坐在那兒，相信沒人膽敢靠近。」

「遵命。不過，為何要這麼做呢？」

「抵達宮町之後，立刻就會與甲賀一族短兵相接。依我看，朧小姐內心仍在猶疑不決——趁著搭船渡海這段時間，必須堅定朧小姐的意志。無論如何，我得讓她下定決心。」

朱絹點點頭，她似乎也頗有同感。不過，她還是不太了解，為何天膳要求眾人離他和朧遠一點。

不知是否因為海上的風浪過大，船上所有乘客幾乎都往船尾去了。船上乘客只有二十個人，其中有五名女子、三名孩童、兩名老人，其餘都是城裡的商人。人雖然不多，但是船上的貨物堆積如山，穿梭行走並不方便。筑摩小四郎便是坐在狹窄的通道上。

若是有人走到小四郎附近，他就會以沙啞的聲音喊道：「不准到這兒來！」他頭上緊實地裹著白布，整張臉只露出嘴巴，白布上還有已經乾涸的黑色血痕。正如天膳所說，任誰見到小四郎這副模樣，都會慌忙地轉身離去。

船帆隨風揚起，船出海了。

除了海風吹動船帆的聲音、船桅搖晃的聲響，及海浪聲外，朧並未察覺身旁有他人的動靜，她不解地問道：「朱絹、陣五郎、小四郎他們到哪兒去了？」

藥師寺天膳不發一語，默默地凝視著朧的臉龐——以往，天膳從未如此仔細地端詳她的臉龐，除了考量主從關係之外，也對她的破幻之瞳有所忌憚。然而現在，阿幻婆已經與世長辭，朧的雙眼也暫時處於失明狀態。

朧有著細長而濃密的睫毛、可愛小巧的鼻子、曲線柔和的薔薇色雙唇、白皙纖細的下顎。無疑地，她是一名絕世美女。在過去，藥師寺天膳只將朧當成天女或公主般看待。不過，一旦以男人的眼光去看，她那甜美誘人的氣質，無異是激發獸性的催化劑，讓男人恨不得將她生吞入腹。

那張絕美的容顏，突然蒙上一縷不安的陰影。

「天膳！」朧叫道。

「朱絹他們在船尾。」天膳以嘶啞的聲音答道。

「為什麼不來這裡？」

「屬下想向小姐提一件事。」

「什麼事？」

「朧小姐，您曾經說過，您無法與甲賀弦之介對戰，即使到了現在。您還是這麼想嗎？」

「天膳，就算我想與他對戰，我的雙眼也已經失明了。」

「再過不久，您的雙眼就會復原。已經過了兩夜，只剩下五夜，七夜盲的藥力就會消退了。」

朧低下頭，緩緩說道：「這五日內，我會讓弦之介大人把我殺了。」

藥師寺天膳面露憎惡，狠狠瞪視著朧。他憎惡的，不是朧將遭弦之介斬殺的預感，而是她那下定決心，想讓對方殺害的自我告白。

「果然不出所料，既然您完全沒有改變心意……那我也沒別的辦法了……」

朧聽出藥師寺天膳話語中顯露了異樣的決心，眼盲的她抬頭問道：「天膳，難不成你想殺了我？」

「我不會殺您……我會讓妳活著。我要將生命之精注入您的體內……那可是伊賀的精髓……」

「咦？伊賀的精髓……」

天膳緩緩地朝朧靠近，一把抓住她滑嫩白皙的手，「朧小姐，請您成為我的妻子吧！」

「混帳！」

朧急著想掙脫天膳，但他的手卻像蛇一般纏住她的胴體，聲音也變得十分黏膩：「只有這樣，才能讓您對甲賀弦之介徹底死心，才能讓您有將他當成敵人的覺悟……」

「放開我！天膳，祖母正看著你！」

天膳的身體立刻反射性地僵硬起來。阿幻婆是伊賀族中唯一能夠支配他的人，在那個尚未確立主從道德的年代，唯獨在忍者一族的世界中，早已建立起受命者對命令者絕對服從的鐵血紀律。

不過，天膳冷冷笑道：「可惜阿幻婆已經過世了。若是她還活著，必定會和我說出相同的話。她絕不會允許您和甲賀的人成親。另外，阿幻婆的血脈必須留下，一定要將您的血脈傳承下去。那麼，您未來的丈夫又在何處？阿幻婆在祕帖裡挑選了十名忍者，其中有六名伊賀男子。在這六名伊賀男子當中，已有三人死亡。只剩下我、陣五郎與小四郎，在這三人當中，您又會挑誰呢？」

「我誰都不要！天膳，把我給殺了吧。」

「我不能殺您。在伊賀贏了這場血戰後，為了讓眾人臣服於伊賀，身為伊賀首領的您，非得活下去不可。仔細想想吧，您從一開始就太天真了，竟然想與甲賀弦之介成親，簡直是瘋狂的行徑。這次和卍谷一族之間的腥風血雨，或許就是因為激怒鍔隱先祖之靈而引起的。同時，這也是為了讓妳我能夠結合——」

天膳緊緊勾住朧的肩膀，毫無忌憚地將手伸入她的衣襟。天膳的雙眼盯視著她珠圓玉潤的乳房，眼神裡充斥著逾越主從關係的雄性獸慾。

「朱絹、陣五郎！」

緊閉雙眼的朧放聲大叫。她臉上的神情透露出極度的憤怒與恐懼。心裡想著，天膳到底算什麼家臣？竟然做出這種下流的行為！就連弦之介大人也不曾如此無禮。

「朱絹、陣五郎都在船尾——喔？妳這對乳房不是溫熱起來了嗎？要抓住女人的心，得先占有她的肉體，這可是自古流傳下來的忍術。」說著，天膳將朧壓在潮濕的板壁上，一副要強吻她的姿勢。

「小四郎！」

「閉嘴！眾人對這事都有默契了。」

在風帆聲和海浪聲的掩蓋下，雨夜陣五郎與朱絹根本不知道朧發生何事，不過，坐在船艙入口的筑摩小四郎，卻清楚地聽見了朧的吶喊。他的頭上雖然緊縛著厚布，但朧的尖銳叫聲卻幾乎衝破他的耳膜。

——究竟發生什麼事？

小四郎訝異地想站起身來，不過又立即坐了下來。天膳的行為雖然恐怖，但也不得不承認他這麼做的必要性。況且，天膳對自己又有養育之恩，縱使天塌了下來，自己也不能背叛主人。

然而，小四郎在厚厚白布下的嘴，無意識地扭曲了起來。

——可是，天膳大人是對朧小姐出手。

小四郎心想，朧小姐也是主人。不！她可是鍔隱一族之主。雖說自己也希望天膳大人和朧小姐可以結為夫妻，但是，怎可用這種強硬手段來逼她就範！

小四郎咬著下唇，握緊雙拳顫抖著。忽然一陣尖銳的聲響破空而過，他頭上的風帆裂了一個大洞。

「小四郎！」

他再度聽見朧的哀號，終於忍不住起身。

「天膳大人！您不能這麼做！」他突然有股捨命救朧的衝動。對年輕的小四郎而言，朧是他心中最聖潔的公主，縱使是天膳也不能玷辱。

「朧小姐！」

小四郎頓時陷入忘我狀態，步履踉蹌準備闖入船艙。

此時，船艙內突然發出一陣異樣聲響。小四郎只感覺心臟就快停止跳動，停下前進的腳步，他心裡疑惑著：「難道一切都太遲了？船艙裡究竟發生了什麼事？」

藥師寺天膳原想強行將朧壓倒在地，但他突然停止動作，宛如身體霎時凍結一般。他的呼吸已經停止，臉部紫黑腫脹——有隻手臂緊勒住他的脖子。那隻手臂並不屬於朧，而是一隻與板壁顏色相似的褐色粗壯手臂。

天膳的口鼻鮮血淋漓，眼白完全上翻。在確認他的頸動脈停止跳動後，那隻手臂才鬆了開來。

小四郎進入船艙時，那隻奇怪的手臂正好悄然無聲地消失在板壁裡。而且，那面板壁並沒有任何異常，那手臂就如同沈入水面，在剎那間消失無蹤。

「朧小姐！」

「小四郎！」

朧與小四郎彼此呼喚對方的名字。兩人之中，一人眼盲，另一人以白布覆臉，因此，他們方才都沒親眼目睹天膳被那隻褐色手臂勒死的情形。

朧這才赫然發現，原本壓在她身上的天膳已經靜止不動，而且感覺到他的身軀已經失溫。她沒意識到自己衣衫不整，便起身驚呼：「啊！天膳是不是死了？」

「天膳大人死了？」

「小四郎……你……是來救我的嗎？」

「天膳大人……他已經死了嗎？」小四郎一臉驚愕地靠了過去，雙膝跪在藥師寺天膳的屍體旁邊，抬頭問道：「朧小姐，是您親手殺了他嗎？」

朧一臉茫然地坐著。她並不曉得，當時有一隻褐色手臂緩緩地從她白皙肩頸後方伸出，而筑摩小四郎也不可能見到事發經過。

三

整個伊勢灣被籠罩在晚霞之下，從船尾拖曳的水痕望去，如血盆一般的落日，將海面染成一片赤紅，形成一幅華麗妖魅的美景。坐在船尾的旅客，無不看得醉心不已。

當船橫渡過七里的海域時，起錨時的波濤洶湧，此時也逐漸平息。船上原本忐忑不已的乘客，都感謝上蒼的眷顧，不但航途一路平安，還欣賞到令人陶醉不已的黃昏景色。

只有一件事讓乘客們心神不寧——就是船上的那隻老鷹。

船尾端坐著一名妖豔的女子，那隻老鷹便停在她的手腕上。乘客們知道獵人會以老鷹狩獵，但年輕女子隨身帶著牠遠行，倒是十分少見。有人以關西口音親暱地與那名女子交談，但她卻默默不語。那名女子的肌膚如同蠟一般蒼白，讓人感覺到陰森恐怖。相較於那名女孩，坐在她身邊的男子更是讓人不寒而慄——他的皮膚沾滿黏液，上面長著綠霉，一副溺死者的模樣。因此，船上乘客紛紛別開視線，避免將目光放在兩人身上，只顧著欣賞海面上的美景。唯獨那隻老鷹，總是不時地拍動翅膀，在乘客們的上空來回飛掠，讓眾人的心情惴惴不安。

那一男一女便是朱絹與雨夜陣五郎。上船時，朱絹奉天膳的命令，由朧的手上接過老鷹。

「陣五郎大人，我聽見了異樣的吵雜聲，那邊會不會發生了什麼事？」

朱絹輕抬下顎，朝著船艙的方向說道。雨夜陣五郎和朱絹所在的位置，由於貨物的阻擋，不但看不見船艙入口，也看不見筑摩小四郎的身影。

「什麼？」

雨夜陣五郎顯得心不在焉，他朝著乘客們的方向看了又看。

「陣五郎大人，你在幹嘛？」

「十九人……」

陣五郎喃喃自語。

「十九人？」

「只剩下十九人了……」

「咦？」

雨夜陣五郎這才回過神來，說道：「朱絹大人，除了我們之外，乘客應該有二十人。」

「聽你這麼一說，我才想起來，剛才那名戴斗笠的男子不見了。」朱絹顧盼著周圍叫道。

最初上船的旅客之中，有名男子戴著垂巾斗笠。這種垂巾斗笠是模仿古代的蟲紋斗笠，以蓑衣草編織而成，四周有茜木綿垂下，當時乞丐之類的賤民，頭上經常戴著這種斗笠。那名男子背上長著大肉瘤，是個佝僂的駝子。當時朱絹以為他害臊自卑，所以故意將臉部蓋住。可是現在，那名頭戴垂巾斗笠的男子卻突然消失無蹤。

陣五郎站起身來，神情慌張地將目光投向身旁的貨物堆裡。他突然「啊」地一聲，說道：「這裡有個斗笠。」

在貨物堆的陰影裡，不只是斗笠而已，男子身上的衣物也全扔在那裡，還留下了一個圓球狀的破舊包袱。然而，卻不見那名男子的身影。他將衣物脫個精光，究竟到哪裡去了？難道他已經投海了？

「大事不妙！」陣五郎驚呼之後，立刻朝船艙的方向衝了過去。

朱絹的臉色驟變，也跟在他後面追了出去。

雨夜陣五郎與朱絹衝入船艙時，前文提及的褐色手臂正好要勒住朧的脖頸。由於他們兩人突然進入陰暗處，所以沒有見到那隻手臂逐漸消失。

「天膳大人！」

「天膳大人他怎麼了？」

朧與小四郎花了好一段時間，向陣五郎和朱絹說明之前發生的事。然而，對於藥師寺天膳的猝死，朧與小四郎也是方才才發覺，所以兩人並不清楚天膳的死亡原因。

陣五郎衝出船艙，來到甲板上。

「一定是那個混帳！」在朱絹抱著天膳的屍身時，陣五郎似乎想到什麼，忽然發狂似地拔出佩刀，凝神注意四面八方的動靜。然而，他根本沒發現任何異樣身影。他臉上露出害怕與緊張的表情，猛力朝著四面的板壁亂砍一陣。不過依舊沒有異常的情況發生。

陣五郎從船艙裡衝了出去。

就在此時，陣五郎聽見在船舷的貨箱旁邊，傳來一陣微弱而詭譎的笑聲，他立刻朝著笑聲的來源走了過去。忽然間，他握著刀身的手腕被用力擒住，同一時間，另一隻手從側面伸出來，緊緊掐住他的脖子。那兩隻黝黑的手如同黑色貨箱自己長出來的一樣。

「啊！朱絹！」雨夜陣五郎從喉嚨裡發出慘叫。不知對方是否聽見有人從船艙跑出來的聲音，他立即用力將陣五郎往船舷方向推了出去。

陣五郎發出哀叫聲後，整個人跌落海面。

從船艙裡倉皇衝出的朱絹，連忙站到船舷邊緣向下探。船夫們聽到方才的喊叫聲，也都衝了過來。其中一名船夫發現有人落海，正欲跳入海中搭救，而扶著船舷準備跳下時，「哇」地一聲叫了出來。

「那是什麼鬼東西！」

「那個人——」

讓陣五郎哀嚎的，並不是那雙神出鬼沒的褐色手臂，也不是自己忽然從船上被人推落，而是那片大海。

陣五郎在藍色的波浪裡死命掙扎，但只要他一掙扎，衣襟、袖子便會有黏液流出，並且逐漸在水面上擴散。看著看著，他的軀體竟然漸漸縮小——這種可怕的光景，就如同被丟入煉獄的熔漿，身體慢慢融化。

在夕陽餘暉下，朱絹迅速解開衣帶，褪去身上的衣物。雖然她在船上乘客面前露出乳房，但情況緊急，已經無暇顧及眾人的目光。她打算赤身裸體跳入海中，搭救情況危急的雨夜陣五郎。

就在此時，她的背後突然傳來難以名狀的驚愕叫聲。

那聲驚叫是由行李箱發出，但並非從行李箱內部，而是從表面發出的。同時，表面產生詭異的皺褶，呈波紋狀開始擴散。緊接著浮現出如同裸身僧侶的人形輪廓。船夫們看得瞠目結舌。

朱絹回頭一看，大叫一聲：「霞刑部。」連忙往後抽退。

那人正是甲賀忍者霞刑部。不過，他的目光並未落在朱絹身上，而是嘴巴半張，瞪大雙眼朝著船艙的方向看。

佇立在船艙入口的，竟然是藥師寺天膳。霞刑部因為驚愕過度，致使隱身術露出破綻。天膳方才被刑部以雙手絞殺，鼻孔流出鮮血，心臟也完全靜止，這一切都是刑部再三確認過的，因此他會驚愕到露出原形，自是無可厚非。

「刑部，你可真有一套。」藥師寺天膳如鐮刀般的紫唇微微上翹，陰森的冷笑讓霞刑部渾身發顫。天膳舉起刀刃，勢如奔雷般朝著刑部砍過去。

原本驚訝不已的霞刑部，瞬間露出冷笑，身體變成琥珀般透明，再度沈入行李箱，眼見即將融為一體——

「霞刑部，你絕對逃不了！」朱絹朝他大喊，同時，她的乳房、心窩、腹部……全身皮膚上的毛孔迸射出無數血滴，形成一大片紅色血霧。

紅色血霧瞬間飄散而去，行李箱霎時一片腥紅，不過它的表面並未浮現人形。

在距離行李箱約莫兩、三公尺的板壁上，忽然現出一道血紅人形，模樣宛如巨大而恐怖的紅色蜘蛛。天膳隨即飛身躍至半空中，舉起刀刃，朝著板壁上的刑部人形胸口刺了進去。

板壁上那道鮮血淋漓的人形沒發出半聲呻吟，但開始劇烈痙攣，接著逐漸趨緩下來，不久便靜止不動。天膳將刺穿板壁的刀刃拔出，只見鮮血如瀑布般泉湧而出。

霞刑部因為全身被朱絹的鮮血染紅，隱身忍術因而失效。船夫們睜著失焦的眼睛，恍神望著如惡夢的景象。不過，這幅地獄般的景象，原本就不在他們所能理解的範圍內。

藥師寺天膳和朱絹回頭朝著大海望去，想尋找陣五郎的蹤影，只見船後拖著一條細長的水痕，海面灰暗而蒼茫。西方天空的盡頭，落日閃耀著赤紅餘暉，而茫茫大海中，早已不見陣五郎的身影。

藥師寺天膳從懷中取出那份祕卷。然後他走向血跡斑斑的船板，用手指蘸血，在甲賀方面霞刑部的名字上，劃過了一道紅線。

之後——藥師寺天膳思索了一陣，表情陰鬱地在伊賀「雨夜陣五郎」、「簑念鬼」及「螢火」三人的名字上，分別劃上了三道紅線。

「敵我雙方，手上可用之棋各剩四枚。」

即使在宮町登陸，距離駿府仍有四十四里之遙。藥師寺的臉上露出淒然的微笑，他心裡忖度著，在這長達四十四里的路程當中，甲賀與伊賀雙方將各自賭上四條人命，然而，究竟誰能存活下來？在己方倖存的四人之中，就有兩名眼盲之人。在這場如棋局般的忍者死鬥裡，他並無必勝的自信。

以美色魅殺的陽炎

一

由宮町往東一里半，即可抵達鳴海。再繼續走二里三十町（註20），便可到池鯉鮒。在兩地之間，有一座橋稱之為境橋。東海道以此橋為界，可從尾張進入三河。

在境橋的橋旁，豎立著奇怪的物體。經過的路人總會歪著頭，一臉好奇地站在那物體前面駐足觀看，不過，也都不一會兒就寒毛直豎，逃命似地迅速離開。

那奇怪的物體是一塊巨大的木板，到處是蟲蟻噬咬的痕跡。這塊老舊堅硬木板的表面上，似乎抹了暗紅色的塗料。駐足的路人，心裡總會浮現疑問：「這是啥玩意兒？」雖然暫時判斷不出是何種物體，不過，當木板上的血腥味撲鼻而來，又赫然發現上面浮現人形時，襲上心頭的莫名恐懼，嚇得他們屁滾尿流，立刻拔腿就跑。

現在仍是春季，太陽緩緩朝西移動。經過此地的四名旅人，在那塊木板前停了下來。那四名旅人之中，有三名武士與一名女子。三名武士當中，有兩人頭上戴苧麻頭巾。

「……」
「……」
與其他路人不同，這四人凝神不動，專注地盯視著那塊木板。
不久，他們將那塊木板拆下，一名眉清目秀的武士將它扛在背上，一行人離開城鎮，暫且沿著河川行走。在行走的同時，女子偶爾會彎腰摘花。
那名眉清目秀的年輕武士，將背上的木板輕放河面，女子將摘來的花撒了上去，木板無聲無息地緩緩漂走。
這個國家自古以來就有一種祈求冥福的放燈儀式——將燈籠放入河裡，讓它載著亡靈，隨著河水漂流而去。不過，方才的儀式卻令人心生畏懼。
「刑部慘遭敵人殺害。南無。」苧麻頭巾下發出沈痛的呻吟。
「可是，那塊木板為何會立在這裡？」女子目送著河上漂流的木板，喃喃說道。
「那是一塊船板。照這樣看來，刑部是在船上遭受敵人殺害。雖是敵人，但實力卻不容小覷。」

註20　「町」為日本的距離單位，約莫一〇九公尺。

「如此說來，敵人藉此向咱們示威囉？」一名戴著苧麻頭巾的武士恨恨地說道。

另一名戴著苧麻頭巾的武士回答：「伊賀那群人說不定正埋伏在暗處監視著。」

年輕的武士左右顧盼，謹慎地注意四周動靜——他正是甲賀弦之介。不可思議的是，他的雙眼竟依然炯炯有神。他之前遭伊賀祕藥——七夜盲的襲擊，因此雙目失明。自從那夜算起，至今也不過經過三日而已。

藏身在河堤後方的兩道人影，連忙閃避弦之介疾掃而來的目光。他們雖然逃過了弦之介的視線，閃避後的那一瞬間仍不由得膽顫心驚。

那兩道人影靜靜目送著弦之介一行人返回城鎮。

「正如所料，咱們比敵人搶先一步抵達。」藥師寺天膳自言自語。

「天膳大人，下一步要怎麼做？」朱絹抬頭問道：「敵方有四人，我方也有四人。不過，我方有兩人眼盲。」

「這裡距離駿府還有四十公里遠，不必操之過急。而且，敵方也有一個名叫室賀豹馬的盲者。」

弦之介曾在鬫町遭受螢火襲擊，被她以蛇弄瞎雙眼，這件事伊賀忍者們並不知情。更何況，弦之介在他們面前依然一副目光炯炯的模樣，根本看不出他雙眼已盲。

「那麼，剛剛那名頭戴苧麻頭巾的盲者，便是室賀豹馬？」

「嗯，另一名頭戴苧麻頭巾的，大概就是如月左衛門吧。總之，先對眼盲的豹馬下手。那群傢伙今晚不知會在哪裡投宿，池鯉鮒？不，看樣子，或許會繼續往岡崎前進。不論如何，今夜先收拾豹馬就好。只不過朧小姐……」

雙眼失明的朧與筑摩小四郎，目前人在池鯉鮒的客棧裡。

「她現在的身心狀況欠佳，跟去了也只是累贅。發現弦之介等人行蹤一事，就先別告訴她。朱絹，妳今晚就假裝毫不知情，陪在朧小姐身旁。」

「那您呢？」

「我帶小四郎去追那些傢伙。小四郎也恢復得差不多了，由我們兩人去襲擊甲賀一行人。」

「沒問題吧？」

藥師寺天膳凝視著朱絹，露出女人般的陰柔笑容說道：「妳擔心我嗎？」

「不！我是說小四郎大人。」朱絹的臉頰霎時飛上兩朵紅雲。她自從出了伊賀之後，因為沿路照料負傷的小四郎，便對他產生了某種曖昧的情愫。

「朱絹，咱們這趟可不是來遊山玩水、談男女私情的。不殺人，就會被殺，這可是趟賭上生命的旅程，別搞錯狀況了。」

「是。」

「不過，在離開鍔隱後，即使是平日再熟悉不過的人，彼此之間難免也會產生特殊情感。」天膳微笑著說：「嗯，朱絹，如果事情進展順利，將甲賀那群傢伙全部除掉，或許伊賀會有兩對新人要準備成親了。」

二

正如天膳所料，甲賀一行人果真未在池鯉鮒停留，看起來，是打算繼續趕往岡崎。不過，太陽此時已經西沈。

池鯉鮒東方，有一個稱為駒場的地方。在古時，這附近的河流呈現蜘蛛形放射狀，因為如同八座橋，所以稱為八橋，是一處開滿燕子花的風景名勝。傳說中，以吟詠和歌著名的詩人在原業平（註21）到此遊覽後，詠出「身著唐衣憶愛妻，迢迢旅途愁思熾」的和歌名句。不過，時至今日，此處的河流早已消失，成了一片茫茫的原野。

因此，此處成了著名的馬市。每年四月二十五日至五月初五期間，四、五百隻左右的馬、伯樂和馬販在此雲集，開市時，通常沙塵漫天，馬嘶聲與叫賣聲此起彼落。不過，此刻馬市早已收市，城鎮附近一片蒼茫，原野上綠草如茵，在綠色波浪的盡頭，如鉤新月緩緩升起。

四名甲賀忍者身形如風，一路奮力疾馳。倏地，天空傳來一陣異樣的振翅聲。弦之介抬頭一看，不自覺叫了出聲：「啊！那是……」

那是隻老鷹。正是當時攫著甲賀、伊賀生死祕卷，飛至土岐嶺上的老鷹。而且，仔細一看，現在牠腳爪上攫著的，正是與當時一模一樣的卷軸……

「怎麼了？」頭戴苧麻頭巾的室賀豹馬問道。由於他眼盲，看不見那頭老鷹。

「有隻老鷹，腳爪抓著祕卷——」話語方落，弦之介立即朝東方追了過去，陽炎則尾隨在他的身後。老鷹攫著在風中飄揚的卷軸，低空掠過草原，逐漸飛遠。甲賀弦

註21　根據史載，在原業平是平安時代初期的和歌詩人，容貌俊美，為和歌「六歌仙」之一。被後世學者認為是《伊勢物語》裡的男主角。他有三十首和歌作品被收錄在《古今和歌集》中。

之介和陽炎禁不起誘惑，毫不猶豫地緊追而出。

「且慢——」豹馬雖然大聲喊叫，但弦之介和陽炎似乎並未聽見。另一名戴著苧麻頭巾的武士，一語不發地坐在室馬身旁的岩石上，豹馬則寂然佇立在路旁。

此時，草叢內浮出一道煙霧般的朦朧人影，悄然無聲地朝著兩人靠近。那道人影正是藥師寺天膳。他似乎對這兩名頭戴苧麻頭巾的人有所畏懼，眼神裡充滿警戒。

伊賀忍者以老鷹與祕卷作餌，原本嘗試將三名目可視物的敵人全部誘出。不過卻留下兩人，而非僅有豹馬一人，情況變得有點棘手。不過，最令人畏懼的弦之介已經離去，也只剩下室賀豹馬與如月左衛門。由聲音判斷，佇立著的是室賀豹馬。然而，靜坐在岩石上的如月左衛門，模樣卻有些啟人疑竇。

岩石上那名戴著苧麻頭巾的人抬頭說道：「是藥師寺天膳吧。」

天膳聽見對方的聲音後驚愕不已，踉蹌後退數步。在微弱的月光下，他仔細端詳那人在苧麻頭巾下的臉龐，不禁叫道：「甲賀弦之介！難道……你瞎了？」

瞬間，天膳明白了一切，方才飛身追出的甲賀弦之介，真正的身分是如月左衛門。左衛門不但能模仿他人的聲音，還能幻化成任何人的容貌，這一點天膳心知肚明。不過，他全然沒料到左衛門竟然易容為甲賀己方的弦之介，而且，這必然是為了掩飾弦之介雙眼失明的事實。那麼，弦之介為何會雙眼失明？不用說，那必定是螢火與簑念鬼偷襲成功，祕藥「七夜盲」發揮了讓他眼盲的功效。

「哈哈哈哈哈哈！」天膳狂笑不已。

他之所以狂笑出聲，不僅因為弦之介眼盲，也同時嘲笑自己不知真相的愚蠢，徒費了先前的機關算盡。

「搞什麼？兩人全瞎啦？那麼，你們也看不見特地擺在境橋上的玩意兒囉，真是白費功夫了！」

「霞刑部嗎？我用心眼看見了。你竟然幹了這等好事，謝過了！」豹馬回答。

「這個用心眼也看得見嗎？」

只見銀光一閃，天膳揮舞著利刃，朝著佇立在眼前的豹馬直劈過去。室賀豹馬彷彿看得見刀勢，迅速後退二、三步，不過他的頭巾被天膳劈為兩半，露出那張宛如學者的面容。豹馬雙目緊閉，依舊沒有拔刀，一副毫不抵抗的姿態，這反而使天膳背脊發涼。

「甲賀弦之介！」天膳的聲音在無意間高亢起來，「我原本想讓你活到最後，等甲賀一族全滅，讓你親眼見到我與朧小姐成親之後，再讓你一命歸西。沒想到命運竟會如此安排，我只得先殺了你！」

「那的確很可惜。」眼盲的弦之介依然端坐在岩石上，嘴角微揚地說道：「我見不到你與朧小姐的婚禮，原因是——你會先死。」

「什麼？」

「我只看得見你的死亡，豹馬也是。」

天膳原本準備一刀劈向弦之介，聽見此話，卻下意識地望了室賀豹馬一眼。豹馬睜開雙眼，金色光芒綻放而出。

「豹馬，你！」

藥師寺天膳想翻轉刀面，手臂卻扭曲成怪異的形狀。不只是手臂，他臉部的肌肉也因驚愕和恐懼而完全扭曲變形。而且，刀刃竟然反向朝著他自己的肩膀砍了過去，鮮血頓時泉湧而出。天膳搖搖晃晃地走了五、六步之後，頹然倒臥在草叢中。

豹馬再度閉上雙眼。弦之介依然靜靜坐在岩石上——晚風吹拂著草叢，在原野上掀起綠色波浪。陽炎和甲賀弦之介——不！是易容成弦之介的如月左衛門——從遠方趕了回來，神色顯得有些慌張。

「你們安然無恙就好。」

語畢，陽炎長嘆一聲，左衛門也鬆了一口氣。

「方才，那隻老鷹故意領著我們繞遠路，我和陽炎不知不覺在草原上奔馳了許久。後來才發覺不對，急忙趕回來，幸虧沒發生什麼事——」

如月左衛門才剛說完，無意間瞥見路旁的斑斑血跡，不禁大驚失色。豹馬面帶微笑對著二人說道：「方才藥師寺天膳忽然現身。」

「什麼？然後呢？」

「我把他給殺了。屍體應該就在那邊的草叢裡。」

左衛門沿著血跡的方向衝進草叢。在陽炎打算跟著追過去的時候，弦之介問道：「陽炎，逮到老鷹了嗎？」

「那個……那隻老鷹看來是受到躲在草叢裡的某人指使……」

「我問的是逮到老鷹了嗎？」

陽炎偷偷瞧了弦之介一眼，他的模樣十分不悅。她清楚弦之介內心正想著朧。即使事態演變到這種地步，弦之介依然非常在意朧。由弦之介臉上不安的神情，陽炎知道，他心裡正納悶著老鷹的操縱者是不是朧，擔心她和左衛門是否對朧出手了。

「老鷹留下卷軸飛走了。」

不知是否因為心理作用，陽炎覺得弦之介原本深鎖的眉頭稍稍鬆懈了下來，她噘著嘴說道：「方才左衛門朝老鷹身上擲出匕首，卷軸就從老鷹的腳爪上掉落下來。在我們去撿拾卷軸時，老鷹就飛走了。可見伊賀的人一定是躲藏在草叢中。」

陽炎不願正眼瞧著弦之介，此時，如牡丹般妖豔的她，全身上下散發出來的殺氣，彷彿無數鬼火罩身。

「什麼？撿到祕帖了？快讓我看看！」弦之介急切地問道，但隨即立刻改口：「不，妳替我看一下。」在朦朧的月光下，陽炎攤開了卷軸。

「刑部大人的名字已經被劃掉了。」

「唔。」

「在伊賀的名帖方面——嗯，除了簑念鬼、螢火之外，雨夜陣五郎的名字也——」

「什麼？雨夜陣五郎？看來應該是刑部的傑作。」

「甲賀方面剩下四人，伊賀方面也剩下四人。」

「不！伊賀方面僅剩三人。」左衛門出聲說道。他取出匕首，狠狠朝著斷氣的天膳頸部橫刺進去，匕首深深沒入頸部，只見得到刀柄外露。

「弦之介大人，我族與鍔隱一族的決戰，應該是勝券在握了吧？」

「還很難說。」弦之介的臉上掠過一絲黯然。

「是嗎?不過這個叫藥師寺天膳的男人，是伊賀方面最恐怖的人物，除了忍術之外，心機也十分深沈。如今他已身亡——對方所剩三人，根本不值一提，其中還有兩名是女人，而且筑摩小四郎在阿幻宅邸那裡，頭部受到弦之介少主重創，至今雙眼還睜不開來——」

然後，左衛門像是想起什麼似地，將天膳鮮血淋漓的屍身夾在腋下，霍地站起身來。

「陽炎、弦之介少主、豹馬，你們先動身前往岡崎吧!」

「左衛門大人呢?」

「我想好好利用這具屍體。」左衛門嗤笑著回答，「剩下來的敵人，如我方才所說，還有三名。縱使他們馬上出現在此，又能對我們怎樣?朧小姐的雙眼雖然可怕，但我方還有豹馬。況且，豹馬也看不見朧小姐的雙眼。如此看來，豹馬比弦之介少主更適合與朧小姐對戰。不過，對於朱絹的血霧忍術，我們可得多加提防。」

陽炎聽完左衛門的話，不禁露出淺淺的笑容。她拉著面有憂色的弦之介的衣袖，說道:「那麼，少主，我們走吧。」

如月左衛門目送三人的背影漸漸消失在東方後，轉身拖行著藥師寺的屍身，往草叢中走去。

以往流經八橋的水脈，似乎仍隱藏在駒場原野附近。適才，左衛門發覺附近有潺潺的流水聲，他準備去尋找水聲的源頭。

找出小河後，他便將天膳的屍身橫放在身旁，從河畔抓起泥土，和了一些水。不用說，如月左衛門正要開始進行神祕的化身儀式。

三

「嘿——嘿——」月光映照下的原野盡頭，隱約傳來一陣呼喊聲。在道路上的陽炎、弦之介與豹馬停下腳步。

「那是男人的聲音。」

「不是左衛門。」

聲音越過草原，逐漸接近。

「嘿——天膳大人。」

三人凝神不動地站在路上，他們對面出現了一條搖搖晃晃的人影。

那道人影實在是怪異到了極點。第一，肩上似乎停著一隻鳥。第二，單手提著刃面長約一公尺左右的巨鐮。第三，除了口鼻之外，頸部以上全部緊綑著白布。

那人便是筑摩小四郎。他藏身在草叢中，不斷來回移動，驅使著在空中的老鷹，愚弄甲賀一族的人。小四郎堅信——在這段期間內，天膳必定會將室賀豹馬殺了。——天膳將小四郎扶養成人，所以他願為天膳赴湯蹈火，即使犧牲生命也在所不惜。雖然身上有傷，不過他依然自信十足，即使全身上下只剩一張嘴，自己至少也能再擊斃一名敵人。

小四郎方才並未被敵人發現，而回到自己肩上的老鷹，腳爪上並無卷軸，他相信卷軸應該已經落在敵人之手，而且敵人必定會再度折返。不過，天膳大人在何處？

小四郎按捺不住心裡的不安，最終還是從草叢裡走了出去。他內心十分清楚，甲賀一族可能還在駒場的草原上。但他已經顧不了這麼多，不論是天膳除掉了豹馬，或者是天膳已經被豹馬所殺，基於內心的責任感和復仇意念，縱使憑著一己之力，他也要拼死將甲賀一族擊倒——這種不惜玉石俱焚的戰意，往往使對戰的敵人聞風喪膽。

不過，他的聲音充滿著哀慟。「您到底在哪兒啊？天膳大人。」

當老鷹拍著翅膀，忽然從小四郎的肩膀騰飛而上時，在旁伺機而動的三名甲賀忍者，距離小四郎僅有十公尺左右。陽炎扔掉了方才路上折來的櫻樹樹枝。

「是甲賀忍者嗎？」小四郎開口喊道，同時發出了尖銳的叫聲。

弦之介的苧麻頭巾頓時迸裂開來，碎屑散落在地面上。

「危險！」弦之介大叫。

只見剛才陽炎拿在手上的櫻樹樹枝，被旋風颳到半空中狂飛亂舞。三人急忙伏身至路旁的草叢內。

小四郎透過強烈的吐納，讓氣流在空中形成旋風般的真空狀態，他並未因為頭部遭受重創而喪失施展忍術的能力。當時他在卍谷一役施展過相同的忍術，而首當其衝的甲賀武者們，頭部都如同爛熟的石榴般炸裂開來，其恐怖威力可見一班。

不過，陽炎縱身繞到草叢旁，靜待小四郎拿著巨鐮朝她走近。從小四郎在無人道路上行走的姿態，再加上他的頭部緊縛著白布，陽炎判斷出對方已雙眼失明。

陽炎懷中的匕首在月光下閃閃發亮，正當她打算握著匕首衝上前去時，老鷹從兩人之間飛掠而過。

「在這邊嗎？」

小四郎大喝一聲，手中的巨鐮如流星趕月般，順勢往陽炎的方向橫掃而去。她連忙飛身閃躲。由於勁勢過猛，她只得仰臥在地面上。而落在頭上的草穗，一觸碰到真空旋風，立刻裂成了片片碎屑。

老鷹在甲賀三人頭上來回盤旋，發出響亮的振翅聲，眼盲的小四郎正是藉此追蹤敵跡。他使出的真空旋風不斷在半空發出爆裂聲響。甲賀三名忍者不停在草叢裡翻滾，以躲避旋風的追擊。三人怎樣也想不到，他們竟被一名眼盲的負傷忍者逼至這種絕境。

「陽炎——保護好弦之介少主！」

陽炎原本就以身體護住弦之介，她聽見豹馬的聲音後，立刻抬頭望去，只見豹馬跳到路面揮手示意，要他們兩人趕緊逃走，另一手則緊握著刀刃。

陽炎護著弦之介從原路後退，而老鷹仍在兩人頭上盤旋不去。小四郎準備循著老鷹的振翅聲追上前去。只聞豹馬在小四郎身後大喊：「伊賀猿猴，還不站住！」

小四郎回頭怒道：「你這傢伙！報上名來！」

「室賀豹馬。」

在報上名號的同時，豹馬悄悄將重心壓低，迅速朝著小四郎衝過去。此時，豹馬原本位置的上空氣流忽然爆裂開來。

這兩名忍者都是盲人。即使眼睛已盲，彼此的戰鬥卻毫不含糊，這才是忍者的本色。不過，豹馬天生眼盲，行動原本就遠較小四郎來得精準敏捷。他朝著小四郎劈了一刀，小四郎雖然立刻擋住攻勢，卻不是以刀面擋，而是以握柄架住對方的攻勢。

小四郎巨鐮的握柄，瞬間被豹馬的利刃劈成兩段。幸虧他運氣極佳，否則僅有些微之差，身軀便會如切梨般被整齊劃開。

豹馬原本想追上去，但卻文風不動，因為他感覺到小四郎嘴裡發出聲響。在這恐怖的瞬間，豹馬並未作出閃避的動作，而是以沙啞的聲音大喊：「小四郎！看我這裡！」豹馬睜開雙眼，金色光芒瞬間迸射而出。

到了此時，豹馬或許已經清楚自己接下來的命運。或許在與左衛門道別時，他早料到筑摩小四郎會現身一戰，不過，豹馬是在戰鬥正式開始之後，才察覺到令他驚愕不已的事——筑摩小四郎雙眼已盲。

此外，豹馬的雙眼見不到小四郎的模樣，或許也導致他誤判了情勢。無論如何——假設豹馬的對手是朧，因為他看不見朧的雙眼，而他的眼睛又會射出死光，因此，豹馬與朧決鬥，遠比雙眼失明的弦之介更占優勢。這些都是如月左衛門曾提及的。同理，頭部緊縛著白布的小四郎，讓豹馬貓眼的金色死光完全無法發揮應有威力。儘管豹馬大喊：「小四郎！看這裡！」而小四郎根本目不能視。若是小四郎的眼睛看得見，那麼，他在阿幻宅邸敗北的場景將再度重現。由於小四郎雙眼失明的緣故，豹馬的貓眼完全發揮不了功效——有時在變幻無常的戰場上，面臨九死一生之際，致命傷反而會成為取勝利器。在忍者的決戰中，總是充滿著無法預料的變數，而這些變數往往左右了勝敗。

由於貓眼未能發揮預期功效，豹馬頓時楞在原地。就在此時，一陣暴風倏地席捲到眼前，豹馬的頭部瞬間爆裂。臨死前，他狠狠地將刀插入土裡，身體依著刀身，昂然迎向死亡。

四

室賀豹馬的行動若是為了解救弦之介和陽炎，或許他會覺得死得其所。不過，他在甲賀卍谷的地位相當崇高。相對地，在伊賀鍔隱中，筑摩小四郎只不過是隨侍藥師寺天膳的奴僕，相當於步兵的地位。雖然戰場上也常有將領慘遭敵方小兵殺害的事，但豹馬有此下場仍是極為悽慘。

然而，筑摩小四郎並無達成目的的欣喜模樣。因為他的頭部緊縛白布，讓人分辨不出他臉上的神情。他立刻轉過身去，如同準備狙擊下一個獵物的猛禽。

此時，遠處隱約傳來女人的聲音：「小四郎，小四郎大人！」

「唔？」

一陣腳步聲與喊叫聲同時朝著小四郎靠近。

「小四郎大人。」

「是朱絹大人？」筑摩小四郎聽出對方的聲音後，卻是一臉愕然。朱絹此時理應與朧待在池鯉鮒的客棧裡。不過，朱絹卻氣喘吁吁地出現，她在距離小四郎四、五步之遙停下腳步，並沒有繼續向他靠近的意思。

「站、站在那邊的人——」朱絹問道。

「那個人？他是站著死去的嗎？那是甲賀的室賀豹馬。」

「咦？那麼……」

「對了，妳怎麼了？池鯉鮒客棧那邊出了什麼事嗎？朧小姐怎麼了？」

「嗚嗚，小四郎大人……甲賀的如月左衛門闖進來，朧小姐受到殘酷的凌虐……」

「什麼？朧小姐被……」筑摩小四郎頓時只覺晴天霹靂。

「後來左衛門抓走小姐，將她折磨至死。」

小四郎一臉愕然，跌坐在地。他渾身發顫，驚訝地說不出話來。好不容易鎮定下來之後，他出聲說道：「那麼，天膳大人怎麼了？我心裡正納悶著，天膳大人明明說要去殺豹馬，但豹馬卻死在我的手上……從這一點看來，他老人家恐怕已經遭遇不測。而且，如月左衛門那傢伙說不定又使用忍術，易容為天膳大人的模樣，大搖大擺地往池鯉鮒客棧去了。哼哼，左衛門，準備嚐嚐我的厲害吧……」

「不過，小四郎大人，如果朧小姐被殺害，不就等同伊賀落敗了嗎？」

「不，還沒輸。伊賀怎麼會敗給甲賀？對了，朱絹大人，朧小姐遭受攻擊的時候，妳在幹嘛？妳該不會是眼睜睜看著小姐被殺，獨自逃到這兒來了吧？」

「不、不是的。我也被綁住了……是我抓準時機逃出來，想及早告知天膳大人這件天大的事——」

筑摩小四郎痛苦得渾身顫抖，他抬頭大喊：「我不想聽！妳怎麼沒捨命保護小姐？還獨自逃了出來？」

「小四郎大人，那你殺了我吧！」

朱絹緊緊依靠在小四郎懷中。小四郎察覺朱絹的衣服已被撕裂，這使他能清楚感受到她溫熱的體溫。

「殺了我！殺了我吧！」

她全身散發香甜的氣息，呼吸急促地朝小四郎貼近。小四郎第一次發現女人身上的氣息竟如此醉人，陣陣香甜的氣息竄入他的口鼻。年輕而精悍的他，只覺一陣怪異的昏眩感襲向腦部。

「讓我死！讓我死了吧！」

女人低著頭，如悲鳴般喃喃自語。她的手腕和胴體如蛇般纏上小四郎的身體。

「小四郎大人，我喜歡你。我倆共赴黃泉吧……」

在鍔隱的時候，朱絹總給小四郎親姊姊的感覺，是個膚色白皙、冷若冰霜、沈默寡言的美麗姊姊。他萬萬沒想到，此時的朱絹竟會緊擁著自己。自從伊賀一行人踏上旅途後，朱絹忽然對自己體貼起來，就連聲音也變得溫柔甜膩，常讓他不自覺地心跳加速。

小四郎也知道，天膳當初對朧小姐的無禮舉動，是打算幹出鍔隱族人所不敢想像的勾當。雖然天膳事後對小四郎解釋，自己是為了誘出甲賀忍者才那麼做，不過，他覺得實際上絕非天膳所說的那麼單純。他不禁懷疑，自從離開鍔隱，踏上這趟腥風血雨的旅程，眾人是不是都犯了失心瘋？

小四郎轉念一想，現在朧小姐已經慘遭殺害，即使自己抵達駿府又能怎樣？乾脆與朱絹一同赴死——或者是帶著朱絹一起逃命？忽然間，一股自暴自棄的念頭，如暴風雨般動搖小四郎的意志。

「朱絹！」

小四郎用力緊抱著朱絹婀娜的胴體。兩人躺著的地方，四處都是室賀豹馬的斑斑血跡。小四郎覺得自己像是讓鮮血的腥香給醺醉了。不！是散發出杏花香味的女人體香。

「小四郎，下地獄吧！」

小四郎麻痺的腦髓深處，滲進了女子的聲音。那並非朱絹的聲音——不過，在小四郎發覺的時候，他的魂魄早已飛離人世。

這名凶暴無比的年輕忍者，在女人的臂彎中，突然全身癱軟，再也不能動彈。

女子緩緩站起身來，嬌喘未止的她，容貌淒豔絕美。原來她是——陽炎。

兩人身體交纏時，陽炎的確以自己的聲音說話。小四郎之所以未察覺，是因為大腦神經已經麻痺。而一開始便站在陽炎背後，以朱絹的聲音說話的人，現在依然佇立原處，他靜靜蹲下，直盯著小四郎的屍體瞧。

如鉤的新月，映照著他那張平坦而無表情，如同能劇面具的臉。那張臉看起來雖是藥師寺天膳的容貌，而他的嗓音卻與朱絹的聲音相同。不用說，讀者大概也能猜到此人是誰。

他抬起下顎，俯視著已經過世的室賀豹馬，咬著牙喃喃自語：「豹馬，要是你知道筑摩小四郎這傢伙已經瞎了……」

就在此時，漆黑一片的夜空傳來了老鷹的振翅聲。如同失去了判斷力，在空中不規則地來回盤旋的老鷹，忽然朝著西方的天空疾飛而去。

「對了，剛才筑摩小四郎那傢伙說過，朧在池鯉鮒的客棧裡投宿。」

此時，弦之介安靜地從後面走近，天膳——不！應該說是易容成天膳的如月左衛門，由懷中取出卷軸，從地上沾了室賀豹馬的血，在卷軸上劃過了三道直線。

「已經殺了藥師寺天膳與筑摩小四郎……而豹馬也被殺了。」弦之介依然閉著雙眼，陰鬱地說道：「我方與敵方，總共只剩下五個人。」

不死鳥忍者

一

一場絕世罕有的忍者之戰結束後，在駒場原野上，只剩下蒼涼寂寥的風聲，甲賀一行人究竟怎麼了？原野上一望無際，見不到半條人影——狀如鐮刀的白色新月，將銀色光線灑落在呈波浪狀的草原上。

不，這裡並非沒半條人影。草叢裡，在無人知曉的情形下，有個異樣物體正緩緩蠕動著。不過，或許不能稱為蠕動。若是有人暫時閉上雙眼，過陣子後睜開眼睛再看，對於草叢內所發生的事，必然會感到怵目驚心。如果讓常人瞥見這可怕的景象，肯定會嚇得魂飛魄散。

草叢深處的涓流旁——躺著藥師寺天膳的屍體。數刻鐘前，天膳在室賀豹馬的貓眼注視下，拿起刀刃朝自己的肩膀斜砍下去，然後，又被如月左衛門以匕首貫穿脖頸，成了死屍一具。

天膳的屍體本身並未蠕動。整張臉都被泥土覆蓋，而泥土本身已經乾涸，讓屍體的膚色看來相當黯淡，只有眼睛泛出白光。然而——頸部與肩部的刀傷，卻正產生微妙的變化。

即使兇器是再輕薄的刀刃，因為皮膚張力的緣故，傷痕會狀似紅色柳葉，這便是刃物創傷的特色。天膳傷口所溢出的大量血液，自然已經凝固——不過，他傷口表面的凝血，卻漸漸化開來。因為夜色太朦朧，看不清血色，若是在白天，便可發現傷口表面呈現紅黃混濁的顏色。

那是因為血管所滲出的白血球、淋巴球和纖維質等等，正準備將傷口表面的凝血溶化。不過，這種創傷分泌物的活動，自然是活人身上才會發生的癒合現象。

草叢中，一隻不知從何而來的野鼠，倏地跳到天膳的胸口上，準備舔食他傷口的血，卻忽然大受驚嚇似地跌落水中。不久，草叢裡竄起一道妖氣，使灰暗的月色變得更加黯淡。

一道在空中翺翔的鳥影，掠過了表面如長滿銅鏽般的月亮。

老鷹一直線地飛竄而下，停在矗立在路旁的一道人影上。那道人影便是死去的室賀豹馬，他的屍體沒有倒下，好似一尊立著的仁王像（註22）。

西方隱約有兩道人影緩緩靠近。他們發現老鷹停在奇怪的屍體上。

「那是？」其中一人驚訝地喊叫，才剛開口，又發現地上伏著另一具屍體。

「啊？小四郎大人！」那道人影發出痛徹心扉的悲鳴。

發出悲鳴的是朱絹，頭戴市女笠（註23）。在一旁靜默不語的，則是朧。兩人原本在池鯉鮒附近的客棧投宿，藥師寺天膳與筑摩小四郎則帶著老鷹前往駒場的草原，準備突襲甲賀一行人。適才卻只有老鷹飛回去，牠焦躁的模樣，似乎是在催促兩人，要他們火速趕到駒場的草原——所以兩人即刻動身前往。今夜天膳和小四郎準備突襲甲賀一行人的事，原本只有朱絹知道，朧根本毫不知情。不過，在趕赴草原的途中，朱絹將天膳的計畫，原原本本告訴了朧。

「小四郎大人，小四郎大人！」

朱絹不禁啜泣起來。在忍術之爭的過程裡，即使是親生父母或骨肉身亡，身為忍

註22　在佛教裡，有兩名分別叫密跡與那羅延的金剛力士。根據《仁王護國般若波羅蜜經》的記載，這兩名金剛力士因護法有功，故受封為「仁王」。某些日本的佛教寺院裡，兩名金剛力士分別守衛在寺院大門內的左右，通常密跡金剛在左，那羅延金剛在右。

註23　市女笠，是一種以菅草或竹等編織而成的斗笠。斗笠的正中央凸起，可放置垂巾，是古時日本女性旅行時的裝束之一。

者絕不會吭出一聲，這是他們被培養出來的堅忍性格。不過，朱絹此時卻痛哭失聲。朧也是第一次聽見女人因情人之死而發出的悲切嗚咽。朱絹早就對小四郎產生微妙的情愫，對她來說，小四郎是自己的初戀情人。朱絹緊擁著小四郎的屍體，悲傷過度的她，此時早已忘卻自己是名忍者。

「沒有任何外傷，明明就沒有外傷——」朱絹發現了這件事之後，霎時覺得背脊發涼。敵人是甲賀忍者！她恢復了身為忍者應有的警覺。

朱絹站起身來，睜大雙眼喊道：「殺了小四郎的，是你嗎？」由豹馬如石榴碎裂的頭部來看，她知道那是具死屍。不過，她顫抖的手依然拔出匕首。

「朱絹！」朧聲音顫抖地喊道。

「有誰在那裡嗎？」

「是甲賀忍者——不過已經死了。大概是與小四郎大人激戰後同歸於盡的。」

「那、那個人是？」

「他的頭部遭到小四郎的忍術重創，認不出是誰了。不知是如月左衛門，還是室賀豹馬，或者是甲賀弦之介——」

「啊？弦之介大人……」

「不對、不對。這人長髮及肩，似乎是那個名叫室賀豹馬的男人。」朱絹說完這句話後，緊握匕首，朝著屍身當胸刺入。昂然站立的豹馬屍身，終於倒落在地。

「朱絹！」朧察覺到朱絹方才的行為，不禁出言喝斥。「別再做這些遭天遣的事了！先前，天膳將霞刑部曝屍在境橋之上讓我非常厭惡。縱然他是敵人，再怎麼說，也是一名足以與小四郎匹敵的可敬對手，妳這麼做，即使是小四郎自己，也會覺得顏面盡失。」

「在忍者之間的爭戰裡，是沒有慈悲兩個字的。朧小姐、朧小姐，您還是對甲賀的人這麼……」霎時，朱絹露出憎恨的眼神，狠狠地瞪著朧說道。而雙眼已盲的朧，看不見朱絹的神情，低聲答道：「唉！或許我們哪天死後，也會受到這樣的對待。」說完這句話後，雙眼失明的她，下意識地環視四周。

「天膳呢？」

「不見蹤影。這裡有具甲賀忍者的屍體，對方應該只剩下三人。不知是不是追他們去了？」

「天膳會不會也死了？」

「什麼？天膳大人？呵呵呵呵！」朱絹笑得花枝亂顫。

若有如藥師寺天膳的忍者身在此處，此時便能感覺到四周流竄著看不見的殺氣光波。然而，那道殺氣光波，卻在朱絹的冷笑聲裡戛然而止。

二

月亮緩緩西移。藥師寺天膳的軀體正持續變化著。

緩緩滲出的分泌物中，正開始產生病理學所稱的肉芽組織。簡單來說，天膳的軀體已經開始長出肉來。以普通人來說，傷口癒合的過程大約需時三天，而天膳的傷口僅消數刻便能完全癒合。而且，天膳完全是個已死之人。

不！如果仔細聆聽，便可聽見他已經靜止的心臟，微微傳出了脈動聲。

沒錯！他是不死的忍者。不論是身懷何種驚世忍術的忍者，若知道天膳擁有這種能力，也必定會驚愕到不能言語。

因此，外表年輕的天膳，老與阿幻婆聊起陳年往事，像是四、五十年前天正伊賀之亂之類，也並非毫無道理。此外，在當時伊賀一行人準備襲擊卍谷的途中，他看見一棵樹齡約莫一百七、八十年的大櫸樹，也曾細語喃喃地訴說起童年回憶。

在闕町的灌木叢中，天膳曾被地蟲十兵衛吹出的短矛刺穿心臟，在桑名往宮町的海路上，天膳應該已經被霞刑部用手勒死，但他卻能再度現身，其中的祕密正是在於──天膳擁有不死忍術。另外，他之所以能自負地發下豪語：「戰勝甲賀有何難哉？一定能取勝的！」主要原因也在於此。

天膳目前還不能移動身體。在月光下，他的眼睛依然泛白，不過，原本受創的傷口，已慢慢生出帶有薄絹光澤的肌肉，正在逐漸癒合……

說也奇怪，掠過原野的風，像是故意避開天膳屍體所在的位置。野草低垂，周圍凝滯著死亡氣息。而且那裡不斷發出一種詭譎的聲響，可稱為鬼哭神號的聲響。

那是由天膳喉嚨裡發出的喘鳴聲，然後，他未曾閉上的眼皮，開始微微顫動起來。

朱絹奉朧的命令，拿起筑摩小四郎的巨鐮，靠近路旁的草叢裡，挖了一個淺淺的坑洞。

朱絹一面挖土，一面抽泣。「小四郎大人──小四郎大人！」

頭戴市女笠的朧，聽見朱絹的抽泣聲，雖然口中沒發出任何聲音，心裡卻吶喊著：「弦之介大人。」比起己方的天膳，敵人甲賀弦之介的命運，更加讓她心緒起伏。

朧內心深處的吶喊，不知是否觸動了弦之介的心弦——在草叢裡，甲賀弦之介正挽著籠罩著殺氣的如月左衛門和陽炎。

他們在此處埋伏，等待著朧和朱絹的到來。左衛門與陽炎都認為，他們已經在這場忍術之爭裡獲勝。尤其左衛門有著一張藥師寺天膳的臉，他只要以天膳的模樣接近朧與朱絹，便可輕易除掉她們。

不過，這只是他最初的想法，最終還是停下腳步。左衛門不禁苦笑起來，他想到朧擁有破幻之瞳，若是莽莽撞撞地在朧的面前現身，自己的易容術就會立刻遭到破解——左衛門並不知道朧的雙眼已經失明。

不過，就算忍術遭到朧破解，那又如何？反正眼前剩下的敵人，不過是兩名柔弱的女子。左衛門想著想著，正準備衝上前去的時候，耳邊卻傳來朧怒斥朱絹不准羞辱甲賀死者的話語。原本凝結在左衛門眼中的殺氣，似乎有所動搖。

然後，朧又繼續問朱絹：「天膳會不會也死了？」

「什麼？天膳大人……呵呵呵呵！」朱絹說完，還笑得花枝亂顫。

那只是伊賀忍者對天膳的信賴嗎？還是有弦外之音呢？

陽炎低聲嘟囔：「天膳當真死了嗎？」

「的確死了。」左衛門點點頭，不過他似乎注意到什麼，又轉頭望了望朦朧月光下的原野盡頭。

「難道那傢伙——好，先將那兩個女的抓起來再做打算。就讓她們親眼見到天膳的屍體之後，再把她們殺了。」弦之介在草叢裡抓住左衛門的手腕。「左衛門，且慢！」如月左衛門轉過身來，只見弦之介依然緊閉雙眼，宛如雕像般充滿苦惱。從他們在此處埋伏開始，弦之介便忽然陷入沈默。不對！其實從更早開始，也就是出了卍谷後，這名甲賀年輕的首領，對於自己是否決心與朧一戰，一直沒有明確表態，總讓隨行的人惶惶不安。

左衛門一臉憤怒，瞪大雙眼望著弦之介說道：「您要我們別殺朧嗎？」

「不是。」弦之介微微搖頭，「有人從東方來了——不是只有一個人，夜這麼深了，這一群人真是可疑。」

朧和朱絹合力挖出一個淺洞，正準備將筑摩小四郎的屍體放入，她們才驚覺，有一行人出現在距離不到五十公尺遠的地方。

「是誰？」

對面前頭的人大聲喝道。突然，有四、五個人衝了過來。朱絹原本想藏身到後面的草叢裡，不過馬上就放棄了這個念頭。因為她想到必須保護好眼盲的朧。

疾馳而來的，清一色都是武士。他們很快察覺，路旁躺著死狀悽慘的室賀豹馬屍體，然後將目光投向草叢，注視著手持巨鎌的朱絹，以及站在她身後的朧。

「有刺客！」

「各位留意了！」

在幾聲喊叫後，立刻又有七、八名武士殺了過來。

朱絹瞪大雙眼，凝神佇立，旋即躍至空中，落在朧的面前。她以身體將朧護在背後，凝視著迅速拔出刀刃的武士們，壓低嗓子說道：「我們奉大御所家康大人的旨意趕往駿府。你們這些傢伙是什麼人？屬於哪一方的人？」

「什麼，大御所大人？」

武士們騷動起來，似乎感到十分驚訝。其中一名武士，大刺刺地上前說道：「妳們兩名弱女子，怎麼會奉旨前往駿府？妳們到底是什麼身分？」

「我們是伊賀鍔隱的受封武士。」

此時，在武士們身後傳來女人的聲音：「妳說什麼，伊賀鍔隱？那麼——」光聽聲音，便讓人覺得此女絕非凡人。只見武士身後的轎子裡，走出一名雍容華貴的婦人。

「莫非，妳們……就是因為服部半藏解除不戰之約，而與甲賀一族進行殊死決戰的伊賀忍者？」婦人的語氣略顯激動。

朱絹稱是之後，反問：「妳是——」

「我是將軍家世子竹千代的乳母——阿福。」婦人的聲音莊重威嚴，眼神銳利地望向她們，「妳們兩人，是不是朧和朱絹？」

朧與朱絹十分詫異，心想為何將軍家世子的乳母阿福夫人，竟會知道她們兩人的名字？

「為何連我們的姓名都……」

「那麼，就是妳們了。妳們的名字——讓伊賀阿幻自豪的十人名帖——我怎麼可能忘得了？妳們兩人可是為了竹千代大人而特別挑選的重要忍者。這個，陳屍在這裡的男人，究竟是誰？」

「那是甲賀卍谷的室賀豹馬。」

「咦？他是甲賀忍者啊？幹得好！那麼，剩下來的卍谷眾呢？」

「截至目前為止，大概還剩三個人。」

「那、那麼……他們在哪？」

「或許已經前往駿府，也或許人還在附近。」

阿福夫人似乎慌張了起來，驚惶地望著身後的武士們喊道：「眾人留意！」其中四、五人立刻分頭躍入草叢，其他武士則向阿福的方向靠攏。不過，他們總共有二十人上下。

阿福夫人聲音發顫地問道：「鍔隱的女子，名帖上其他八名伊賀忍者怎麼了？」

「死了。」朧和朱絹動也不動地靜靜回答。

阿福夫人驚訝得說不出話來，她雙眼圓睜，臉上浮現雞皮疙瘩的模樣，在黯淡夜色裡依稀可辨。

三

從方才便一直保持沈默的朧，語氣沈靜地問道：「妳方才說，我們兩人是為了竹千代大人而特別挑出的重要忍者。為什麼會這麼說？」

「妳們……難道不知其中緣由，就與甲賀方面的人展開決鬥？」

阿福夫人以詫異的目光凝視著這兩名伊賀女子。然後，她面容嚴肅地開始解釋，說明此次忍術的大祕鬥，乃是為了決定德川家新繼承人的重要大事。

——如前文所述，阿福夫人便是後來的春日局。在大道寺友山（註24）撰寫的《落穗集》一書中，有以下敘述：「老中（註25）拜訪府邸時，並未順利見到春日局本人，便詢問府內之人，春日局究竟去了何處。依據府內之人的說法，在數日前，春日局吩咐三名女侍打紮箱根關所（註26）通關事宜，或許是前往伊勢了。於是，眾人推斷，春日局必是為了祈求竹千代順利成為將軍繼承人，而前往伊勢神宮參拜。」書上所記載的，正是此時的事。事實上，阿福夫人離開駿府，悄悄往西方前去——當然，

註24　大道寺友山，山城國伏見人氏，為後北條氏重臣大道寺政繁的曾孫，江戶時代的武士，一般通稱他為「孫九郎」（大道寺一族長男的通稱）。晚年著有《落穗集》、《岩淵夜話》、《武道初心集》等書。後世的人認為，他的學識重振了大道寺一族的威名。

註25　老中，是江戶幕府以及地方「藩」的官職職名。在江戶幕府，「老中」為直屬於將軍統轄國政的官職。在諸藩，德高望重的家臣亦被稱之為「老中」。

春日局周圍的人都知道，她是為了祈求竹千代的勝利，而前往伊勢參拜，因為國千代一派後來也得知此事，所以稱為「密行」。然而，阿福夫人的伊勢之旅，參拜伊勢神宮只是其中的理由之一，事實上，她是為了探聽甲賀和伊賀間決鬥的最新情況。

當然，大御所德川家康早已要竹千代與國千代兩派當天立誓，對甲賀與伊賀間賭上性命的忍法競技，絕不出手干涉，雙方必須嚴守此項規則。

不過，阿福夫人終究只是個女人，難以忍受坐著等待結局的箇中滋味。對於這場死鬥，她無法袖手旁觀，在一旁靜靜聲援。若是竹千代派失敗，不但無法取得天下，下場也只有死路一條——日後成為駿河大納言忠長的國千代，他悲慘的命運正是血淋淋的例證——阿福夫人是為了竹千代的前途，也是為了自己的野心。為此，她不惜使上陰狠手段，運用各種權謀術數，城府之深不在話下。因此，阿福夫人有個「女怪」的稱號。以前，她曾是稻葉佐渡守的續絃。當她知道丈夫私下納妾，並且育有一子之後，佯裝成毫不介意的樣子，還進一步說服丈夫將那對母子迎回家中。結果，她在某次丈夫離家遠行後，忽然將丈夫的妾刺死，事後自行乘轎離家出走。所以她早就有過違反約定的前科。

對她們說明完事情的來龍去脈後，阿福夫人心裡已有主意。她暗自慶幸，自己決定悄悄離開駿府，果然是個正確的判斷。

「朧、朱絹，妳們兩人是否和我一同前往駿府？不！還請妳們一定要答應我的請求。」

阿福夫人忖度著，至少她不能再讓眼前的兩人遭遇不測，要讓兩人迅速趕回駿府，再從中計畫運籌，將名帖上的甲賀卍谷眾一併除去——這便是阿福心中的盤算。

朧心知這場死鬥將決定德川家今後的命運，但她的心裡卻沒有任何感動。她始終沈默不語，表情流露出無限的怨恨。不過，她竟然開口說：「好，我們去。」

朧之所以會如此，並非出自於對死亡的恐懼，而是因為她在此時想起弦之介在挑戰書中寫的：「吾並不好戰，亦不知此戰目的何在。因此，吾將立刻動身前往駿府，親自詢問大御所與服部大人之心意。」而現在，朧已經對決鬥的目的一清二楚。她暗下決心，前去晉見大御所德川家康和服部半藏。她願以自己的死，請求他們再度禁止

註26　關所，是日本古代在交通要地設置的機構，用以徵稅或盤查之用，相當於管理旅行者通行的檢查站，要通行過關必須有通關證明。在德川幕府時代，由於箱根為往來江戶和四國時的必經之地，為了保衛首都江戶和維持治安，箱根關所據說是全國所有關所之中查得最嚴格的。

甲賀、伊賀互鬥，以阻止這場激烈的血戰。

「朧小姐，甲賀方面就這樣坐視不管嗎？」朱絹大聲問道。

阿福夫人說道：「對於甲賀忍者，當然不能坐視不管……而且妳們絕不能死。」

朱絹沒再開口。她並不怕死，但考慮到朧的現狀，朧的雙眼已盲，對自己來說也是個累贅——她忖度著，倒不如將朧小姐安全送抵駿府後，自己再獨自出戰，手刃殺害小四郎的兇手。

老鷹翱翔天際。阿福夫人一行人循著原路折返，並且加快速度，朝著東方疾行而去。

當他們一行人消失在原野的盡頭時，草叢裡有三道人影站起身來。當然，適才在草叢一帶負責警戒的武士，絲毫未感受到任何異常，因為這三道人影分別是甲賀弦之介、如月左衛門以及陽炎。

「原來如此。」弦之介喃喃自語。在他心裡，已有無法制止這場血戰的沈痛自覺。

「為了決定德川家的繼承人？這可真有意思。」

如月左衛門的嘴角微微揚起。

接著，甲賀三人緊跟在這一行人後頭。由於獲悉了忍術爭鬥背後的緣由，再加上事態急速改變，左衛門等人心情過於激昂，以致忽略了最令他們擔憂的藥師寺天膳。正可謂「智者千慮，必有一失」。

明月西沈，時近破曉，整片原野籠罩在灰暗的氛圍中。霎時，風停止了吹拂。在一處草叢內，忽然發出「沙——沙——」的聲響，同時夾雜如同睡醒時或伸懶腰般「啊——」的人聲，叫人不寒而慄。在破曉前的昏暗天色底下，一道人影緩緩站起身來。

那是藥師寺天膳。他轉轉脖子，朝河邊走去。不久，那裡傳出輕輕的潑水聲。他一面洗，一邊摩挲著頸部與肩膀。雖說無人見到，但他的傷口已經完全癒合，僅留下淡紅色的血點。真是奇蹟！居然死而復生！

這到底是怎樣的現象？說奇怪是奇怪，但世上也並非沒有這種現象。打個比方，螃蟹的螯被扭斷後，還會再生；蜥蜴的尾巴遭到砍斷以後，也依然會再度長出；蚯蚓切成兩截之後，還能分成兩條蚯蚓；水蛭若是被切成細片，每一塊細片都能獨立成一隻水蛭。此種再生現象經常可在低等動物身上發現，人體的部分組織，也看得到此種現象，例如表皮、毛髮、子宮、腸子、其他黏膜和血球等等，尤其是嬰兒，更是具有強大的再生能力。

藥師寺天膳是否擁有低等動物的生命力？或者，他的肌肉中仍舊保有肉芽組織？無論如何，由他的情況看來，即使是完全不具再生能力的心臟和神經細胞，他一定還能再生。

黎明的曙光照耀著天膳平板的臉，他的嘴角輕輕揚起，加快腳步朝著東方疾馳而去。

四

由於是祕密行動，阿福夫人一行人沒有太多時日可以耽擱。正因如此，他們才決定在破曉前抵達池鯉鮒，不過由於行程太過緊迫，當天便先在岡崎投宿。

此處是德川家的祖城。雖說是祕密行動，但城主本多豐後守在接獲竹千代的乳母到來的消息後，立刻私下派遣兵士，暗中在他們的投宿之處進行護衛。

翌日，阿福夫人一行人朝著東方進發。轎子增加為三頂，護在轎旁的武士們眼神充滿警戒，絲毫不敢大意。老鷹不時在一行人的上空飛舞，像是想讓熟人得知轎內坐的主人究竟是誰。

一行人約走了八里的行程。當晚，他們便在吉田停了下來。進入客棧約一刻鐘之後——在擔任護衛的七、八名武士面前，一名男子翩然現身。

「等等！你要去哪？」武士問道。

男子以銳利的目光瞥了武士們一眼，神色倨傲地將下顎抬向客棧的方位。

「不行！」武士喝道：「今夜有身分尊貴的人在這裡投宿，到別的地方去！」

「——身分尊貴的人？是誰？」夕陽餘暉下，那名男子狐疑地望著停在屋簷上的老鷹。

「你沒必要知道！」

「還不快滾！」

其中一名武士伸手去推那名男子。只聽見「喀」地一聲，他的手臂便癱軟地垂了下來。

那名男子一陣冷笑。他束著長髮，膚色蒼白，臉型平坦，長著有如女性般陰柔的臉孔。或許是他外表看似年輕，個性沈穩，因此，眾武士並沒怎麼提防他。不過，如今同伴的手臂像是被他施了魔法，麻痺得無法動彈，他們才面帶驚訝地急忙端詳對方。仔細一看，他的容貌典雅斯文，紫色嘴唇與文雅的容貌並不搭配，充滿野性與妖氣，看來絕非等閒之輩。

「這、這傢伙！」

「有刺客！」

三名武士手持利刃，分由左右包圍那名男子，一齊向他砍了過去。男子身形如蝙蝠一般，靈巧地在刀光之間穿梭。只見他以手化刀，以迅雷般的速度朝三人擊去，倏地，三名武士手上的刀掉落地面，三人的肘關節全部脫臼。

「來人啊！有刺客！快出來迎戰。」一名武士跌跌撞撞地衝入客棧大叫，一群持刀的武士隨即衝出。

「天膳大人！」在武士群內，有名持著巨鐮的女子高聲喊道，原來是伊賀忍者朱絹。

「你們誤會了，他是自己人。伊賀忍者。」

朱絹先前曾告知眾人，一個名叫藥師寺天膳的男人或許會在回駿府的途中出現，他也是屬於己方的伊賀忍者——武士們之所以沒認出天膳來，也許是因為朱絹描述得不夠清楚。不過即使他們清楚天膳的模樣，也萬萬料想不到，天膳竟然會以這種旁若無人的方式翩然出現。總之，眾武士聽到朱絹的說明後，拭去額頭上的冷汗，放下手中的利刃。

「什麼嘛！自己人啊！」

「那麼，請到裡面去。」武士們急忙說道。

天膳絲毫不予理睬，向朱絹問道：「朱絹，這是怎麼回事？我看見老鷹停在屋簷上，所以知道你們投宿在這間客棧內。這些男人是哪來的？」

「這些人是護衛竹千代大人乳母的將軍家家臣。」

不知是否天性使然，天膳聽完朱絹的話，並未露出訝異的表情。

「朱絹，朧小姐呢？」

「小姐沒事。天膳大人，您先去見阿福夫人吧。與其讓我說明事情的來龍去脈，不如聽聽阿福夫人的說法，便可得知小姐與我跟他們同行的原因。」

「妳說什麼？現在哪有這種閒工夫？」

「發生了什麼事？」

「甲賀的陽炎目前獨自在夕暮橋橋畔，那座橋位於吉田的東方。詳細情形咱們邊走邊談。若沒有妳的助陣，我沒有必勝的把握。快隨我走！」

「陽炎！」朱絹的眼神殺氣騰騰。有兩、三名武士走近他們，問道：「什麼？甲賀忍者現在在哪？」

「甲賀忍者就交給我們吧！」天膳將視線移往那些關節被卸，一臉慌張的武士們，他原本冰冷的表情，掠過了一絲苦笑。

「雖說我還不太清楚是怎麼回事，但你們不是那些甲賀忍者的對手。而且，事關伊賀的名譽，也不能交給你們處理。」

「朱絹，陽炎就是殺了小四郎的女人。來不來？」

朱絹聽完天膳的話，宛如晴天霹靂，盯著天膳大喊：「我去！」

她回頭對眾武士說道：「拜託你們轉告朧小姐，說藥師寺天膳來過這裡，因為臨時有要事，我隨他前去處理。麻煩諸位了。」

說完，朱絹就跟隨天膳走了出去。與其說是行走，不如說像是在地面上滑行。眾武士尚未回神，兩人的身影已消失在黃昏的盡頭。

其後，約莫不到三十分鐘，一名男子由西邊翩然來到。他佇立在客棧前方，凝神注視著屋簷上的老鷹。有一名武士發現了男子，只見他瞠目結舌，呆立原地。

「阿幻那隻老鷹停在屋頂上，莫非他們就在這間客棧內——」那名男子說完之後，便大搖大擺地走進客棧。在客棧門口的武士們，無人膽敢阻止他進入。因為那名男子是——適才朝著東方而去的藥師寺天膳。

五

「您說小四郎大人被陽炎所殺，這究竟是怎麼回事？」

「妳在駒場的草原上親眼目睹了小四郎的屍體嗎？」

「看見了。甲賀忍者室賀豹馬的屍體也在那裡，我原本以為兩人是同歸於盡的。」

「殺死豹馬的人，確實是小四郎。只不過殺死小四郎的不是豹馬，而是陽炎。我聽說那名女人只要緊抱男人，呼出的氣息便具有毒性。妳大概也看見了，小四郎的屍體沒有任何外傷。對男人而言，她實在是個恐怖的女人。正因如此，我才需要藉助妳的力量，因此叫妳過來。」

「屬下聽候差遣。那麼，陽炎人呢？」

「在駒場時，我一路跟蹤甲賀弦之介與如月左衛門，但是不知不覺間，失去了他們的蹤影。然後，我到處去搜尋那些傢伙的行蹤。來到此地以後，在吉田的西方發現了陽炎的下落。途經吉田時，我無意間看見老鷹，知道你們就投宿在那間客棧裡。不過，為了跟蹤陽炎，我沒時間通知你們。後來，在東邊的夕暮橋那裡，我發現陽炎在橋畔駐足，似乎在等待某人。想都不用想，她必定是在等候弦之介與左衛門。弦之介和如月左衛門那兩個傢伙交給我來對付即可，唯獨要擊倒陽炎，非需要妳不可。因此，我火速趕去找妳。」

天膳邊走邊對朱絹說明。

「對了，那群男人是誰？妳說他們隸屬於將軍家？」

「那些人是將軍世子竹千代大人的乳母——阿福夫人的隨從。天膳大人，您可知道，這次服部大人之所以解除伊賀與甲賀忍術之爭的禁令，是為了解決竹千代大人及國千代大人的繼承之爭——由於德川家的正式繼承人選難以決定，所以讓伊賀代表竹千代公子，甲賀代表國千代公子。雙方各派十名忍者決定勝負，倖存人數較多者取得勝利，勝利的一方繼承將軍之位。阿福夫人這次是為了祈求神明保佑竹千代大人，所以前來伊勢神宮參拜，碰巧在駒場的草原上遇見朧大人與我。當得知我們是伊賀忍者後，曾對我們說過『妳們絕不能死』的話，她會靠自己的力量暗中殲滅甲賀。雖然如此——」朱絹侷促不安地望著天膳。

天膳的臉上彷若罩了一層嚴霜。

「天膳大人，我們做了什麼不妥的事嗎？」

「非常不妥！」天膳語氣果斷地說道：「你們這麼做，不就等於借外人之手打敗甲賀？之後，阿福夫人那一派的人便會四處散佈消息，說伊賀鍔隱的忍者是依靠他們的力量，才能打敗甲賀卍谷的忍者。如此一來，伊賀忍術的威名豈不蕩然無存？或許竹千代一派能藉此取得勝利，不過那是他們的勝利，而不是咱們伊賀的真正勝利。取勝後而當上將軍的竹千代，也不會認為是伊賀為他取得勝利。究竟是竹千代派或國千代派掌握德川家的實權，對我們而言，原本就是無關痛癢。以一己之力盡數殲滅甲賀卍谷忍者，才是伊賀鍔隱忍者的真正使命。甲賀弦之介曾在決鬥書上寫道，他想詢問退隱將軍或服部大人心中的真意，恐怕就是想知道所有內幕。就算他弄清了事情的來龍去脈，又能怎樣？真是愚蠢的傢伙！」

天膳的語氣裡充滿嘲諷：「難道妳不認為，親自與甲賀忍者決一死戰，再將對方送進地獄，這樣生存下來才有意義嗎？妳難道不想親手殺了陽炎？」

「嗯，您說得非常有道理。我要親自殺了她，以我這雙手——若不將陽炎那賤女人千刀萬剮，不足以平息心頭之恨。我真的錯了。」

天膳的話讓朱絹感到懊悔不已。她深深嘆了口氣，然後問道：「天膳大人，我當然想殺了那群甲賀忍者。只是，眼盲的朧小姐……」

天膳的腳步忽然停了下來。

「怎麼了嗎？」

「不，沒什麼。嗯，眼盲的朧小姐——」

「我原本是希望朧小姐平安抵達駿府，所以才與阿福夫人同行。」

「這樣啊。嗯，我能理解。」天膳微微點頭，他的聲音突然溫和起來，但相對地，眼裡透出的卻是異樣的光芒。

朱絹並未察覺天膳的微妙轉變。

「天膳大人，還沒到夕暮橋嗎？」

「就在那裡……太好了！她人還在。」

在遠方的橋上，隱約有個俯視涓涓細流的女子身影。天膳和朱絹兩人無聲無息地朝她挨近。當她抬起頭的時候，天膳已經站在橋邊。

「陽炎，弦之介還沒到嗎？」

「是天膳與朱絹啊。」陽炎沈靜地說道。

「弦之介在哪?」

「我是在等你們。」

「什麼!」只見朱絹像要推開天膳似地,發足狂奔至陽炎面前。同時,她的左腕迅速縮入衣袖,褪下襯衣,露出白皙如雪的肌膚。在蒼茫的霧色中,朱絹豐滿玲瓏的乳房微微透出光芒。她右手高舉筑摩小四郎遺留的巨鐮,凝視著陽炎的雙眼。伊賀和甲賀兩名女忍者面對面凝神對峙的情景,有種難以言喻的淒豔之美。

「陽炎!我要替筑摩小四郎報仇!」

「呵呵,別只會耍嘴皮子,盡力使出妳的絕招吧!」

朱絹朝著陽炎豁盡全力,朝著她揮舞巨鐮。只見陽炎身形靈活地左閃右避,躲過連番攻擊之後,轉身像蝴蝶般躍起。她手上的短劍勢如閃電,削斷了朱絹空出的衣袖。

朱絹連忙往後抽退。霎時——鮮血從她雪白的肌膚迸射而出,形成一張血霧般的羅網。

「啊!」陽炎掩住臉龐,曲身躍至夕暮橋的欄杆上方,她的身體完全被血霧籠罩。

「讓我送妳下地獄吧！好好領教伊賀忍術的厲害——」朱絹冷笑道。正當她準備揮下巨鐮時，脖頸忽然遭一雙鋼鐵般的手臂扼住。

「不錯！很有趣！」天膳說道。

天膳雙手緊勒朱絹的頸部，她的唇邊流出鮮血，表情因為極度痛苦而扭曲變形。

「天、天膳，你……」

「天膳已經死了。是我如月左衛門化身的。我是特地來送妳到冥府去的。」

朱絹使出最後氣力，揮舞巨鐮向陽炎掃去，無奈劈她不中，巨鐮嵌進了欄杆。陽炎立時從欄杆一躍而下，衝向朱絹，將匕首刺入朱絹的胸部。

「很快地，朧也會隨妳而去。妳先去冥府等她吧。」陽炎從朱絹胸前取出匕首之後，朱絹的身體先撞向欄杆，再由欄杆翻落至河裡。左衛門和陽炎往下俯視，水面上激起了無數個血紅漣漪，然後出現了數十條紅絹似的細流。

朱絹的屍體就這樣隨著河水緩緩漂流……

陽炎拭去附著在臉上的血霧，微微笑道：「左衛門大人，你果真順利地將她引誘出來。」

「那是靠著這張臉的關係。為了順利做掉她，這點小事不算什麼。」

「我們總算為甲賀出了一口氣……現在只剩下朧一人了。」

「要殺她，有如囊中取物。」

化身為藥師寺天膳的左衛門笑道：「陽炎大人，朧目前雙眼已盲。現在她的破幻之瞳派不上用場了。」

破幻時刻

一

「咦？」

如月左衛門忽然抬起頭，轉過身去。由吉田的方向，傳來了一陣喧鬧的腳步聲與叫囂聲。

「怪了？」

在昏暗的街道上，湧出刀光劍影的十幾道人影。左衛門的神色有些緊張，對著陽炎說道：「那些人是阿福的隨侍。雖然我巧妙地將朱絹引誘出來了，不過情況似乎有變。我不認為是易容術被對方識破了……但是陽炎大人，我目前依然是藥師寺天膳的裝扮，若是讓他們目睹我和妳站著這裡交談，那就大事不妙了。妳先到弦之介大人那裡去。」

「那左衛門大人呢？」

「我正可趁此混進阿福一行人當中，尋找機會接近朧。若是朧真如朱絹所說雙眼已盲，那麼要殺她就如反掌折枝。」

已轉身離去的陽炎回頭說道：「左衛門大人，你想獨自殺掉朧，太貪心了。」

「這樣啊。」

陽炎那雙美麗的眼眸，閃爍著殺氣光波。

「我想親手殺了她。」

「好！時機一到，我再通知妳。這樣吧，妳明日緊盯著阿福一行人的行蹤。若是妳見到我，也就是藥師寺天膳的身影，那就是我平安無事的證明，同時也表示朧的破幻之瞳已經失效。在那之前，我會先說服阿福一行人，讓他們相信妳成了伊賀的人。我會對那些人說，陽炎在被我抓住之後──失去了貞操，已經成了我的人了。反正，這件事就交給我吧。」

「失去了貞操？」

「哼哼，奪走妳貞操的男人可是會命喪九泉的。不過，伊賀的人並不知道這件事。最重要的是，朧的雙眼已盲，事情變得好辦多了。」

陽炎點頭微笑後，悄無聲息地縱身離去。大約疾行十步左右，整個人便消失在黝黑的夜色中。

左衛門露出面有難色的表情，雙手環抱在胸前，把臉朝向奔跑而來的武士們。那些人果然是阿福的隨侍。

左衛門察覺到，武士們一見到佇立在橋上的自己，便停住腳步不動，看來方才出手過狠，致使武士們對自己心生畏懼，情況有點不妙——左衛門暗自苦笑著，臉上則是堆滿笑容迎了過去。

「適才對諸位太無禮了。我是自小在伊賀山裡長大的粗人，不懂得待人處事之道，若有得罪之處，還請多多見諒。」

一名頭上戴著陣笠（註27），身上披著羽織（註28）的武士走了出來，問道：

「嗯？朱絹大人怎麼了？」

此人頭上戴的鐵製陣笠十分奇特。天色已暗，但陣笠卻閃耀著光芒。而他似乎渾身發顫。

「我剛才聽朱絹說過，你們和伊賀是站在同一邊的。如此說來，應該也清楚事情的經過，細節我就不多說了。朱絹說她要去追甲賀一族的首領——甲賀弦之介。」

「什麼！甲賀弦之介曾經出現在這裡？」

「沒錯。」

「弦之介人呢？」

「他受了傷，死命逃走了。」

「你讓朱絹大人——一名女子單獨去追弦之介，這樣不會有危險嗎？」

如月左衛門笑道：「弦之介已身受重傷。而且，朱絹雖是女子，卻是阿幻大人特地選出的十名忍者之一，實力絕對不容小覷。」

此時，頭戴陣笠的武士用左手指著橋上。

「那些血是怎麼回事？」

在黑暗中，其他侍從並未見到血跡，左衛門連忙解釋：「那是弦之介所流的血——」

「喔喔，是這樣啊。血腥味很濃，看來弦之介的傷勢很重。」

從對方點頭的情況來看，與其說他見到了血跡，不如說是嗅到刺鼻的血腥味。然

註27　日本古時步兵等下級武士所戴的圓笠。

註28　羽織，是一種和服外套。為了防寒、禮儀等目的，通常披在上衣外面穿著。從織田信長時代起，戰國武將通常把「羽織」披在鎧甲上，作為戰場上的禦寒衣物。因為穿著便利的緣故，日後便成了百姓日常穿著的衣物。

後，這名頭戴陣笠的武士走向左衛門，問道：「那你為何還留在這裡？」他似乎對左衛門懷有戒心。

「我是為了保護朧小姐才留在此地。而且，甲賀還有一個名叫如月左衛門的忍者。」

「還有一人，不是應該還有一個名叫陽炎的女人嗎？」

「你說陽炎？哼哼，她已經被我馴服了。」

「被你馴服了？」

「呵呵呵！在駒場的草原上，我逮住了陽炎。女人果然是一種不可思議的生物啊！才跟我睡過一覺，她立刻就變成伊賀的人了。今夜甲賀弦之介會出現在這裡，其實也是陽炎告訴我的。因為某些緣故，她暫時藏身在別處。若是那女人日後來找我藥師寺天膳的話，到時還煩請各位放她通行。」

那名武士若有所思地沈默了一會兒，說道：「那實在太好了……無論如何，有了你的助陣，簡直比我方的千萬大軍還要可靠。」

如月左衛門不禁笑了起來，說道：「唉呀，我可沒你說的那麼可靠。」

說自己比千軍萬馬可靠，自己可是要去拿朧首級的人。

「我想盡早去見阿福夫人與朧小姐。可否重新為我引見?」

「在下知道了……話說回來,方才閣下露了幾招,真是教人瞠目結舌。瞬間就讓四人脫臼,活像是沒有骨頭的章魚,我方真是窘態畢露。眾人都是第一次見識忍術的恐怖,全都佩服得不得了。」

「不,那還稱不上是忍術。」

「若是眾人知道你就是藥師寺天膳大人,絕不會魯莽地幹出這等傻事。」

如月左衛門漸漸心生厭煩,不過,他必須先拉攏這些武士的心,於是只好倚著欄杆,在涼風吹拂下,聽著那名頭戴陣笠的武士東拉西扯。

「眾人從朱絹大人那裡得知藥師寺天膳大人的厲害。」對方的語氣充滿了激賞與讚嘆,「她說,不管你受了多重的傷,都不會死。是不死的忍者。」

如月左衛門不由得心頭一揪。不死的忍者?這件事他可是從未聽聞。藥師寺天膳是不死的忍者!他是個不論受到多重的傷,都不會死的男人?他在駒場的草原上確實往天膳的咽喉狠狠刺了一刀。難道他還沒死?世上竟有此等荒謬的事?左衛門頓時只感背脊發涼。

「朱絹真的這麼說嗎?」左衛門沈吟了半晌,咋了咋舌。忍者絕不會將同伴的忍術透露給他人，況且他又裝扮成藥師寺天膳，當然會有咋舌的反應。

此時，如月左衛門心裡湧起一股衝動，想立刻返回駒場的草原，確認藥師寺天膳的生死。對方並不知道他的內心已經產生動搖，繼續說道：「沒錯。她還說了，你曾被甲賀的地蟲十兵衛殺害，然後再度復生。之後又被霞刑部殺死，卻又活了過來。即使將你的脖子斬斷，也無法致你於死地。普通的創傷，傷口更是登時即可癒合。請務必讓眾人見識一下你的不死忍術。」

霎時，如月左衛門的腹部朝後彎曲，身體呈現弧形。他竟然被一刀刺入腹部，整個人被刀釘在欄杆上。

「在下試一試——天膳大人，這種程度的小傷，對你來說，不過像是被跳蚤咬到一樣吧……你應該也這麼覺得吧？」

至目前為止一直以陣笠遮住顏面的武士，首次抬起頭。痛苦難當的如月左衛門頓時雙眼圓睜，再也動彈不得。

雖是在黑暗中，左衛門依然看得很清楚。對方在陣笠之下的容貌，竟然與自己喬裝的臉一模一樣。只不過左衛門喬裝的天膳，臉上充滿著將死的驚懼；而真正的天膳卻是目光炯炯，紫色嘴唇微微揚起。

「藥師寺天膳！」

「咦？你才是吧？」對方冷笑道，同時旋轉貫穿左衛門腹部的刀柄，長刀從身後欄杆穿了出去，恰與他鮮血淋漓的身軀交叉成十字。左衛門伸出顫抖的手，似乎想拔出自己的刀刃。

「天膳，讓我來告訴你吧。」藥師寺天膳此時仍稱左衛門為「天膳」，話中充滿了嘲諷，「甲賀方面只剩下陽炎和弦之介，一個是女人，一個是盲者——若是你死後復活，請務必看看伊賀是如何獲勝的。」

就在左衛門豁盡最後的力量，準備拔刀出鞘的同時——

「你這樣也能不死嗎？哈哈哈，哈哈……」

在天膳的訕笑聲中，四、五名阿福的隨侍持著長矛朝左衛門刺去，他的身軀頓時如同刺蝟一般。

——如月左衛門就這樣慘死了。

左衛門死後本來就無法復生——若是他未喬裝成藥師寺天膳，或許不會在這種情形下喪命。左衛門擁有如妖術般「泥塑死亡面具」的忍術，可以任意幻化為他人容貌，也藉此殺死了伊賀的螢火和朱絹。諷刺的是，他最終也因此丟了性命，在祕帖上的名字遭到刪除。

被釘在欄杆的左衛門屍身，上半身懸掛在欄杆上，宛如一把拉開的弓。刺入他體內的四、五根長矛，像是朝著夜空張開的巨大扇骨。由於死狀實在令人鼻酸，持著長矛的武士們不禁將手鬆了開來。

僅有藥師寺天膳一人，若無其事地望著東方。他撫著自己的下顎，宛若陷入長長的思考。在黑暗的夜色中，無人察覺得到，天膳脖子上的紅色血痣，現在已經完全消失。

「既然如月左衛門本來打算喬裝成我的模樣，潛伏在阿福一行人裡……」天膳喃喃自語著，「那麼，我就來扮演如月左衛門的角色吧。如月左衛門說過，陽炎會前來找他。哼哼哼，這不正是飛蛾撲火嗎？」他冷笑道。

二

迎著由海上吹來的南風，阿福一行人沿東海道而行。出了吉田，經過二川、白須賀，再從荒井出發，渡過一里遠的水路抵達舞坂，最後步行至濱松。其間路程總共約七里半。日落時分——在阿福一行人投宿的客棧門外，一名容貌豔麗的女子緩緩走近。

「請問……藥師寺天膳是否在這間客棧投宿？」

門外護衛的武士們擋住了這名女子的去路。燈籠的光線映照出女子美豔得令人窒息的容貌——其中一名武士隨即嚥下口水問道：「莫非……妳就是甲賀的陽炎？」

「……」

「若妳是陽炎大人，天膳大人在裡面等妳，我領妳進去。」

「我正是陽炎。」

陽炎從吉田開始，便一路跟蹤阿福一行人到濱松。她見到藥師寺天膳與阿福隨侍們談笑自若的模樣，認定左衛門應該平安無事，因此前來找他。即使如此，陽炎心裡也曾閃過一絲不祥的預感，讓她瞬間直感背脊發涼。

絕不能前功盡棄！陽炎偷偷深呼吸之後，如牡丹般綻放出嫵媚的笑容。武士們的眼神，顯示出內心已因她的美色而動搖。陽炎笑吟吟地步入客棧內。

伊賀的最後一名敵人——朧，便投宿在這間客棧內。朧除了是陽炎忍術之爭的死敵，同時也是她的情敵。陽炎心想，自己如此輕易地進入客棧，而且左衛門也在裡面接應。然而，朧完全不知道她身處險境。此地離駿府只剩二十公里路程，就在今晚，伊賀鍔隱十人即將全數覆滅。一想到這些，陽炎不禁亢奮了起來。

「你們全都知道甲賀的陽炎會來到這裡嗎？」帶路的武士領著陽炎往裡面走時，她開口問道。

「是從天膳大人那裡聽來的。」其中一名武士答道。

陽炎感覺到，這名武士和他那群同伴的目光，放肆地在自己的臉和身體上流轉。陽炎想到左衛門已經提過，他會以藥師寺天膳的身分告訴這群武士，說自己和天膳睡過，因此投靠了伊賀，而這群男人竟然輕信了左衛門的話，陽炎感到可笑的同時，也不禁覺得又羞又憤。

「朧小姐在哪裡？」

武士們面面相覷。

「我得去拜見她。」

「妳得先去見見天膳大人。」一名武士語氣堅決地拒絕了她的要求。陽炎忖度著，這群武士似乎對甲賀忍者還懷有戒心。在她的前後左右，的確也都被武士們緊緊包圍著。

陽炎被帶往一個不知作何用途的房間，裡面門戶緊閉，只見藥師寺天膳端坐其中，房內的窗戶還嵌著鐵柵欄。

「是陽炎嗎？」

在油燈的火光下，天膳轉過身來，對著陽炎微笑。陽炎朝他走近，癱坐了下來。

「左衛門大人。」

「噓！」

天膳連忙要她放低聲音，然後以眼神對陽炎示意：「陽炎，快靠過來，別人在偷聽我們交談。」

陽炎靠了過去。

「為什麼？你都喬裝成藥師寺天膳的模樣了……」

「是沒錯。眾人都相信我，至少現在沒人起疑——只不過，他們還不能相信妳。」

「是因為朧的緣故？」

「不是，她的心思很單純。只是阿福夫人……」

「她不相信甲賀忍者會背叛甲賀嗎？」

「對，她是個多疑的女人。我對她說，妳在被我侵犯之後投靠了伊賀。但她反而懷疑妳，說妳以美人計設下圈套。」

「那麼，她的隨侍為何會帶我前來？」

「他們則是半信半疑……總之，今夜不是動手的時機，妳暫且和我們同行。到駿府還有二十里的路程，大約需耗上三日的時間，這期間一定有機會可以除掉朧。期待著那天的到來吧。」

陽炎不知何時將手放到天膳的大腿上，雙眼凝視著他。至今為止，陽炎還從未對天膳——不！是對如月左衛門——做出這樣的舉動。當然，她本來就沒意識到自己的行為。這裡是敵人的陣營，能夠保護自己的，只有眼前喬裝成藥師寺天膳的如月左衛門。正因如此，陽炎才會下意識地做出了親暱動作。

「首先，必須取得那些傢伙的信任。」

天膳緩緩托起陽炎白皙的下顎，對她呢喃細語。

「既然對那些傢伙說過，妳已經是我的女人，那就做給他們瞧瞧吧。那些傢伙正躲在板門旁偷聽，不！甚至在偷看也說不定……」

天膳以忍者獨有的發聲方式說話，聲音只會傳到交談對象的耳膜，但是他的聲音有點沙啞。

「的確有意思。陽炎，我們不如就作戲給那些傢伙看……」

「作戲？」

「向他們證明妳是我的女人。」

「啊？左衛門大人……」

「我在駒場的草原上侵犯了妳，是對那些傢伙說謊。不過，我是真的想和妳來一次……」

陽炎的瞳孔如同開在黑暗裡的黑色花朵，無限綻放開來，讓天膳心蕩神馳。他不由自主緊抱住陽炎的胴體，伸手去撫摸她的乳房。陽炎呼吸急促，乳房也隨著不停起伏。溫熱而柔軟的觸感，讓天膳感覺手掌彷彿被吸住一般。陽炎默默地凝視著天膳。

對天膳而言，這幾分鐘的時間理應是你死我活的逼命時刻。他原本是為了除掉陽炎才將她誘入房內。不過，當他見到陽炎的豔麗容貌與誘人胴體之後，立刻變更了方針。天膳忖度著，要殺陽炎的話，到了駿府再殺也成。幸好她深信自己就是如月左衛門，那麼，何不趁此良機，先享受享受眼前這名美豔的女忍者。

可是陽炎此時開始起了疑心，懷疑眼前的男子究竟是不是如月左衛門。若真的是如月左衛門，理應知道她會吐出致死的氣息——怎會不知娶她為妻的男子一定都非死不可的事實？因此，左衛門應該不會說出方才那一番話。眼前的他並不是左衛門！想到這些，陽炎不禁又驚又怕，渾身都起了疙瘩。

世上竟有此等怪事？藥師寺天膳還活著！而且，應該由左衛門喬裝的角色，居然是由藥師寺天膳本人來扮演？不過，眼前的男人——

「左衛門大人，我的氣息……」

「妳的呼吸變得好急促，好香甜的氣息。陽炎，妳盡情叫出聲來也沒關係，讓那些傢伙都聽見吧。」

此刻，陽炎暗自下了決心——好，不論從哪個角度來判斷，眼前這人的確是藥師寺天膳。看來，左衛門絕對是慘遭不測了。我非殺了天膳不可。

陽炎忖度著，天膳大概想來個將計就計，讓我落入他的陷阱。可笑的伊賀忍者！他哪裡會曉得自己落入計中計，掉進了我設下的死亡陷阱。將天膳除掉之後——敵人就真的只剩朧了，聽說她的雙眼已盲，憑我的力量還怕殺不死她嗎？

陽炎的腦海裡，這些念頭如暴風般呼嘯而過。而她妖豔婀娜的身軀，卻是動也不動，有如溫馴的玩物，任憑天膳上下其手。

心智狂亂的藥師寺天膳強行拉開陽炎的衣襟，扯下了她的裙襬。油燈的火焰隨風搖曳，微弱的光線映照著她如雪白皙的肌膚。陽炎嬌喘不斷，泛出紅暈的臉朝後仰，曲線玲瓏的胴體彎成了弧形，任由天膳手指的愛撫。

「陽炎、陽炎。」

天膳此刻已完全忘記陽炎是一名敵人。不！正確的說，應該是天膳以為陽炎將他當自己人看待，完全忘記自己假扮如月左衛門這件事，甚至失去了身為忍者應有的警覺。現在的天膳只不過是一頭性慾高漲的野獸，侵犯起眼前的美麗尤物。

陽炎的胴體不停扭動，雙腳纏住了天膳的身軀，雙手勾住了他的脖子。她微啟的濕潤唇瓣，緊貼著天膳的雙唇。杏花般的香甜氣息霎時籠罩著天膳的口鼻——陽炎狂野地吸吮天膳的雙唇，柔軟濕潤的舌頭伸進他的口中。

藥師寺天膳吸進了陽炎吐出的香甜氣息——吸入一口——兩口，天膳因充血而紅潤的臉色忽然變成慘白，手腳完全癱軟無力。陽炎用力推開他的身軀，站起身來。

陽炎俯視著天膳的身姿，露出令人不寒而慄的冷笑，奪過他身上的長刀後，立即切斷他頸部的左右動脈，然後提著鮮血淋漓的刀刃緩步走出。她的衣襟與裙襬依然凌亂不整，呈現半身赤裸的身姿，猶如一幅淒豔絕倫的美人畫像。

在陽炎拉開板門的那一瞬間，一支長矛冷不防地貫穿板門而出，她連忙側身閃避，單手抓住長矛。在此同時，另一支長槍又猛然刺了進來。陽炎閃避不及，長槍刺穿了她的左大腿。

「啊——」

陽炎頓時失去平衡，整個人趴在地上，長刀同時也脫手而出。此時，外面開始傳來震耳的怒吼聲，板門砰地一聲頹然倒下，七、八名武士衝入房內，將陽炎壓制住。

藥師寺天膳所說的話，要說全是謊言也不盡然。武士們的確在暗中監視兩人的一舉一動。雖然天膳曾對阿福說過，一切的佈局都是用來引誘甲賀忍者，不過，內心多疑的阿福依然不敢放下戒心。方才，武士們利用拉門上的小孔觀察房內兩人的動靜。天膳明知實際情形，卻依然色慾薰心地侵犯陽炎，也算是夠膽大妄為的了。

陽炎不知那些武士從小孔中偷窺房內時，臉上的表情有多麼令人厭惡。但可以確定的是，當他們看到天膳突然發生異常狀況，遭到陽炎砍殺時，必然覺得驚愕和慌張。所以就挺起長槍，往門板刺了進來。

「藥師寺大人！」

兩、三名武士快步向前將天膳抱了起來，卻發現他已經氣絕身亡。

「大事不好了！藥師寺大人被甲賀的女人殺死了！」在武士的叫喊聲傳開的同

時，一陣聲響從武士們的背後傳來，兩名女子現出了身影。

「這女人就是甲賀的陽炎嗎？」說話之人，眼神充滿了驚懼，俯視著被壓制在地上的陽炎。這個人便是——阿福。

阿福夫人的視線轉向倒臥血泊中的藥師寺天膳，對他說：「所以我才吩咐你，絕對不能讓她進來的……」隨即又轉身對另一名女人說道：「朧，快殺了這名女人。」

陽炎緩緩抬起頭來，從垂下的散亂髮絲間望了出去，站在阿福夫人身後的，正是伊賀的朧。她的肩上停了一隻老鷹。在油燈的微弱光線下，陽炎見到她緊閉雙眼。朧果真雙眼已盲，怪不得她在聽見天膳被殺後，並未衝到天膳身邊。儘管眼盲的朧近在眼前，但陽炎卻身負重傷，又被四、五名武士給壓制住。她一臉悔恨，心有不甘地大喊：「朧，這是甲賀與伊賀的忍術之爭，你們伊賀竟然藉助外人的力量，妳不覺得可恥至極嗎？」

朧靜默不語。

「不過，就算妳被銅牆鐵壁保護著，對手依舊是甲賀弦之介大人。弦之介大人一定非殺妳不可……」

「弦之介大人在哪裡？」朧問道。

陽炎冷笑道：「賤女人！妳以為甲賀的女人會背叛同伴嗎？我懶得開口和妳這賤人說話，不如快點殺了我吧！」

「朧，快點殺了這女人！」阿福夫人再次命令她。

朧陷入短暫的沈默後，終於搖頭說道：「還是別殺她比較好。」

「這是為什麼？」

「若是以她為誘餌，甲賀弦之介必定會在中途出現。若是這個女的身上沒帶著祕帖，那麼祕帖一定就在弦之介身上。在抵達駿府之前，如果不殺了弦之介，從他身上取得祕帖的話，這場忍術之爭，伊賀也算不上獲勝。」

其實，那只是朧不想親手殺掉甲賀之女的藉口。而且，她希望在抵達駿府之前，自己能死於弦之介的手下。

三

越過天龍山後，阿福夫人一行人繼續兼程趕往見付、袋井。到達吉田之前，行伍裡有三頂轎子，從濱松開始，轎子增加為四座。朱絹早已不在人世。在四頂轎子裡，其中一頂坐著阿福夫人，一頂則是坐著朧，還有一頂，坐著依舊被五花大綁的陽炎，那麼，最後一頂轎子裡，究竟是坐著誰呢？

一行人在步行約八里的路程後，當晚便在掛川的客棧裡投宿。其中一間客房只用來安置兩頂轎子。由於阿福夫人是將軍世子的乳母，客棧的老闆也不便置喙。

當天深夜裡，在安置兩頂轎子的客房裡，被捆綁在其中一頂轎子內的陽炎，不可思議地凝望著房間角落裡的另一頂轎子。她轎上的遮簾是掀起的，然而，旁邊那頂轎子的遮簾卻是完全垂下的。

「是誰坐在那頂轎子裡呢？」陽炎問道。

她從轎內伸出白皙豐盈的腿，一名滿臉鬍鬚的男子用白布為她包紮。另一名年輕男子則是瞪大佈滿血絲的眼珠，死命盯著她的大腿瞧。

這兩名男子是奉阿福之命，負責徹夜看守陽炎的武士。適才，陽炎面露痛苦神情，向他們兩人訴苦，說是大腿上的傷出血不止，再這樣下去她會受不了。她幾次嬌嗔，兩人都不約而同地假裝沒聽見。後來，年紀較長的武士惺惺作態嘟噥著說：「如果這個女人死了，我們不就是怠忽職守了嗎？」後來，就變成了目前的情況。

陽炎任由美腿在轎外裸露，眼神中流轉著無限嫵媚，對兩名武士露出了妖豔的笑靨。對自己落入陽炎的死亡陷阱，兩人可說是渾然未覺。不過，這也不能苛責他們，即使是有著優越自制力的卍谷忍者，在明知陽炎會吐出死亡氣息的情況下，仍舊無法抗拒陽炎的魅力，克制不了自身對她的強烈慾念。

即使是阿福夫人，甚至是比陽炎更加美麗的朧，兩人都不了解陽炎的可怕能力。就算朧並未為陽炎說話，要阿福夫人饒過陽炎的性命。在短短的一日路程裡，武士們心中已有了捨不得殺她的念頭。陽炎也十分清楚這種情況，因此開始編織起魅惑男人的蜘蛛網。兩名守夜的武士逐漸為她心醉神迷，早已忘卻了武士的紀律與道德。陽炎的乳房、腰部、胴體、雙腿——無聲的肢體語言微妙地誘惑、挑逗、麻痹著兩名武士的視覺神經。那名滿臉鬍鬚的武士正想替陽炎以白布繼續包紮大腿時，卻忽然感到一陣暈眩。這名武士也曾經暗中窺視過陽炎與天膳交媾的可怕情景。

「妳方才問了什麼？」

「那頂轎子裡坐的是誰？」

「那是……」滿臉鬍鬚的武士轉身一看，發現年輕武士眼中充滿殺氣，狠狠地瞪著自己看，他立刻將頭轉向另一方，說道：「可否勞煩你到那裡去，把我的木盒拿過來？」

「做什麼用？」

「替這個女人上藥。」

「自己的東西為何不自己拿？」

被對方頂了一句之後，滿臉鬍鬚的武士圓睜雙眼，憤怒地對他說了一句：「你說什麼？」突然冷笑了起來。

「哈哈！你這混蛋傢伙，是不是打算支開我，好對這個女人怎麼樣，我說的對吧？」

「混帳！真正想支開別人的是你吧！」

看著他們像孩子般吵鬧，陽炎不禁露出笑容。

「哪位願意幫我弄碗水來？口乾舌燥的，好難受喔。」

「喔？真的嗎？我去。」聽見陽炎的請求，滿臉鬍鬚的武士急忙起身去取水。

陽炎一直凝視著年輕的武士。年輕武士決定避開陽炎的目光，卻反而被她深深吸引，他雖緊張得直打哆嗦，卻忽然以沙啞的聲音問道：「妳不想逃走嗎？」

「我想逃走。」

「妳、妳可願意和我一起逃走？」年輕武士深吸了一口氣之後問道。陽炎以妖魅般的眼神望著年輕武士，嬌聲答道：「當然願意。」

滿臉鬍鬚的武士走了回來，他右手拿著裝水的茶碗，前進了兩、三步之後，發現年輕武士不見人影，當他一臉狐疑地轉身——另一頂轎子的後面忽然有人縱身躍出，雙手緊勒他的脖子。在茶碗掉落地面，水花四濺之際，滿臉鬍鬚的武士就這樣無聲無息地被勒死了。

年輕武士僅因陌生女子說了聲願意，便輕率殺死同僚，迅速朝著陽炎奔了過去，取出短刀，將她身上的繩索切斷。他吐出舌頭，呼吸急促地喘著氣，一副筋疲力竭的模樣。

陽炎身上的繩索被解開後，被扯得稀爛的衣物也隨之掉落，呈現幾近全身赤裸的姿態。她整個人癱軟在地，一時無法動彈。年輕武士連忙抱住陽炎的胴體，用力搖晃她。

「站得起來嗎？得快點逃走！」

「我還行。不過，我的口好渴——」陽炎抬起頭來，唇瓣輕啟，雙手環抱年輕武士的脖頸，將臉湊近他的嘴唇，「用唾液餵我。」

年輕武士完全忘了要逃的事，張開嘴唇湊了上去。他的身體逐漸變得冰冷僵硬，再也無法動彈。陽炎緩緩自年輕武士下方移開身軀後，他的屍體重重地癱在地上，手腳全變成了鉛色。

「愚蠢的傢伙！」陽炎大聲怒罵之後，拔出年輕武士身上的長刀，雙眼燃起騰騰殺氣，快步從房裡走了出去。

陽炎心想，妳不殺我，那好！我便要了妳的性命！

陽炎並不因為朧曾救過自己，而對朧有絲毫的感激。在忍者世界裡，並無所謂的義理人情存在，也不可以心存慈悲。忍者一旦相爭，就是你死我亡的殘酷修羅場，她心中殺死宿敵的意念正在猛烈燃燒。這名手上提著長刀、裸著雪白肌膚的甲賀女忍者，身上綻放出壯烈而淒美的光芒。

——不久，陽炎找到了朧休憩的客房。她悄然推開拉門，從黑暗中見到正在酣睡的朧，正當她準備迅速躍身進房時——有人從後面擒住了她的手腕。

陽炎雖是藝高膽大，轉身後卻也不禁嚇得驚叫失聲。

那是名雙唇如鐮，對著她冷冷微笑的男子——不用說，他便是死後復活，由轎子裡緩步而出，一直尾隨在陽炎身後的藥師寺天膳。

由掛川至日坂、金谷、大井川到島田、藤枝，到處都豎立著寫上以下內容的告示：

甲賀弦之介，你究竟流竄至何處？

陽炎已經落在我等手中，她會嚐到伊賀酷刑的美妙滋味。再過一、兩日，她將被梟首示眾。

如果你還算是甲賀卍谷的首領，便應早日現身解救陽炎。不過，你果真有此膽識？若是你感到害怕，就將列有忍者名帖的祕帖交到我們手上，至少會饒過你與陽炎的性命，只將你們捆往駿府城。

伊賀　朧
藥師寺天膳

不過，甲賀弦之介看得見告示嗎？他不是已經雙眼全盲？

由掛川至駿府仍餘有十二里三町的路程。而伊賀和甲賀雙方，各僅剩下兩人。這場忍術祕爭，怎是一個慘字了得。

最後勝負

一

由掛川的客棧再走三里二十町之後，即到達金谷。再行一里路，便抵達島田。在金谷與島田之間的大井川，同時將遠江與駿河兩地分隔開來。從島田再走二里八町的路程，即可抵達藤枝的客棧。

這裡雖然是山谷，開滿客棧的街道卻長達半里。

沿著穿越各家客棧的街道，稍微朝北行進，有一座荒廢的寺院。寺院的正下方是一間大型客棧的庭院，由於被枝葉茂盛的密林阻隔，所以無法窺見客棧的全貌。然而稍微留意的話——在鎮上家家戶戶皆已熄燈，萬籟俱寂的深夜裡——理應無人居住的荒寺，寺內竟有搖曳的燈影。

不過，在夜霧籠罩大地後，寺內的燈光逐漸朦朧，隨即陷入一片昏暗。

寺內置放經書的桌子上，豎立一根碩大的蠟燭，桌上的塵埃滴滿了融化的蠟油。一名裸身的美麗女子，那玲瓏有致的胴體，呈現「大」字形被捆綁在桌旁的粗大圓柱上。她的雙手雙腳往後伸展開，仔細一看，原來也被繩索反綁著。

在女子白皙如雪的胸前，似乎有著奇妙的發光物體。每當燭火搖曳時，她胸前的銀色文字便會閃耀光芒。銀色文字共有兩個，上面的字如同乳房般大小，是個「伊」字，下面的字則稍微小了一點，是個「加」字。

雖不見女子的身旁有任何人，但她的胴體卻不時痙攣抽搐，同時發出讓人寒毛直豎的哀號聲。

「陽炎。」在距離她三公尺遠，傳出一陣陰冷的笑聲。「甲賀弦之介不會來了。」那個冷笑的人正是藥師寺天膳。他端坐在荒寺大殿的正中央，單手拿著酒杯，笑吟吟地望著痛苦不堪的陽炎。

「雖說弦之介雙眼已盲，但他在城鎮裡應該能聽見有關我天膳豎立告示的風聲。我將妳捉來，讓妳體會一下伊賀的酷刑滋味。到了明日，就算妳的人頭即將落地，弦之介依舊不會出現的。身為甲賀卍谷的首領，明知自己的屬下命在旦夕，卻不肯伸出援手，弦之介真是個薄情寡義的男人，貪生怕死的懦夫！」

天膳說著這些話的同時，不知將何物含在口中，然後「咻」地一聲將它吐出，只見一道細長的銀色光芒瞬間刺進陽炎的腹部。陽炎再度痛苦掙扎，身上的痛楚讓她除了哀號之外，吐不出半句話來。

「哼哼，知道我天膳的厲害了吧？妳那白嫩蠻腰抖動的模樣，真教我心癢難忍啊。害得在旁邊觀賞的我，心裡有一股想與妳共赴巫山的衝動。不過我可不敢靠近妳，這麼做的話，就得離開人世了……前幾日在濱松發生的事，至今還讓我驚魂未定。我原本就不知道妳擁有怎樣的忍術，不過我萬萬沒料到，妳吐出的氣息竟含有劇毒，連我藥師寺天膳也完全落入了妳設下的圈套。」

可是相較於備受折磨的痛苦，有件事更讓陽炎覺得恐懼。在濱松那晚，陽炎察覺理應死去的天膳竟然喬裝起左衛門之後，心裡已經是一片混亂。而且，在那天夜裡，她又以自己吐出的死亡氣息將藥師寺天膳毒死。為確保萬無一失，她還給予天膳最後一擊，狠狠割斷了他的頸動脈。沒想到，天膳竟然又在掛川出現。陽炎心中的恐懼，實在是言語難以形容。

發現這個男人是不死忍者後，一切已經太遲。

陽炎心裡忖度著，到底要以何種方式才能徹底殺了天膳？現在自己被他五花大綁，無法衝上前去一刀殺了他。不過，縱然自己是自由之身，也不可能想得出讓他致命的方式。對了！就是因為如此，己方的左衛門才會慘遭天膳殺害。即使左衛門擁有幻化為對方模樣的奇幻忍術，但當被他殺死的敵人又再度現身時，便已注定他難逃死亡的噩運。陽炎有了失敗的覺悟，不僅是自己，甲賀一族也已徹底失敗。對這名未曾嘗過失敗滋味的卍谷女人而言，她肉體上所受的折磨遠遠不及心理上的痛苦。

天膳啜飲著手上的酒，說道：「雖然妳不是朧，而且一靠近妳就會被毒死，但我還是很想像前夜那樣，與妳好好溫存一番。不過，若非此次卍谷和鍔隱必須決一死戰，我寧願抱著妳享受魚水之歡，再死個幾次也無妨。」

說完之後，天膳又噘起嘴巴，再度「咻」地一聲，吐出一道銀色光芒。陽炎痛得全身痙攣，甩動著散亂的髮絲，頭部無力地往後垂下，說道：「你、你就殺了我吧！」

「哦！我自然會殺了妳。雖說殺了妳有點可惜，但我一定會如妳所願，把妳給殺了。不過啊！我不會一口氣殺了妳，我要慢慢折磨妳到天亮，時間還長著呢！明日我們就要啟程前往駿府。由藤枝這個地方到駿府，只消五里半的路程，這趟旅程中間，還得經過宇津谷嶺與安倍川，不過，即使一行人徐徐前進，也能在黃昏前抵達駿府。屆時，取得勝利的伊賀一族便可心情愉悅地步入駿府。在此之前，必須將妳在祕卷上的名字給劃掉。」

天膳又繼續從口中吐出銀色光芒。

在陽炎下腹的「加」字下方，逐漸浮現出一個「月」字。

「若是甲賀弦之介未在今夜或明日現身，那麼，我明日就會報告大御所家康大人，說弦之介因害怕逃走了。無論如何，我還是想取得那份祕卷。祕卷現在在弦之介身上。我絕對會親手殺了名帖上的最後一人——甲賀弦之介，然後劃掉他在祕卷上的姓名，作為伊賀取得勝利的最佳標記。」

話語方落，又一道銀色光芒從天膳口中激射而出。陽炎發出了淒慘的呻吟。

那是細小的銀色吹針。藥師寺天膳從遠處吐出的銀針，一根一根地在陽炎的肌膚上排列成文字。甲賀的女忍者陽炎，原本是個即使被砍斷手腕，也絕不吭半聲的女人。不知吹針上是否抹有特殊劇毒，使得她有如一頭瀕死的美麗猛獸，不時發出哀號聲。

陽炎在濱松的時候，大腿被阿福夫人的隨侍以長矛刺成重傷。此時，她的雙眼已呆滯無神。只不過每當吹針刺入身軀，劇烈的疼痛便喚醒她微弱的意識，發出一聲聲的慘叫。

「為此，我不得不使用這種方式把弦之介引來這裡。雖然他雙眼已盲，不過，當他聽見告示的傳聞後，必定會打探出阿福夫人一行人已抵達藤枝，投宿在客棧。只要他找到那個地方……」

才剛說完，吹針再度從天膳口中激射而出。她胸前的「月」字已經成了「目」字。

「天膳……」

天膳身後發出女子細微的呼喚聲。聽女子的語氣，似乎是再也無法忍受眼前的情景。

只見一名女子從傾圮的佛壇背後緩步走出。原來是朧。「夠了！快住手！我受不了……」

在這座荒寺裡，只有天膳、朧以及被俘的陽炎三人。天膳已命人在城鎮裡豎立引誘甲賀弦之介前來的告示，因此，德川家國千代派的武士們必定也會發現此事。為避免他們得知阿福夫人一行人裡面有伊賀忍者，因此天膳向阿福夫人提出建議，希望雙方能分頭行動。天膳曾在阿福夫人一行人面前施展過不死妖術，當然，也贏得了對方莫大的信任。

藥師寺天膳的酒餚，是由山下的客棧送上來的。他回過頭來說道：「妳受不了了！朧小姐，伊賀已有八人慘遭對方殺害，難道妳要我放了這賤女人？」

「……」

「我自己也被甲賀的人殺了好幾次。朧小姐，妳不也險些被她殺害？」

「要殺的話……至少也一口氣殺了她，這樣對她比較慈悲。」

「在忍者的世界裡，是沒有慈悲二字存在的。另外，她的哀號聲也是重要的陷阱。」

「怎麼說？」

「弦之介是一名忍者，當他尋著線索找到山下的客棧後，必定會被陽炎的哀號聲引到這座荒寺來……」

「……」

弦之介大人，別過來啊！對弦之介而言，分屬敵方與己方的兩名女子，同時在內心深處吶喊著，也不曉得藥師寺天膳是否了解這兩個女人的心情，他又「咻」地一聲吐出銀針。「目」字逐漸變成了「貝」。

從原本的「加」，變成完整的「賀」字之後，陽炎的胸前到腹部，浮現出銀針排成的「伊賀」二字。

天膳口中所說的「伊賀酷刑」，莫非就是指這個？在甲賀的女子身上，以口中射出的毒針排成「伊賀」二字。也只有惡魔般的藥師寺天膳，才想得出這等凶殘毒辣的手段。一根根的銀色毒針深陷在陽炎雪白的肌膚上，構成一幅淒豔的人體畫像。

「嗯，好！大功告成了！」

天膳一陣狂笑之後，扔掉酒杯，忽然抓住朧的手。

「你、你想怎樣？」

「朧小姐，這個名叫陽炎的甲賀女子，她吐出來的氣息，可是含有劇毒的喔。不過，她平常吐出的氣息似乎無毒，這才能與甲賀忍者同住一處，一起行動。似乎只在特定情況下，她所吐出的氣息才會含有劇毒——這是我個人的臆測。」

「什麼？」

「也就是說，只有在她起了淫念的時候……」

「天膳！放開你的手！」

「不，我不放手。我想證明自己的臆測究竟正不正確——不過，與陽炎交歡的話，可是會要了我的命。朧小姐，我和您就在此地交合給她看看，您覺得如何？」

「天膳，你怎可做出此等荒誕的事！」

「不！這是別具意義的事。朧小姐，在從桑名搭船到宮町的時候，我曾在船上對您說過一些重要的話，難道您已經忘了？我可是一點都沒忘。現在也還一直在想著這件事。朧小姐和我藥師寺天膳絕對是傳承鍔隱血脈的不二人選。況且，阿幻婆挑出的十名伊賀忍者裡，現在也只剩下妳和我兩個人了。」

心蕩神馳的藥師寺天膳緊緊抱住雙眼已盲的朧。

「事到如今，已經沒人能阻礙我們了。明日，我們倆就以夫妻的名分進入駿府。」天膳強行將朧壓在地上，抬頭對陽炎說道：「陽炎，妳看。這就是男女交合的姿勢……喔？蠟燭上方有隻蛾在飛舞，不如妳吐出氣息讓它掉落吧。如何？」

慾火焚身的天膳，以惡狼撲羊般的態勢，狂亂地朝著朧撲了過去。

此時，燭火倏地熄滅。

「啊？」

藥師寺天膳十分詫異，因為那不可能是自己的動作所導致，也感覺不到風的吹拂，更不可能是陽炎吐出氣息之故。他一臉愕然地從朧身上爬了起來。

寺內頓時一片漆黑。天膳拿起地上的長刀，抽刀出鞘後昂然起身，凝神注視前方，經過了一、兩分鐘，他隱約看見一道人影佇立在圓柱後面，那不是陽炎，而且陽炎身上的繩子已經被人解開，頹然癱坐在圓柱底下。

天膳忽然大叫：

「甲賀弦之介！」

二

甲賀弦之介的雙眼依舊不能視物，內心也陷入黑暗，對未來感到一片茫然。他之所以對伊賀下戰書，帶著四名部屬前往駿府，是為了查明卍谷與鍔隱間的不戰之約遭到解除的原因，以及大御所德川家康解除禁令的真意。他也有伊賀方面會進行追擊的心理準備。果不其然，伊賀七名忍者一路追了上來。

弦之介忖度著，在這趟駿府之行，伊賀的簑念鬼與螢火在伊勢遭到己方忍者殺害，前往桑名的海路上，霞刑部殺了伊賀的雨夜陣五郎，在三河的駒場原野上，伊賀的藥師寺天膳和筑摩小四郎也被除掉了。自己身上的名帖只剩下兩名伊賀忍者——朧與朱絹。可是敵人殘餘的人數越少，自己的心情就越沈重。這究竟是怎麼回事？是朧的緣故，可恨的朧。不過……若是與朧刀刃相向的那一天到來，自己該怎麼做？

雖然自己表面上對伊賀的忍者恨得咬牙切齒，但內心仍存有恐懼和疑惑，這些都被敏感的部下看了出來。霞刑部首先發難，擅自採取行動，擊倒了伊賀的雨夜陣五郎，不過自己也慘遭殺害。室賀豹馬則是為了保護自己，在駒場原野被筑摩小四郎所殺。如今，包括自己在內，祕卷上列名的甲賀忍者，僅僅剩下三個人。

而且，如月左衛門與陽炎也捨下自己離去。他們是認為敵人僅剩兩名弱女子，所以前去解決她們嗎？或者認為自己雙眼已盲，只會礙手礙腳？不！不僅如此。他們是看出了自己依舊對朧念念不忘，因而失望地離去。

失魂落魄的甲賀弦之介，獨自在東海道上徘徊流連。他認為左衛門和陽炎必能輕易取勝，高唱凱歌。對弦之介而言，那應該是歡愉的歌聲。然而，他內心卻苦惱不已。因為他們得勝歸來後，是否非得親手劃掉列名在祕卷上的朧？

然而——

弦之介在大井川西邊的河原上，聽見路人對一則詭異的告示議論紛紛：「甲賀弦之介，你究竟流竄至何處？陽炎已經落在我等手中，她會嚐到伊賀酷刑的美妙滋味，再過一、兩日，她將被梟首示眾……如果你還算是甲賀卍谷的首領，便應該早日現身，解救陽炎……」

他表情凝重地聆聽著某個路人朗讀告示的聲音。

敵人的名字是——朧和藥師寺天膳。

甲賀弦之介心裡忖度著——敵方的朱絹應該已經身亡，而且如月左衛門也慘遭殺害了，這是真的嗎？最令弦之介錯愕不已的，莫過於告示上竟有藥師寺天膳的署名。他不是已經死了？不論如何，為了查清事實真相，必須找出朧和天膳的下落。

在夕陽殘照下，雙眼已盲的弦之介抬起頭，毅然決然地向前邁進。

此刻，在漆黑一片的藤枝荒寺內，弦之介與活生生的藥師寺天膳，屏氣凝神地相互對峙。

「甲賀弦之介，你終究也自投羅網了。」天膳冷笑道。

向來心機深沈的天膳，此時竟不假思索，直接朝著甲賀弦之介的方向走去。弦之介悄然無聲地側身移動。從弦之介的動作來看，常人絕看不出他雙眼已盲。不過，天膳那雙眼睛，卻依然能在黑暗中清楚看出弦之介目不能視。

「天膳。」弦之介終於開口。

「朧在這裡嗎？」

「啊哈哈哈哈……」天膳忍不住大聲狂笑。

「弦之介，你果然雙眼已盲。朧的確在這裡。我們兩人剛才還當著陽炎的面親熱呢。我和朧忘情地沈浸在肉體歡愉裡，才會沒發現你已經來了。哎呀，我忘記你眼睛瞎了，看不見我和朧濃情蜜意的場景，實在是太可惜了！」

站在一旁的朧氣得渾身發顫，說不出半句話來。

「而且更遺憾的是，你在臨死之前，連朧小姐的笑靨都看不見……」

話語方落，天膳出手便是一刀，弦之介身形俐落地閃過刀尖，動作之快，簡直像個明眼人。不過，天膳畢竟是名忍者，弦之介踉蹌的步伐絕對瞞不過他敏銳的目光。

「弦之介，你為什麼不逃命？何苦來此枉送性命？」

天膳亢奮地咆哮起來，朝著弦之介又是一刀。弦之介僥倖躲過了凌厲的刀勢，但額頭上卻留下一道細長的血痕，他立刻飛身抽退，從迴廊逃至庭院。

黑暗中，天膳看見弦之介負傷退至寺外的庭院後，原本想緊追在弦之介身後，卻在迴廊邊緣猛然停下腳步。

庭院被濃霧所籠罩，即使是在黑暗中視物如同白晝的忍者，一時也無法看清霧氣中的景象。天膳木然呆立，但立刻回過神來，叫道：「伊賀與甲賀的忍術之爭，就在此了斷吧！」語畢，天膳倏地從迴廊上猛然衝出。

不知是天意，或者是宿命，天膳竟然一腳踩在迴廊邊的腐朽地板上！當天膳腳下踩空之時，同時發出無法置信的驚叫。濃霧中的人影立刻提起長刀，朝著天膳衝了過去。在他整個人失去平衡，腳掌觸地的瞬間，弦之介舉起刀刃猛然劈下，只聽見「喀啦」一聲，天膳的頸骨應聲碎裂。

天膳搖搖晃晃地走了五步之後，頭顱向後垂下，只剩一層薄皮與身體連接，大量鮮血從斷首處泉湧而出。

甲賀弦之介單膝跪地，靜靜傾聽天膳身軀跌落地面的聲音。在濃霧中，雙眼已盲的弦之介，超越了人類五感的界限，將忍者的力量發揮到極致，對天膳施展出致命的夢幻劍式。

——從天膳斷頸處噴出的鮮血，溶進了霧色之中，緩緩灑落在弦之介的臉上。

弦之介如夢醒般站起身來。

荒寺內寂然無聲。弦之介走到迴廊附近，高聲呼喚朧的名字。

「朧。」

「妳還在這裡嗎？」

「弦之介大人，我還在這裡。」

朧呼喚弦之介名字的聲音，他已有數日未能聽見。自弦之介離開阿幻宅邸那夜起，至今已過了八日，可是這短短的八日卻讓弦之介覺得恍如隔世。而且朧的聲音已不如以前爽朗，語氣明顯沈悶許多，像是變了個人似地。

「我方才殺了天膳……朧，妳手裡拿著刀嗎？」

「沒有。」

「那麼，把刀拿起來，我們決鬥吧。」在弦之介的語氣中，聽不出任何豪邁氣慨，反而讓人覺得陰沈憂鬱。

弦之介與朧兩人頓時陷入沈默。

須臾之後，弦之介說道：「我不得不殺妳，而妳也必須殺了我。不過，或許是我會被妳殺了，因為我雙眼已盲。」

「我的雙眼也失明了。」

「什麼？」

「在我離開鍔隱之前，雙眼便已失明。」

「為、為什麼？朧，這到底是——」

「我不想目睹伊賀鍔隱與甲賀卍谷之間的血戰。」

弦之介頓時激動得無法言語，朧現在所說的話，代表她並未背叛自己。

「弦之介大人，請殺了我吧！我一直在等待這一天的來臨。」

兩人對話後，朧初次話裡帶有喜悅的語氣。

「伊賀只剩下我一個。」

「甲賀也只剩我一個……」

雙方再度陷入沈默。

此時，寺院下方傳出喊叫聲，打破了兩人之間的沈默。

「你也聽見了嗎？」

「嗯，那不是天膳大人的聲音。」

「莫非，甲賀的——」

那是在山下客棧的庭院裡，眾人抬頭看著寺院的同時所發出的喧譁聲。緊接著，吵雜的人聲及腳步聲離寺院越來越近。

「其實，每個人的眼睛都瞎了。」弦之介喃喃自語起來。他說的「每個人」，指的是十八個相繼死亡的甲賀、伊賀忍者。

「朧，我要走了。」

「啊——你要去哪？」

「我也不知道……」弦之介茫然說道。他終於體認到，自己是絕對無法下手殺朧的。「就算我不與妳決鬥，除了妳我二人之外，也絕不會有人知道。」

「我知道。」弦之介聽見腳下有聲音傳出，感到有人朝著自己爬了過來，緊緊抓住自己的雙腳不放。

「弦之介大人，您為何不殺了朧？」

三

那人全身赤裸，白皙肌膚上鮮血淋漓，原來是甲賀忍者陽炎。雙眼已盲的弦之介和朧，自然無法看見她的身影。陽炎那妖豔的容顏，已籠罩上死亡陰影。

「弦、弦之介大人，當初在鬪町的時候，您不是對我發誓，說您絕對會殺了朧嗎？難道您已忘得一乾二淨？」她不停顫抖的雙手，死命拉著弦之介的雙腳，「我、我慘遭伊賀忍者的玷污，受盡各種非人的折磨，如今就快死了……你真想讓我含恨而終嗎？」

「陽炎。」弦之介喚了她一聲之後，再也說不出話來。陽炎說的話，讓他感到椎心之痛。

「弦之介大人，這是為了甲賀，為了卍谷……您若是不殺了朧，您如何對得起所有死去的伙伴？您真的要背叛甲賀，背叛卍谷嗎？」

「陽炎……」

「讓、讓我在臨死前，親眼目睹甲賀的最後勝利。」在弦之介腳下的陽炎，聲音漸漸變得微弱。

弦之介抱起陽炎。

「陽炎，我們走吧。」

「不！我不走！沒看見朧倒臥在血泊中，我絕不能走。弦之介大人，讓我用朧的血，親手將她的名字劃掉吧。」

弦之介沈默不語。他抱著陽炎，朝著迴廊的方向走去。陽炎顫抖的雙手勾著弦之介的脖子，她凝視著弦之介，原本渙散的眼神，燃起了異樣的火焰，雙眼已盲的弦之介完全未察覺到異狀。

陽炎倏地露出妖魅般的詭譎笑容，「呼」地一聲，將氣息吐往弦之介的臉上。

「啊？陽炎！妳……」弦之介立刻將臉別開，同時將手上的陽炎拋在地上。他腳下一陣踉蹌，單膝跪地後，隨即伏倒在地。原來弦之介吸入了陽炎的致命氣息。

陽炎被拋出去之後，一時之間動彈不得。過了一會兒，她微微抬起頭來，露出淫邪的笑容。臨死前的陽炎，竟是一副情慾高漲的恍惚神情，她手指抓著地板，發出了指甲摩擦的聲響，緩緩朝著弦之介的方向爬行。

「我就快要死了，你、你和我一起走，一起下地、地獄……」

陽炎大概是打算拉著弦之介走黃泉路。她之所以朝弦之介爬去，是想再次對弦之介吐出死亡氣息，徹徹底底地將他殺了。

陽炎像是一條瀕死的白蛇，扭動著身軀爬向弦之介。正當她打算伏在弦之介身上時，她聽見一名女子的聲音。

「弦之介大人。」

陽炎抬起頭後，看見一雙閃耀著光芒的眼睛。

即使在黑暗中，也能看見那雙發亮的眼睛，那是朧的雙眼。不過，即使不曉得她擁有破幻之瞳，任何人看見那燦爛的光芒，都會突然感到暈眩。此時，陽炎吐出來的氣息已經失去毒性。

「弦之介大人。」朧朝著弦之介奔了過去。她靈動的雙眸睜得大大的。原來從朧眼盲的那夜起，如今已經過了七個晝夜，伊賀祕藥「七夜盲」的藥效已完全消失。

朧凝視著癱倒在地的弦之介。此時，寺院大門外傳來一陣急促的腳步聲。朧未瞧陽炎一眼，彎下腰抱著弦之介，環顧四周之後，看見佛壇後面有個大藏經櫃，立刻拖著弦之介往那裡去。

這些陽炎全都看在眼底，她才剛親自觸碰弦之介的身軀，從體溫得知他還沒死，只是昏了過去。不過，她再也發不出聲音，身體也動彈不得。有隻蜘蛛沿著蜘蛛絲在她面前落下，忽然縮成了一團，中毒而死。此時，陽炎也伏在地上斷了氣……

「——啊！這、這究竟是……」

「這不是天膳大人嗎？」

看見天膳的屍身後，庭院內的眾人頓時驚愕不已，面面相覷。

此時，朧已經將弦之介安置在紅木藏經櫃裡，掩上了紅漆剝落的蓋子。

「甲賀一族來過了。」

「朧小姐呢？」武士們手上握著火把，大聲喧鬧地進入正殿時，朧已經閉上眼睛，低頭坐在藏經櫃上。

「啊？那個甲賀的女人也死在這裡了。」

「朧小姐平安無事！」

「朧小姐，這裡究竟發生了什麼事？」

朧依然閉著眼睛，搖了搖頭。

「甲賀弦之介來過這裡嗎？」

「該不會是……天膳大人和這個女人激戰之後，兩人同歸於盡了？」

對眼前情況大惑不解的武士們，紛紛開口詢問。但朧像是無知的孩童般，對著他們猛搖頭。朧的搖頭究竟代表不是，或者是對一切毫不知情？武士們無法捉摸她的真意，他們認為，這或許是因為朧雙眼已盲，所以也不清楚事發的經過。

就在這時，院子內傳來女人的聲音：「眾人無須大驚小怪！天膳大人是不死忍者，這事你們不是昨夜就知道了嗎？」

那是阿福夫人的聲音。

「這男人就算身受重傷，血肉模糊的傷口也能自動癒合——現在，眾人正好有機會見識到他引以為豪的奇幻忍術。來人！將天膳大人扶起來，將他的頭顱接上。」

武士們遲遲不敢向前。阿福夫人怒聲罵道：「怕什麼！這可是與竹千代殿下——乃至於我阿福，甚至牽涉到在場諸位未來命運的大事啊！」

遭到阿福夫人斥責後，立刻有五、六名武士圍在天膳屍身旁邊。

朧不禁鬆了口氣，在藏經櫃上站起身來，直直地走到迴廊旁。院子裡有好幾支冒著油煙的火把，在火光的照耀下，武士們扶起藥師寺天膳，將他的頭顱接到脖子上。天膳雙眼圓睜，直盯著朧瞧。那幾名圍在天膳身旁的武士，不論是扶著身軀的，抓著手腕的，捧著頭顱的，全都嚇得渾身發抖。時值深夜時分，在藤枝荒廢已久的寺院裡，武士們彷彿化身為地獄巡卒，做著有苦難言的差事——多麼淒慘的光景。

天膳瞪視著朧，朧凝視著天膳——這段橫跨生與死的時間刻度，是瞬間，也是永恆。

朧那雙凝視天膳的眼睛，閃耀著點點光芒。在場眾人無人察覺她淚眼盈眶。這也是理所當然，因為荒寺裡的每一個人，都將視線焦點集中在天膳身上，不會有人去注意朧。朧的雙眼泛著晶瑩淚光，天膳的雙眼閃著幽冥鬼火，兩道目光在虛空中交擊出絢爛的火光，這也是常人肉眼無法看見的。

朧為何哭泣？因為她決定以破幻之瞳破解不死忍術，徹底斷了己方忍者——藥師寺天膳的生機。對於甲賀、伊賀由誰勝出，朧一點也不在乎，她心裡只有一個念頭——解救弦之介。

在火光的照耀下，天膳的雙眼曾一度迸射出兩道火焰般的光芒。他的眼神不像個首級被斬斷的死者，而是蘊含著極度憤怒、怨恨及痛苦的眼神。不過，只在轉瞬間，那兩道火焰般的光芒忽然熄滅，天膳的臉色轉為慘白，眼皮緩緩垂了下來……

氣力放空的朧，也緩緩閉上雙眼。

此時，被斬斷的頭顱竟發出聲音。天膳的鉛色嘴唇，發出了水牛般的低沈聲音：

「甲賀弦之介……在藏經櫃裡……」

天膳的嘴角高高揚起，露出恐怖至極的死亡微笑。隨後，天膳的表情完全凍結，像是一尊詭異的石膏頭像。不死鳥忍者終究也失去了性命。

武士們朝著藏經櫃一擁而上，朧忽然感到眼前一黑，整個人昏了過去。

四

慶長十九年五月七日晚。

由於豐臣秀賴即將動身前往大佛殿參拜，片桐且元奉秀賴之命前來駿府，將此事稟報德川家康。

德川家康得知此事之後，不禁面露微笑，因為自此以後，德川家欲得天下已是指日可待。可是他並不曉得，當日黃昏在駿府城西方的安倍川河畔，即將進行一場決定德川家未來命運的決鬥。然而，家康並未接到任何報告，家臣們無人知曉此事。僅有忍者統帥服部半藏親自到場觀視此戰。

原來阿福夫人已暗中派遣使者，火速通知半藏有關決鬥一事——半藏一接到通知，立即動身前往安倍川河畔。

夕陽如同燃燒中的巨大火球，經由駿府城七層高的天守閣，往西方緩緩沈落，將安倍川的河面漸次染成一片赤紅。

渡口至上游途中，河灘上白沙遍地，上頭長滿了蘆葦。阿福夫人與數十名隨侍站在蘆葦叢中，她一見到半藏，即刻朝他招手。半藏上岸後，阿福夫人便對他說明來龍去脈。

阿福夫人並未刻意編造謊言，但她所說的，也不盡然是真話。阿福夫人宣稱自己是偶然途經此地，在無意間得知這場忍者的決鬥，並且將祕卷遞給了服部半藏。

早在昨日，服部半藏便已得知東海道上的掛川到藤枝，到處豎立著詭異的告示，對血戰的事已經心裡有數。如今，他終於清楚看見祕卷內容。

服部半藏雖與雙方血戰有莫大牽連，但在看完祕卷後，也不由得雙手顫抖，深深嘆了口氣。

祕卷上記載著：「列名於卷軸內之甲賀流十人眾與伊賀流十人眾，應一決生死，決鬥以倖存人數較多者為勝。倖存者應於五月三十日，攜此祕卷抵達駿府城——」

身為忍者統帥的服部半藏，萬萬沒想到，在他解除雙方忍術之爭的禁令後，結局竟會這般淒慘，而且發生如此迅速。祕卷上的最後期限是五月三十日，但現在才五月七日，從解除禁令那天起，前後也不過十日。祕卷上所記載的甲賀、伊賀二十人忍者名帖中，十八人的名字被劃上了由紅轉黑的可怕血跡。

「殘存下來的忍者，只有這兩人……」表情宛如面具般的阿福夫人說道。

服部半藏曾對阿福夫人祕密前往伊勢起過疑心，但此時從她那張面無表情的臉，卻瞧不出任何端倪。其實，半藏非常了解，縱使阿福夫人嘗試策動陰謀，她也只是個凡人，在忍者的爭鬥之中，幾乎不可能插得上手。

「我是恰巧在此處碰上這場忍者的決鬥。不過，若是讓國千代派的人知道此事，個性較為魯莽的，或許就會輕舉妄動，而有違大御所大人讓雙方進行比試的初衷。因此，我才會留在此處，防止國千代派的人馬輕舉妄動。」阿福夫人說道：「話雖如此，日後若有人知道我與此事有所牽連，可不知會傳出怎樣的風言風語，這一點我是很在意的。請身為忍者首領的你來到此處，無非是希望你能在大御所大人面前為我作證，證明我並未在這場決鬥中插手。」

由藤枝到此處，其實五里半不到，阿福夫人會那麼晚抵達，是為了等待昏迷不醒的弦之介醒來。

朧先前對阿福夫人提出請求，希望能等弦之介醒來後，雙方再進行最後一戰。她當時說道：「殺死昏迷不醒的甲賀忍者，將有辱我伊賀的聲譽。」

雖說兩人心裡的盤算不同，但阿福夫人正好能達成目的——讓服部半藏觀看伊賀堂堂正正擊敗甲賀的過程，所以她便應允了朧的請求。

不過，客觀上來說真是「堂堂正正」嗎？阿福夫人明知弦之介雙眼已盲，而且也知道朧的雙眼已經復明，她心裡早有朧必能取勝的確信。

「不過，如你所見，甲賀忍者雙眼已盲。」阿福夫人說道。

「什麼？」

「據說是伊賀忍者下的手。服部大人，那也是一種忍術之爭的正當手段吧？」

在蘆葦叢後方的半藏，凝視著雙手拄地的甲賀弦之介，點頭說道：「當然。」

的確，在忍術之爭裡，並無所謂「卑鄙手段」的存在。不論設下任何陷阱，運用何種詭計，全都是受到容許的。武士所恪遵的那些戒律，在忍者世界裡完全行不通。所以，偷襲、暗殺、陷害等手段皆可任意使用。忍者在爭鬥時，決戰雙方對彼此絕不容情，更不知慈悲二字為何物。

「甲賀弦之介！」半藏突然喊道：「你對於與伊賀的朧進行決鬥這件事，應該沒有異議吧？」

「沒有。」弦之介從容不迫地回答。雖然事態演變至此，他對服部半藏依然不吐半句怨言。

「朧，妳也是嗎？」

「是的。」肩上停著老鷹的朧，也以雙手拄地的姿勢，對半藏恭敬地答道。在她的臉頰上，隱約看得見兩道淚痕。昨日阿福夫人詢問時，她的態度也如同現在一樣堅決果斷。朧是看破一切了嗎？或者是說，在這最後關頭，在朧體內流動的伊賀阿幻之血，悄悄在她的身上甦醒了？

弦之介與朧心中的真意為何，服部半藏並不知曉。其實，他的內心也十分沈痛。他曾在數年前造訪甲賀及伊賀，分別與甲賀彈正和伊賀的阿幻會面。當時他所看見的弦之介和朧兩人，是多麼天真爛漫的少年與少女。不！即使是現在，這對英挺美麗的青年男女，絕逸脫俗的神采，也讓人不禁懷疑兩人真是忍者？如今兩人被逼上這條絕路，雖說是大御所家康的命令所致，但畢竟是自己私心解除甲賀、伊賀雙方的不戰之約。一想到此，半藏不由得懊悔萬分，不過事已至此……

「那麼，就由我服部半藏來見證你們兩人的決鬥。起身吧。」服部半藏毅然說道，他將祕卷擺在白色沙地中央。

老鷹倏地飛向天際，在空中盤旋。半藏返回蘆葦叢後，弦之介和朧悄然無聲地步向宛如決鬥祭壇的白色沙地上。

黃昏的風吹得蘆葦叢沙沙作響。決鬥現場的氛圍，更讓觀戰眾人彷彿感受到肅殺的秋意。

在場觀戰的眾人，眼中所看到的，單單只是背負著甲賀、伊賀宿命的二人，即將了結兩族四百年來的恩怨情仇。然而，此刻兩人心中真正的想法，又有誰能知道？

而且僅僅十日之前，兩人的祖父與祖母才在此安倍川河畔，語重心長地感嘆：「……你我二人的命運，竟然也降臨在朧和弦之介的身上。當真可悲、可嘆，這真是可怕的天意啊！」隨後，兩人展開了一場殊死戰，並且雙雙踏上了黃泉路。這些事情，在場觀戰的眾人又有誰會知道？

夕陽餘暉將天際染成了一片腥紅。隨著時間的流逝，天色逐漸黯淡下來，更增添了幾分淒涼氣氛——弦之介和朧兩人仍舊身形不動，寂然佇立。阿福夫人見狀，心裡焦躁不堪，催促似地大聲喊道：「朧——」

朧踏著輕盈的腳步，緩緩向前走了出去，一步……三步……五步——弦之介依然凝身不動，垂著手上的刀刃，以毫無防禦的姿態佇立著。

朧站在弦之介面前，將刀尖抵在他的胸前。

此時，發生了一件出人意料的事——朧反轉刀尖，朝著自己當胸刺入。她並未發出任何呻吟，就此倒落塵埃。

蘆葦叢中傳出一陣歇斯底里的叫聲，阿福夫人臉色驟變，露出一副無法置信的模樣，她完全沒料到結果會是如此。於是，阿福夫人忽然陷入前所未有的瘋狂，朝著武士們大喊：「來人！將甲賀弦之介給殺了！」

阿福夫人氣得氣血翻騰，早將邀來半藏的用意忘得一乾二淨——朧敗北了！那也代表竹千代以及她的失敗，這也意謂著，竹千代一派勢必難逃覆亡的命運。

武士們舉起刀，殺氣騰騰地朝著弦之介衝過去。當這群武士殺到弦之介面前約五公尺處時，又出現一幕令人驚駭不已的光景。只見這群武士彼此揮刀相向，使勁地朝同伴的身上砍殺。

對阿福夫人而言，眼前的腥風血雨彷彿是一場可怕的夢魘。

在黃昏的餘暉中，弦之介手上的刀刃依然垂下，不過，雙眼卻綻放著金色光芒。

阿福夫人見到他的身影逐漸往自己的方向移動，不禁嚇得動彈不得，渾身直打哆嗦。然而，弦之介拾起沙地上的祕卷後，便轉身走向朧的身旁，站在那兒默默地俯視她。

「朧……」聲音隨著吹向蘆葦叢的晚風，逐漸消失。

朧死去的那一刻，是在弦之介眼睛重見光明之前。但她生命消失的那一剎那，弦之介似乎已有所感應……

過了不久，弦之介將朧抱起來，往河邊走去。接著，他將卷軸攤開，以手指沾了她胸前的鮮血，在僅剩的兩個名字上，各劃上了一道血痕。事後，眾人才得知，弦之介在名字全遭刪除的祕卷背後，以鮮血書寫了下面的文字：「在此卷軸劃上最後血痕者，乃伊賀忍者——朧。」

弦之介捲起卷軸，將它擲向天空。原本已寂然無聲的世界，突然傳來一陣破空而來的振翅聲，只見在空中翺翔的老鷹，以腳爪攫住了那個卷軸。

「兩族之爭，由伊賀獲勝！將卷軸帶到駿府城裡吧！」甲賀弦之介對著老鷹喊道。他隨即拿起朧的刀，朝著自己當胸深入，隨後整個人便倒臥在河水中。

弦之介緊緊擁住已在河中的朧，兩人的身軀靜靜地浮在安倍川之上。

在夕陽殘照下，低空盤旋的老鷹追逐著兩人的屍身。在緩緩飛行的老鷹下方，生前經歷過淒苦悲戀的兩名忍者，以融為一體的姿態，隨著平靜無波的河水，遠遠地漂流而去……

沐浴在皎潔月光下，烏黑髮絲交纏的兩具屍身，被河水沖上了駿河淺灘——悲傷的老鷹追到此處之後忽然掉頭，猛然拍著翅膀朝北方飛去。牠腳爪上抓著的那份卷軸，記載著二十名甲賀、伊賀忍者菁英的名字。如今，這群忍者已悉數自這世上消逝……

嬉文化

甲賀忍法帖

（原名：甲賀忍法帖）

作者／山田風太郎　　封面插畫／天野喜孝　　譯者／凌虛
發行人／黃鎮隆　　協理／王怡翔
總編輯／陳君平　　國際版權／陳宗琪
執行編輯／洪琇菁　　美術主編／謝旻臻
出版／城邦文化事業股份有限公司　尖端出版
台北市中山區民生東路二段一四一號十樓
電話：（〇二）二五〇〇—七六〇〇
傳真：（〇二）二五〇〇—二六八三
E-mail：7novels@mail2.spp.com.tw
發行／英屬蓋曼群島商家庭傳媒股份有限公司城邦分公司
尖端出版　行銷業務部
台北市中山區民生東路二段一四一號十樓
電話：（〇二）二五〇〇—七六〇〇（代表號）
傳真：（〇二）二五〇〇—一九七九
讀者服務信箱：sandy@spp.com.tw
中彰投以北經銷（含宜花東）／高見文化行銷股份有限公司
電話：〇八〇〇—〇五五—三六五
傳真：（〇二）二六六八—六二二〇
雲嘉經銷／威信圖書有限公司　嘉義公司
電話：（〇五）二三三—三八五二
傳真：（〇五）二三三—三八六三
客服專線：〇八〇〇—〇二八—〇二八
南部經銷／威信圖書有限公司　高雄公司
電話：（〇七）三七三—〇〇七九
傳真：（〇七）三七三—〇〇八七
香港總經銷／城邦（香港）出版集團有限公司
香港灣仔駱克道一九三號東超商業中心一樓
電話：（八五二）二五〇八—六二三一
傳真：（八五二）二五七八—九三三七
E-mail：hkcite@biznetvigator.com
法律顧問／通律機構
台北市重慶南路二段五十九號十一樓
二〇〇七年二月一版一刷
二〇〇八年十二月一版五刷

■中文版■

郵購注意事項：
1. 填妥劃撥單資料：帳號：50003021戶名：英屬蓋曼群島商家庭傳媒(股)公司城邦分公司。2. 通信欄內註明訂購書名與冊數。3. 劃撥金額低於500元，請加附掛號郵資50元。如劃撥日起 10～14日，仍未收到書時，請洽劃撥組。劃撥專線TEL：(03)312-4212 ・ FAX：(03)322-4621。E-mail：marketing@spp.com.tw

國家圖書館出版品預行編目資料

甲賀忍法帖／山田風太郎 著；凌虛 譯.
—1版.—臺北市：尖端, 2007［民96］
面：　公分. —（嬉文化）
譯自：甲賀忍法帖
ISBN 957-10-3464-5（精裝）

861.57　　　　　　95023099